鬼指根

尹学芸 著

北京出版集团
北京十月文艺出版社

目录

大宝出生于1971

1

有一只叫大宝的狗，出生于1971年8月13日。母亲是一只黑色柴狗，一次外出云游偶然怀了大宝。大宝一生下来就不随母亲，一身土黄色的毛皮，两只兔子耳朵，腿骨像小驴子。它裹着胎衣颤颤巍巍站起来，马三脱口说："多像我儿子啊！"把大宝抱在怀里，黏糊糊的胎液沾了一褂子。那年马三十三岁，不知为什么总想当爸爸。妈妈让他看弟弟马四，马三把五岁的弟弟背在背上，摇元宵似的边走边唱："一里地，二里地，背着儿子去看戏。"哥哥听见了哥哥给他一脚，爸爸听见了爸爸给他一脚，马三全不当回事，逃出去几步还唱：“三里地，四里地，背着儿子去赶集。五里地，六里地，背着儿子去放屁。七里地，八里地，背着儿子去坟地！”

大宝妈没名儿。村里那样的柴狗成群打伙儿，没一个有名儿的。但有一个共同的对于狗的称谓，叫“ban儿头”。那时候家家户户都养狗，不为看家护院，是为了添点响动，图个热闹。看狗咬架，或交配，或人狗大战，都是好玩得不得了的游戏。那些柴狗都一个模样，瘦溜的身材，又窄又瘪的屁股，夹着条又细又尖的尾巴，跑动起来蜷着身子回头望，真的就像丧家之犬。它们养的孩子，也无一例外是那个样子。大宝一降生就与众不同，让好多人动了心思。先是小队队长瘸着一条腿来，进了院子就四处撒目。“狗呢？听说羊群出了骆驼，让咱也开开眼。”队长的腿是跳墙摔的，其实已经好得差不多了，可他还是愿意一拐一拐地给人看，英雄似的。马正品正坐在院子里锥鞋，把从队里捡来的废旧轮胎剪成鞋底状，一针一针地纳到原来的鞋底上，鞋底就成了铁鞋，鞋帮可以穿飞，鞋底却能棱儿不打、边儿不去，换副鞋帮又是双新鞋。

马正品歪着头找李大脚：“狗呢？拐子瞅狗来了！”李大脚没听见，她在园子里喂猪。马正品只得自己架了拐站起来，一条腿在空中挂着，荡秋千一样在院子里游了一圈，喊："ban儿头。"柴狗从偏厦子里蹿了出来，汪汪地叫。马正品喝道："是拐子队长，你眼瞎了？"拐子说："马正品你别骂人，它不眼瞎，我瞎。"马正品说："你不瞎，都把富农婆日了。"拐子说："我不该翻墙，日个富农婆，翻墙干啥！"

拐子队长看见大宝，一迭声地说："送我送我。真是稀罕，这是狗吗？"他把大宝抱起来，用脸去贴狗脸。大宝挣了一下头，表示反抗，用粉红的牙床咬了拐子一口，把拐子吓了一跳。柴狗狂吠着往拐子身上扑，被马正品打了好几杖，终于打服帖了。柴狗坐在麦秸垛旁，伸长脖子咽声咽气地叫，边叫边看马正品的脸色。李大脚提着猪食筲走了过来，用漏风的嘴说："我正发愁没有东西喂它呢，家里粮食本来就挤（紧）。"拐子正色说："你可别以为我家粮食宽裕，我得从嘴头子上给它省。"马正品说："你省下来的能喂全庄的狗。"李大脚也说："你再去富农婆家别提半袋子料豆，便宜那个妖婆子。"拐子继续用脸去贴狗脸，头也不回地走了。

马正品继续坐回马扎上锥鞋。那条好腿屈着，那条残腿伸着，一只脚朝里弯成九十度，像练了功夫一样。马正品一生下来两条腿就不一样，那条左腿像安上去的，胯骨那儿有轴，前后左右随便转。爹妈以为生下个仙人，长了几岁才知道，是个残疾，于是起名正品。

李大脚也是先天的，兔唇，又名腭裂。整个上唇就像水渠扒了口子，越冲越大。做姑娘时，李大脚无冬历夏戴口罩，尤其开群众大会时，还爱坐在第一排，那个口罩分外显眼。有一次，公社书记在台上做报告，抬眼就看见李大脚的口罩，看着看着找不到报告念到哪了。公社书记生了气，指挥人把李大脚请出了会场。这件事给李大脚的打击很大，她本来一直乐观地以为自己能找个健全人做丈夫，这个会开过以后，她就嫁给了马正品。

李大脚熬好了粥，她的四个儿子先后回来了。马一和马二都是社员，腿上没轴儿，也不豁嘴，他们都是好劳力。马三屁股后面跟着马四，马三的怀里还抱着一只狗。李大脚看到狗没反应，她麻利地在院子里放上饭桌，摆筷子摆碗。马正品伸着脖子看见了，说："从拐子家里抱来的？"马三说："这是我儿子，我谁也不给。"马正品抡起一只鞋砸了过去，说："你一个粮食粒儿挣不下，也配养儿子！"马三梗着脖子说："我不吃，给它吃！"马正品说："饿死你个杂种操的！"马三说："只要我儿子不饿死就行。"马三用脸贴了贴狗脸，说："是吧，大宝？"大宝幸福地闭了闭眼。马三高兴地宣告：

“我从今儿以后不吃饭了！”

李大脚说：“你就说胡话吧。”

马正品对其他三个儿子说：“看着他，他要吃家里一颗棒子粒儿，我就把嘴给他缝上。”

马一为难地说：“民兵连长想要这只狗，我都应下了。”

马二说：“搁锅烀烂了也不给他，你甭溜须他，喂不熟。”

马三高兴地说：“天王老子我也不给，它是我儿子。”

马四说：“大宝给你当儿子，谁给我当爸爸？”

2

马三是一个秀眉秀眼的孩子，可他从小就与别人不一样。

下河摸鱼把脚扎烂了，血像开锅一样咕嘟咕嘟往外冒，他眉头也不皱一下，也不让赤脚医生包扎，自己抓把土往伤口上一堵，没事了。一条腕子粗的菜花蛇追着人跑，把人吓得鬼哭狼嚎。他捏住蛇头朝空中一抡，蛇身便围到了腰上，蛇头蛇尾编花一系，成了一条腰带。粉红色的蛇芯子在他腰上吐来吐去，他理也不理。什么时候把蛇折腾得半死，他就在河堤上掏个灶窑，捡把干树枝点着火，把蛇放到火上烤。那股香气能让所有围着它的孩子流口水。除了蛇，马三还烤麻雀、蝉、蚂蚱、蝈蝈、青蛙、鱼，还有田鼠、刺猬。开始，其他的孩子都不敢吃，看着他吃。马三很不高兴，他命令马四吃，马四不吃他就掴他一下。马四哭成了一张小鬼脸，还得吃马三烤的蛇肉。马三剥给马四的肉都是好肉，嫩白、细腻，蹿着一股一股的热气。那股热气里，含着热香。马四怕烫样地吃了一小口，就露出了一副馋相。马四吃，别的孩子也抢着吃，都吃上了瘾，马三不得不给他们定出规矩，谁找来的谁吃。当然，不管谁找来的，马三也要吃头一口，他守着灶窑，要尝生熟。麻雀肉少，他尝完了，麻雀身上就只剩下骨头了。

马三上过两天半学，是学校老师找去的。老师找到马正品，说你家孩子都不读书，将来都是睁眼瞎。马正品说："我也是睁眼瞎，可我养了一炕儿子。"老师是个姑娘，气得折身走了。二次来老师提了一兜子烟叶，里面掺了一半向日葵的叶子。马正品没等老师说话，就让马三跟老师走，马三窝在门后头不肯出来，马正品就荡着那条残腿踢马三，踢得马三无路可逃，只得跟着老师去上学。

马三在课堂上坐不住，眼睛滴溜滴溜转，不是看窗外树上的蝉，就是看屋檐下飞的燕子。新书刚发到他手里，就被他撕扯得稀巴烂。他还把刚脱掉尾巴的小癞蛤蟆装到粉笔盒里，老师伸手去掏粉笔，吓炸了。粉笔盒在讲桌上滚倒了，小癞蛤蟆都蹿了出来，蹦跳着四下逃亡。老师当即就把马三揪出了教室，指着他的鼻子让他滚，说永远也不想再见到他。

马三一溜烟地跑了，连书包也不要了。

大宝每天都和马三在一起，马三干啥它干啥，马三吃啥它吃啥。开始，柴狗还在后面跟着，眼巴巴地看着自己的儿子。大宝吃啥都没它的份儿，它吸着鼻子，流着口水。后来柴狗就不理会他俩了，自己出去疯野，经常咬得遍体鳞伤地回来，没有吃的，就去园子里舔猪食槽子。猪食里哪有多少粮食，都是青草晒干后用机器轧成草末，烧开锅后再搅些高粱壳粉。猪的嘴也刁得很，把酷似粮食的内容舔得干干净净，给狗留下的就只有柴草节儿了。而此刻，大宝却和马三睡在偏厦子里，大宝肚儿是圆的。白天，马三尽其所能让大宝吃饱吃好，晚上还要给它加顿餐。虽然马三宣称自己不吃饭，但只是不在马正品的眼前吃。一碗粥端走自己吃一半喂大宝一半，他们共同使一个碗。大宝的舌头能把碗舔出亮光来，马三高兴地夸它："不愧是我儿子。"

偏厦子原来只是狗窝，阴雨天备些柴草。马三从队里偷了些土坯，自己盘了铺炕，就和大宝一起在上面睡。他们有时候说人话，有时候说狗语。马三“儿子儿子”地叫大宝，大宝高兴得嗓子眼儿打嗝，和马三闹成一团。马四有时候会被他们的笑闹声吸引过来，无限羡慕地看着马三和大宝，咧着嘴笑。可因为和他们玩不到一起，马四笑够了，就回去了。

大宝一天一天长大了，柴狗一天一天变老了。其实柴狗老得没有那么快，它只是更瘦了，更脏了。脊背上的毛基本磨没了，尘土和柴火末子像衣服一样披在它身上，看上去，就更像丧家之犬了。有一天晚上，马正品指挥他的儿子补鞋子。儿子们的手艺差，总也不能像马正品一样把鞋子补整齐，马正品很生气。他说：“我四个儿子，每个人都给你们补，补得过来吗？你们的妈笨得纫不上一根针，我要是死了，你们就甭想穿鞋了！”李大脚不同意他的看法，粉红的舌尖儿不时舔着豁唇儿，这表示她要说话了。她说：“马正品你死了就知道了，我儿子夏天不光着冬天不冻着，没你这个臭鸡蛋，我们什么样的槽子糕都能做！”李大脚用袜托补袜子，她只会补袜子。如果让她缝被子，她能把自己缝到被子里头。可她嘴上从不肯吃亏，她比马正品挣的工分多，她不怕马正品。

马正品和李大脚在那里打嘴仗，他们的儿子谁都不说话。马四倚着门框睡着了。马三坐在那里比样子，马三从小做事就知道怎么偷奸取巧。马一、马二都到了有心事的年龄，他们干不好手里的活，是因为不想干。后来马二故意对马一说起年成不好，地里的玉米长得又瘦又小，还没有一只鸟大。“秋后就知道了。”马二愤愤地说：“弄不好全家一块饿死！家家都养一只狗，只有我们家养两只，而且那个大宝，比头驴都能吃，当初要是让拐子抱走就好了。”马一说：“要是送给民兵连长，也比养在咱家强。”他们这样讲话，除了马三谁也不往心里去。马三说：“养两只狗都嫌多，咱家养了四个儿子，咋没人嫌多呢？”马二的火气“腾”地顶了上来，他叉着腰说：“我就嫌多。要是没有你和老四两个白吃饱儿，我比现在好说媳妇！”马一接着话茬儿说：“爸妈也是，自己那个样子，干啥非要结婚。要是不生我们，我们就投生到别人家里去了。”李大脚偷着看了马正品一眼，马正品也在偷着看她。俩人快活的时候没想到日后儿子会抱怨，他们对这样的话题没有防备，只得低着头假装忙手里的活计。正尴尬着，大宝用嘴一挑门帘进来了，它和马三一对眼，马三就跟它出去了。大宝领着马三朝外走，走到邻家的柴火垛旁，大宝颠颠紧跑两步，去拱一堆烂柴火。马三也跟着过去扒，马三欢喜坏了。烂柴火里边是一个窝，窝里是一堆白光光的鸡蛋。数一数，一共十四个！

马三用衣襟把鸡蛋兜回了家，把一家人惊煞了。马一和马二都有些不相信，他们说一定是马三捣了鬼，非坚持到外边去看看。马三潇洒地一挥手，说：“大宝，你带他们去！”大宝像立了赫赫战功一样笑模悠悠往外跑，边跑边回头照看马一和马二。李大脚在后面嘘着声音说：“别弄动静，小心那家人知道！”大宝赶忙慢了下来，把脚步也放轻了。马一“噫”了一声，说：“它还真听得懂人话。”马二说：“再听得懂人话它也是条狗。”他们跟着大宝找到了那个窝，大宝轻轻“呜”了声，像在说：“就是这儿。”

马正品高兴得糊涂了，他从来没一下子见过这么多鸡蛋，他吩咐李大脚抱柴火，嘴里一迭声地说：“快煮，快煮。”李大脚还有些犹豫，她在盘算十四个鸡蛋与几斤盐的关系。可马正品嘴急，她也就没有工夫瞎耽搁了。十四个鸡蛋在锅里咕嘟咕嘟煮了好一会儿，热气把灶屋装满了，香味把马四熏醒了。几只手都去锅里捞鸡蛋，鸡蛋在手里跳来跳去，嘴里被烫得吸溜吸溜，还没怎么品出味，就被馋虫勾到肚里了。

马三却没有吃煮鸡蛋，他把鸡蛋剥好以后放到了大宝的嘴边。李大脚是一个克己的人，好东西尽着别人吃。所以她烧好了火就坐到灯影里继续补袜子。鸡蛋的香味也诱惑了她，她不时看看这个看看那个，每个人都是一副馋相，眼睛里只有鸡蛋，连马四也不例外，嘴角都青青黄黄地挂着幌子。她看马三时，注意到了那个剥得圆溜溜的鸡蛋贴到了狗嘴上，李大脚想也没想，就一把夺了过去。

李大脚被蛋黄噎得直伸脖子，拍了好几下胸口，才“咕噜”一声咽了下去。李大脚说：“造孽啊，给狗吃煮鸡蛋！”

马三说：“它不是狗，它是我儿子！”

李大脚说：“我还是你妈呢，我生你的时候一个鸡蛋也没捞着吃！”

马正品不爱听了，瞪了李大脚一眼。李大脚从缸里舀了半瓢水，自己喝够了递给马正品。李大脚说：“我一点没说错，坐了四个月子，从来也没把鸡蛋吃够过！”

马正品把李大脚喝剩下的水往地下一泼，自己一拐一拐地去舀水。马正品说：“想吃蛋你嫁给老母鸡，我不拦着！”

李大脚说：“放你妈圈儿屁！”

马正品得意地笑了。

鸡蛋吃完了，人都有些发呆。连马正品都懒得再动手干活了。与刚才的热火朝天相比，灶屋里一下子变得冷清了。可鸡蛋的香味还在空中弥漫着，让人忍不住抽动鼻子。马正品懒懒地说：“大宝会找鸡蛋？找了鸡蛋还会告诉人？”马三说：“大宝会干的活多着呢。”马一说：“再多它也不会挣工分。”马二说：“再能它也分不来粮食。”李大脚把鸡蛋壳子哗啦哗啦扫到了灶门口，李大脚说：“该杀了吃肉了。”

大宝的前爪陡然站了起来，脊背上的毛像被风吹起一样耸立着。一屋子的人都看李大脚。

李大脚不自然地笑了笑，说：“我是说那条狗。与大宝比，它可不就配杀了吃肉！”

3

柴狗一夜没有回来，它又到哪里去云游了。

中午收工回来，一家人彼此都问：“看见那只狗了吗？”谁都没有看见。李大脚对马三说：“你没事就去踅摸，看那只狗死哪去了。”午饭是那种敦敦实实的小火烧，高粱面的，红得像染了鸡血。里面除了加了点盐，一点油星儿也没有。马二一见就没有食欲，他说：“杀狗！杀狗！”他烦躁的样子像得了什么症候，三间小屋灌满了他咚咚的脚步声。马正品已经在磨刀了，那把尖刀早些年间剥过兔子，已经许久不用了。马正品磨得专心致志，不时用手指去试刀锋。马正品总是不满意，他倾尽力气在磨刀石上，磨刀石疼得发出了刺耳的尖叫。马三吃了两个火烧，自己咬一口，喂大宝一口。马三也吃得百无聊赖了，他也在想那只狗去哪了，他也闻到狗肉的香味了。

自从不管马四叫儿子，马三就再也不肯背着他了。不论走多远的路，马四像大宝一样在马三后面跟着。有时为了跟上趟儿，马四甚至跑丢了鞋子。马三村南村北转了个遍，没有看见柴狗的影子。村西的坑塘里十几只狗在咬群架。坑塘里的土松软细腻得像黑面粉。狗们在黑面粉上翻滚，呜汪呜汪的叫声像是在开演唱会。按理柴狗是应该在其中的，它经常是演唱会的主角。马三和马四四只眼睛找了个遍，也没有找到那只狗。大宝看得有些心痒，四条腿倒腾着，随时准备跃到塘下。马三朝前挥了一下手，大宝就把竖起的两只耳朵撂下了。他们沿着坑塘边走了过去，大宝边走边回头望着，它没过过那种生活，对那种生活有些神往。

马三问了遇见的很多人，有没有看见自家的那只狗。马三问的人，都是和自己年龄差不多或者比自己小的人。他们都说看见了那只狗，早上，或者午后，在村南或村北看见的，反正不是现在。他们都喜欢大宝，跟马三说话，眼睛却放在大宝身上。马三背着双手，居高临下地看着那些孩子，他知道他们都想摸一摸大宝，大宝土黄色的皮毛染了一点铁锈，看上去更多了几分富贵气。只有看着特别顺眼的人，马三才允许他们跟大宝亲近。有个叫小双的孩子不知深浅，搂着大宝的脖子叫了声“儿子”，马三一脚踹过去，小双就像中了枪弹一样尖叫一声，仰身摔倒了。马三说：“儿子也是你叫的!”小双的脸红得要迸出血来，眼里圈着泪，在地上滚了一下才爬起身来，脸上满是羞愧。马三说：“管大宝叫声爸爸。”

小双胆怯地看了马三一眼，叫：“马三哥。”

马三说：“叫!”

小双说：“我叫你，成吗?”

马三又一脚踹过去，小双的腰弯了一下，人却没有倒。小双忽然勇敢起来，悄悄后退了两步，转身就跑，边跑边骂：“叫你妈!”

马三冷笑了。看着小双跑远，他从容地朝大宝挥了下手，大宝耸起腰身，像风一样追了过去。大宝跑动的样子就像飞起来一样，前爪和后爪都直直地伸展开，脊背上的毛像波浪一样翻涌。所有的孩子都看直了眼睛，他们挥着拳头喊：“大宝！大宝!”

大宝很快逼近了小双，跃身一扑，就把小双扑倒了。小双和大宝的叫声相映成趣，一个惨烈，一个亢奋，让马三和那些孩子群情激昂。他们撒开双脚追了上去，边跑边喊：“咬！咬！”

大宝身下的小双可怜得像一只兔子，不停地起来倒下再起来再倒下。大宝跃动的身影矫健极了，小双的裤子被大宝拽了下来，露出了白光光的屁股。谁也没想到小双居然有这样白的屁股，那些孩子哈哈笑着拍手嚷：“白屁股！白屁股！”

突然有人说：“马四怎么了？”

马三回头再找马四，却发现马四并不在人群里。他在几步远的地方蜷缩着，一张小脸煞白，嘴角淌着白沫。

马四吓晕了。

小双却根本没事，他只是滚了一身土，脸上和屁股被大宝舔了。大宝只是和他闹着玩，根本没有下死口，所以小双的脸上和屁股上都没有牙印，只是被大宝的舌头舔红了。马三和那些孩子一转向马四，大宝也跑了过去，它把小双放了。小双提上裤子，拍打拍打身上的土，回家了。马四却是被马三背回来的。马四的头和脚在马三的背上耷拉着，像死了一样。马三急出了一脑门子汗，再也顾不上唱“一里地，二里地，背着儿子去看戏”了。他以为马四真的死了。大宝也很焦急，它蹭着马三的腿跑，边跑边紧张地看着马三，它意识到自己惹祸了。

马四面条一样在炕上躺着，偶尔哼哼两声。只有李大脚过来问了句："小四子咋啦?"李大脚是拿着一把柴火进来的，在屋里用膝盖一顶，"嘎巴"撅折了。马四说了句什么或没说什么李大脚根本不可能听见。她惦记着灶里的火，玉米面子刚下锅，正是需要火的时候。

马二问马三找到狗没有，马三说还没有。马二的脸当下添了气愤："养了一群白吃饱儿!"马三说："你吃了大宝的鸡蛋!"马二横着眼说："没有它我还不吃鸡蛋了？你最好把狗给我找回来，否则……"马二忽然不说了，他看了大宝一眼。大宝本来仰着脸看他们，眼睛一眨一眨，此刻一掉屁股出去了。马二喊："哥，想吃狗肉吗?"马一在屋里说："想吃。"马一说："抄家伙，我们把大宝宰了!"

大宝仓皇逃了出去。马三追在后面喊："儿子，儿子，他们不敢。"大宝贴着墙根站下了，撒了泡尿。那泡尿撒得不多，却哩哩啦啦淋了好半天。马三笑着说："大宝，你胆子太小了。"大宝忧郁地看着马三。马三又说："他们说着玩的，你当真了。"大宝的神情慢慢缓了上来，它伸出舌头舔了舔马三的手。马三拍着它的脑门儿：“该吃饭了，我们回家。”

远处有人喊马三。马三一看是那个叫小双的人朝他招手。马三不想理他。小双管大宝叫儿子的事像一团草塞进了马三的肺管子，马三什么时候想起，都觉得扎得慌。小双说：“你不是找狗吗？我知道狗在哪。”马三朝他走了过去，边走边说：“你要是敢骗我，我活剥了你。”小双讨好地朝马三笑，说：“我当真知道你家狗在哪，它在富农婆家吃料豆呢。”马三问小双怎么知道，小双说，他从富农婆家门口过，听见料豆被嚼得嘎巴嘎巴响，就进去看了一眼。“你家那只老狗正吃得香甜，它一边吃，富农婆端了一碗水一边喂它喝。那个样子，好像狗是她家的。”

马三的肚子立时胀满了气，他朝大宝挥了下手，就噔噔噔地朝前走。富农婆就住在村西的坑塘边上，孤零零的一座房子。富农给队里看鱼塘，鱼塘在村南，一天三顿都要送饭。队里的人都说拐子队长在搞鬼，他用的这一计叫调虎离山。

那天，拐子队长在富农家时碰巧富农回来了。情急之下，拐子从后墙翻了出来，把一条腿骨摔裂了。这件事如果拐子自己不说没人知道，因为当时正是后半夜。可拐子唯恐别人不知道，到处显摆自己的“英雄事迹”。

马三一脚踹开了富农家的门，一眼就看见那只柴狗卧在墙根下，见了他和大宝连眉眼也不挑。都说狗不嫌家贫，柴狗不是这样的，它在这里吃了两天料豆，就把家忘了。富农婆笑吟吟地迎了出来，她是一个高挑女人，皮肤很白，头发梳得一丝不乱。走路迈的是小碎步，穿了一条黑绸裤子，裤子上居然还有黑花！马三见了她不知为什么有些心跳，一些想好的话挤在喉咙口，却说不出来。富农婆把两条又细又长的手臂早早伸了出来，一下就搭在了马三的肩上。富农婆笑吟吟地说："是马三呀，几天不见长成个俊小伙子了。"

富农婆说话的口气、语调、神情都是马三永远没有见过的，语音很低，很软，很轻柔。马三忽然有一点想法，她对拐子队长是不是也这样讲话呢？

马三就是为这点想法红了脸。他的心跳都跳到脸上来了。马三有些慌乱地抖落了富农婆的两只胳膊，那两只白胳膊，让马三透不过气来。

马三有些结巴地说："你偷我们家的狗，你给我们家的狗吃料豆，你没安好心。"

富农婆两只胳膊没用了，像是挂在那里。她无奈地说："它都快饿死了。”

马三说：“饿死也是贫下中农的狗，不用你管。”

富农婆说：“不是我要管，是我赶它，它都不走。”

马三走过去踹了柴狗一脚，柴狗在院子里转着圈儿地叫，像是不认识马三。

马三生了气，捡起一块砖头要砸柴狗，被富农婆慌忙拦住了。富农婆说：“别打它，它经不起打。你们是要吃它的肉吗？多可怜呀，它身上瘦得皮包骨头，哪里有肉啊！”

马三手中的砖头还是砸了过去，柴狗“嗷”地叫了一声，一蹿，蹿进了堂屋里。马三要往堂屋闯，被富农婆死死拉住了。富农婆几乎是哀求道：“马三，你把这只狗送我吧，我们家的东西你随便拿，你拿啥我都不心疼。”

马三的脑子转了一下，他非常想到富农婆的屋里看一看。他没进过那间屋子，对那间屋子有些向往。可这种愿望非常难以实现，因为他无法让自己顺从富农婆。

马三甚至有点难过，那点难过让他气愤。马三用蛮力一推，就把富农婆推开了。他跑进堂屋捉住了狗，解下自己的裤带拴住狗脖子，一手提着裤子，一手扯着狗，朝外走。

马三边走边说：“我让你浪，你浪到头了。你还敢不回家，回家就宰了你！”

富农婆说：“马——”

又叫了一句：“马三。”

马三停住了脚步，却看也不看富农婆。

富农婆回了堂屋，取了一只小布袋，说：“这是狗吃剩下的料豆……”

马三用鼻子“哼”了声：“是队长拿来的？”

马三说完这话身上毛茸茸的，他起鸡皮疙瘩了。

富农婆脸红了。

马三说：“是队长拿来的……就给我吧。”

马三把布袋夹在了腋下，那只布袋温乎乎的，细细感觉，还有些烫。马三知道这些料豆刚炒不久，装进布袋里，能脆好几天。

要是磨成面就更好了，马三想。

大宝已经提前候在了门外，它始终看着马三和富农婆，还有柴狗，鼻孔里喷着热气。

4

马正品从队里饲养场借了只马灯。天还没黑透，马灯已经在桑树上点着了。关于用什么样的绳子，马一和马二发生了争执。马一说用毛头绳，马二说用井绳。马一说井绳太硬，马二说毛头绳不结实。俩人在那里争执，马三从偏厦子里拿出了一条三股绳，是队里拉铧犁的那种，表面光滑，韧劲儿十足。马三说："光知道吃狗肉，也不知道准备家什。这是我新从队里偷来的。"马一和马二接过绳子看，他们很熟悉，是从土产公司买来的那种，是麻绳中的极品。这些绳子有专人保管，不知马三用什么办法偷来的。马正品正在磨那把已经生锈的刀，刀锋已经很快了，他在打磨水锈。李大脚用一筐玉米骨头烧旺火，热气已经从堂屋里蹿出来了。

柴狗在院子里走了不下十个来回了。它的两只耳朵竖立，四只爪子敲着碎步，顺着墙根儿走来走去。有时它会停下脚步，看一眼从堂屋里蹿出来的热气，进入冥想状态。冥想中它会看一眼磨刀人，看一眼桑树上挂着的绳子，看一眼闭紧的双扇木门，耳朵慢慢耷拉下来，一股流动的气体从它朝天的鼻孔里喷了出来。谁都以为它是要叫的，它是一只爱叫的柴狗。演唱会上它总是主角。可柴狗没有叫，它哑了。它嗅着空气里的气味，想仰天叫的时候，却无论如何发不出声音。

它的眼睛像两粒黑纽扣，圆圆地、大大地睁着。瞳孔是亮晶晶的两枚圆点。它打量别人的时候，其实也有人在打量它，只是柴狗自己不知道。它看不见视线以外的人。打量柴狗的人是马四。他团在炕上，倚着窗台坐着。窗上原本有一只眼睛大的孔，周遭被他撕了撕，变成巴掌一样大了。马四毫不费力地从那只巴掌里看见了院子里发生的一切，看见了残疾父亲和三个哥哥，看见了那只柴狗。马四喜欢看那只柴狗，那只柴狗在院子里走来走去，是整个院子最生动的风景。

马四是一个羸弱的孩子，胳膊腿细得像麻秆儿，脖子又细又长，顶着颗冬瓜似的头颅。马正品和李大脚四十八岁那年在一个浪漫的仲春之夜怀了他。那年李大脚都快要绝经了，她再也不用提心吊胆地担心马正品给她播种种子了。他们忘情地在一起狂欢嬉戏，像过一个盛大的节日。不幸就是在那种极度放松极度快乐的时候悄悄孕育了。三个月以后，李大脚结束了欢天喜地的日子。没有月经的日子她一直是欢天喜地的。她的月经总是周期短、流量多，与队里其他女人都不一样。有时候李大脚会对着镜子想，难道因为自己是豁嘴儿，其他地方也与别人不同吗？

肚子慢慢长肉了。这是李大脚对那个时段的笼统感觉。虽然已经养了三个孩子，李大脚仍然不能明确地知道怀上孩子是怎么回事。她一直暗暗希望那只是一块肉。后来那块肉会动了，李大脚简直气疯了。她拼命去干最累的活，挑水、起圈，在柴火垛上跳上跳下。女人都去棉花地里摘棉花，李大脚自告奋勇跟着马车去大洼深处拉黑豆秧。十几里的土路疙疙瘩瘩，李大脚不时用拳头去擂辕马的屁股，催它快跑。大洼深处广阔无垠，李大脚把一柄三股木杈耍得上下翻飞。手段使尽方法用绝，马四还是瓜熟蒂落了，只是又瘦又小，像一只剥了皮的猫。

马三的胆子奇大，马四的胆子奇小。地上有一只毛毛虫，他也要从几米远的地方绕过去。马三烧吃的那些东西，如果是活的，他都不敢伸手摸。可烧烤的那股香味实在让他迷恋。第一次吃了蛇肉，就没有什么肉不敢吃了。有一次他们居然烧吃了一只猫。味道不太好，有些酸。可因为那天有准备，马三从家里偷了些盐，撒到滋滋冒油的猫肉上，酸味就淡了。马四甚至觉得烧吃的那些东西比家里最好的饭菜都好吃。他每天跟在马三的屁股后头，就是儿子跟着爸爸的感觉。

对于爸爸马正品，马四几乎没什么印象。他每天架着拐在家里出出进进，坐在马扎上锥鞋子，或缝补一些他认为可以缝补的东西，马四对他仍然没什么印象。虽然每天吃在一起住在一起，马正品几乎看不见这个儿子。

看不见儿子的眼睛。

自从马三被他和李大脚带到这个世界上，他就已经觉得儿子太多了。

马正品的刀，在一只小圆水桶上凉凉了，银亮的光芒有些寂寞。马正品甚至打了一个哈欠，他不明白他的儿子们为什么还不动手。马一和马二又在争论不休。他们都见过别人杀狗，可自己没亲自动过手。马一说，绳子在树上拴个活套儿，把狗的脖子塞进去。马二说，要先绑住狗的四条腿，把狗勒死以后吊在树上剥皮。两人争论的时候天光慢慢暗了下来，马灯的光晕从豆大的一点灯火蔓延到了整个院子。马三一声不响地从桑树上拽下绳子，绾了一个扣，出其不意地套在了狗脖子上。他用力把狗往桑树的方向拉，狗的四条腿朝后使着劲，脖子成了连接头和身子的一座桥。它和马三的力气差不多大，马三使出了全部力量，也只是让狗的四条腿在地上滑出了半步远。狗的眼里流着泪，它的眼睛一眨不眨地看着马三，里面满是惊恐和绝望。

马正品用欣赏的目光看着他的三儿子，第一次觉得他比他的两个哥哥强。虽然他只有十三岁，可他的沉稳和老练在这个晚上给马正品留下了深刻印象。马一和马二都袖着手站着，他们的争论被马三的行为制止了。他们看着马三和柴狗在那里势均力敌地较量，却不知道自己应该干点什么。马正品生了气，他坐在那里骂："你们两个废物点心，还不搭把手儿。你们是两根高粱秫秸吗？"

李大脚在台阶上站着，手里拿着水瓢。锅里的水已经翻开了，锅边上一道明显的白水印，离水面有了一寸远。李大脚不得不把耗掉的那些水补齐，同时又往灶里捅了些玉米骨头。李大脚不满地说："这点活儿你们要干到明天早上吗？咱们家所有的玉米骨头都不够烧了！"

李大脚的不满不是对着儿子，而是对着他们的爸爸。她觉得院子里的活儿马正品是领导，儿子们没有干好责任在他。马正品果然听出了弦外之音，他扭过身子对李大脚说："你就不该那么早烧火，这里八字还没一撇，你七早八早把水烧开干啥使？"

李大脚说：“煺你。”

马正品骂：“个灰老娘们。”

马正品的目光很快被儿子们吸引了。马一和马二协助马三把狗吊在了树上，马三熟练地把绳子在树上绾个花儿，狗就与地面垂直了。狗的两只前爪弯曲着，两只后腿打开了，徒劳地蹬一蹬，身子就像秋千一样晃一晃。它的嘴巴大张着，一点嘶嘶的声音和着热气喷了出来，马灯的灯罩因此有了潮湿的感觉。马三舀了一瓢水，顺着狗的嘴巴“哗”地浇了去，马三从没做过这手活儿，可一旦做起来就像个行家里手。狗挣动着摇摆着躲避着，可还是不得不接受了那瓢水。那瓢水噎得狗喘不上气，它的两只眼睛努了出来，像弹球一样。整个身体大幅度地蹿动着，像一条上了钩的刚离开水面的鱼。这段时间很漫长，最起码马四是这样感觉的。马四在窗子里自言自语：“还不死，还不死，还不死。”马四攥紧了又瘦又小的拳头，替狗使着劲儿。马四希望狗快一点死，这样它就不会难受了。村里有一个老人，后背生了碗口大的疮，他整夜整夜地哭号：“我难受啊，快让我死吧！”后来他真的死了，就再也不哭号难受了。狗终于没有力气了，打了两个水嗝，用力蹬了两下腿，长长地呼出一口气，不动了。马四觉得自己也动不了了，他把头歪在胳膊上，睡着了。

马一和马二的兴奋写满了整张脸，他们七手八脚地把狗卸了下来，抱到了马正品的面前。马正品的表情很严肃。每干一件大事他的表情都很严肃。他把那条残腿朝一旁搬了搬，以便给狗留出更大的空间，把狗仰面朝天地摆舒展，就庄严地拿起了刀子。马正品用刀尖在狗的腹部直直地画了一条线，便有血渗了出来。马正品常做针线活的手很灵巧，他全须全尾剥一条狗只用了很短一段时间。一张完整的皮子平铺在地上，狗就完全不是原来的样子了，或者说，那已经不是一条狗了。剥了皮的狗很难看。剥了皮的动物都很难看。马正品剥狗的时候他的三个儿子小燕儿似的围在他的周围，马正品一边保持刀下的娴熟一边留意儿子们的眼神儿。他注意到了马一、马二的眼睛只是盯着狗，盯着肉，眼馋地流了口水。而马三的眼睛则盯着他手下的刀。这让他感到满足。对于儿子马三，他从没比对这条狗的关注更多过。狗还有狗皮褥子，他对儿子却没有期待，尤其是对马三这样的儿子。小的时候马三就敢捡条虫子往嘴里放，村里有人说他是妖怪托生的。马正品当然不信妖怪，他只是看着马三不顺眼，即使马三眉目清秀，马正品仍然看他像别人家的儿子。今天是马正品的一个转折，他看马三的目光充满了柔情。他甚至想把刀塞到马三的手里，手把手地教教他。可一想到完整的狗皮褥子，就把这个念头放下了。他从养这只柴狗起，就在养一条狗皮褥子。一条完整的狗皮褥子，比他教儿子剥一条狗重要。

这条被肢解的狗，终于如愿被放进了锅里，连同它的肠肠肚肚以及其他五脏六腑，满满的一大锅，谁看见了都会忍不住流口水。狗头也在锅里，两只眼睛还睁着，在水雾里放着光。灶里的火通红通红，蒸汽把堂屋熏满了，香味很快溢了出来。这个时候忌讳有人敲门，敲门声真的就响了那么三四下，马正品与马一和马二交换了一下眼色，谁都不动。马三从偏厦子里走了出来，把马灯捻灭了。院子里顿时漆黑如墨。马三回了偏厦子，摸了一把料豆想喂大宝，大宝始终在地上卧着，抖了一下头，没有吃。马三一粒一粒地丢进了自己嘴里。料豆炒得很香，火候恰到好处。每一颗都能咯嘣一声发出脆响，让马三越吃越上瘾。

马三忽然想到了那两只白胳膊，还有黑花绸裤，还有软软的、轻柔的语音。富农婆在北京生活过，因为闹运动，与她的富农丈夫回来了。他们在村里连家都没有，队里就把水塘边上的一块空地给了他们，那上面长满了芦苇。马三想起那些芦苇长得密不透风，就像富农婆的白胳膊一样，不是一条两条，而是百条千条，一起压在马三的肩上，让马三觉得不堪重负。马三忽然觉得透不过气来，心慌，乏力，紧张得甚至想尿尿，他要去厕所，可脚步刚一移动，“哗”的一下，马三尿了。

马三意识到了那些“尿”与真正的尿不同。滑的、黏的、凉的。不是那种尿臊味，而是一种苦杏仁儿的味道，与夜色中某一种味道相混淆。夜色中的某一种味道是什么呢？马三使劲儿嗅了嗅鼻子，没嗅出来。裆里的那种湿黏很不舒服，马三回了偏厦子，用一把干草擦了擦。马三把干草放到鼻子底下闻了闻，还是闻到了干草以外的苦杏仁儿味。

马三摸黑在土炕上躺下了，耳朵里传来了很多声音。狗肉熟了以后，是会发出很多声音的。可马三却一点食欲也没有。马三迷迷糊糊地甚至想睡，他的眼皮沉得抬不起来。

大宝忽然叫了起来，有人在使劲摇动门板。马三跑出去开门，拐子队长提着一瓶子酒和一瓶子底儿香油进来了。拐子早已不拐了，可大家已经把他叫习惯了。拐子大步流星朝堂屋走，边走边说：“我闻到狗肉香了，正品，快给我拿只大海碗，我要吃心嘴儿。”

没人欢迎他，可拐子队长并不因为别人不欢迎就不找地方坐。

他把两只瓶子蹾到饭桌上，把裤脚卷到了膝盖以上，说：“我吃不多，我是想和正品喝两口儿。”

李大脚粉红的舌尖舔了舔豁唇儿，对他的两个儿子说：“还不给你拐子叔让地方，他为了吃口狗肉大概侦察一晚上了。”

拐子无耻地笑了。

可一锅狗肉里却没有心嘴儿。拐子用一只马勺在锅里翻来覆去地找，仍是没有。拐子被热气熏得睁不开眼，流着口水说：“怪了，这只狗没有心？”李大脚拿起香油瓶子看了看，失望地说：“哪里有香油啊！”拐子连忙说：“酒瓶子是满的。香油又不是水，有一滴就够了。”李大脚嘟囔：“我看连一滴都不够。”拐子还是捞了一条狗腿盛进碗里，边找地方坐边说：“天没头儿，海没边儿，牛没上牙狗没肝儿。这只狗倒好，没心。”

马一和马二都笑了。他们都看见心嘴儿被马三捞走了。

马三自己不舍得吃，他想犒劳大宝。最好的东西应该大宝吃，马三是这样想的。大宝在地上卧着，见了心嘴儿却把头扭开了。马三说：“吃吧，快吃，多香啊！拐子想吃都吃不到。”马三把心嘴儿拿着往大宝的嘴里塞，大宝浑身抖了抖，站了起来。马三急了，踹了它一脚：“不知好歹的东西，你以为这是毒药？”

马四不知什么时候站在了偏厦子门口。马四说：“大宝不吃，因为这是它妈的心。”

马三意外地看了马四一眼，在心嘴儿上“吭哧”咬了一口，还有点烫，马三咧着嘴巴问：“你吃不吃？”

“我也不吃。”马四转身走了。

5

村里总是不得安宁。东家丢了双鞋，西家丢了条肉。鞋是白球鞋，刷干净以后在窗台上晾着，一眨眼的工夫，没了。那条肉是排了半天长队买来的，肥膘有二寸厚。大四媳妇舒眉展眼地在外面跟人家瞎掰，说那卖肉的是她娘家庄上的人，前后都给了精瘦肉，她给卖肉的一努嘴，一刀砍下去，二寸厚的肥膘肉到手了。大四媳妇是一个有一尺说一丈的人，她的话并没有人在意听。话还没说完，听的人借故走了。大四媳妇端着木锨回来了。她铲了鸡屎扔到猪圈里，走路扭着腰腿，与平时有很大不同。一想到锅台上的那条肉，大四媳妇就像腾云驾雾一样，浑身轻飘飘地洋溢着幸福。她渴望与别人分享幸福，拄着木锨柄在门口站了半天，并没有遇见一个人。

大四媳妇回了家，盛肉的那只盆子滚落在地上，肉却没有了。大四媳妇慌了神儿，一张脸立刻皱成了带褶的包子。屋前屋后柜底下灶膛里到处找，哪里有肉的影子。大四媳妇哭唧唧地找了更远的地方，菜园、猪圈，甚至连茅厕都找了，也没有找到。就是死了亲娘老子也没有像大四媳妇眼下这么悲伤，她坐在当街的碾盘上，扯开嗓子号："我的肉啊……"

大四媳妇不是等闲之辈，哭够了，她把眼泪擦干，扭动着腰腿一户一户地找。哪家哪户都要问到了："看见我家的肉了吗？两寸厚的肥膘，卖肉的是我娘家庄上的人。"她还说："做贼瞒不了当庄人，除非你不吃，你啥时候吃肉香都会顺着烟囱蹿出来，你偷不了馋！"大四媳妇走了十几户，走到谁家都是那套话。谁都说没有看到。大四媳妇脸越来越灰，眼神越来越直。没有那条肉，她都觉得这日子没法过了。后来有一个孩子告诉她，看见大宝叼着肉在街上跑，不知是不是她家的那块。大四媳妇立刻有了精神，噔噔噔地去了马正品家。进了门也不说话，锅盖柜盖盆子盖，乒乒乓乓，凡是有盖儿的东西都要掀起来看一眼。连灶眼里都撅起屁股看了，还用火棍子搅了搅灶灰。大四媳妇一无所获，气急败坏地说："你们把我的肉藏哪了？

马正品和李大脚相互看了一眼，然后异口同声："在你身上长着呢。"

大四媳妇说："放你娘的狗臭屁！有人看见大宝偷了我买的猪肉!"

马三蹲下摸着大宝的头："你偷四婶家的肉了?"

大宝眼泪汪汪地看着大四媳妇，模样像个受了委屈的孩子。它摆了摆头，又轻声汪汪了两声。

马三说："四婶，大宝说了，肉不是它偷的，你冤枉它了。"

大四媳妇吃惊得都不会说话了。

李大脚粉红的舌尖儿舔了舔豁唇儿，黑土露风地说："我家大宝从来不偷馋，不该它吃的东西一口也不吃。"

大四媳妇还想说什么，可低头看见大宝的眼睛，又把话咽了下去。大宝的眼睛有点特别，一双狗的眼睛，怎么跟人眼睛一模一样?

大四媳妇还注意到了马三脚上的鞋，虽然用墨水染蓝了，可还是能看出原先的样子。这样的鞋都不是马家的，马家的鞋都是轮胎底。

大四媳妇什么也没说，回身走了。

大宝偷东西的事很快就在村里传开了。村里许多丢了东西的人家都到马家来讨要。李大脚咧着没有门牙的豁嘴在门口站着，张牙舞爪地说：“我们家没有你们的东西，不信你们去翻，翻着了我赔你们一人二百吊钱！”

没人肯像大四媳妇那样翻来翻去，况且大四媳妇什么也没翻着。她跟人家说那只狗成精了，是谁谁家的孩子托生的。那户人家的孩子是得破伤风死的。说人家的孩子托生成了狗，人家肯定不乐意，找到大四媳妇干了一架。大四媳妇的脸被挠成了花瓜儿，她又去了马正品家，说夜里闻着他家的烟囱冒出肉香了。

“要是大宝吃了我就不说什么了。”大四媳妇说。

“那你去问问烟囱，”马正品说，“说不定你家的肉让它吃了。”

马三非常偶然地发现大宝会掰玉米。

当时他们在玉米地里找到了几只刺猬，其中的一只刺猬像小土丘似的团在玉米秸下，像个庞然大物一样。这样大的刺猬天底下少见，不烧吃了简直说不过去。马三指挥小双等人捡干柴，自己则在地上挖了一个灶眼，把刺猬放在中间。刺猬一共有三只，大的是一只，稍小的是一只，还有一只更小的，像是祖孙三代。马四对烧烤过程不感兴趣，他掰了好多玉米棒子，横着搭在垄沟上，做了一只滑床。玉米长在秸秆上，有的马四踮着脚也够不着，他要先把秸秆扳倒，骑上去，用一只脚踩着，才能把玉米扯下来。马四掰玉米的时候大宝就在旁边看着，仰着脸，摇着尾巴。后来大宝也像人一样站了起来，两只前爪抱着玉米，用力往下掰，再用嘴叼着往下一扯，玉米就掉下来了。大宝连着掰了十几个，引起了马三的注意。马三看大宝的时候大宝也正在看他，大宝朝他“汪汪”了两声，说：“是这样吧？”

在马三的授意下，大宝从这天夜里开始往家里倒腾玉米。大宝每次叼两三个，几分钟就跑一趟。大宝流线型的身影在夜幕中风驰电掣一样。叼来的玉米一颠一倒码放在窗台上，像马四在地里摆的滑床一样。李大脚被大宝的动静弄醒了，她披着衣服起来看了看，看见了窗台上的玉米。她以为是她的哪个儿子顺手牵羊偷来的，放到了这样惹人眼目的地方。她把玉米收到了偏厦子里，上面盖上了茅草。马三正睡得香甜，磨牙声像是在闹耗子。

李大脚在星光底下伸了伸懒腰，有露珠掉在了她的鼻尖儿上。

天亮了，大宝安静地卧在院子里，等候家里人一个一个起来。先是马正品，李大脚，然后是马一和马二。这个早上给他们带来了足够多的惊喜，家里的粮食总是不够吃，他们都是对粮食过分敏感的人。玉米统统被收到了偏厦子里，反复数，四十六个。再数，还是四十六个。马一和马二都不相信是大宝的功劳，李大脚证实说，马三睡了一宿的觉。她半夜起来收起了十六个，后半夜，大宝又叼来了三十个。那些玉米的胞衣上还有大宝洞穿的牙印。马正品激动得在院子里走溜溜，他说，娘的，真他娘的。这哪里是狗，这不是财神爷吗？大宝给他叼来肉那天他并没有像今天这样激动，虽然他冲着那条二寸宽的肥膘流口水，但他觉得充其量是大宝偷嘴，他想不到大宝原来是为了这个家。他拐着一条腿冲进了偏厦子，把熟睡中的马三弄醒了。他说："三儿，大宝一宿叼来了四十六个玉米，二十多斤啊！它叼十天，就是二百多斤。你要让它叼，每天都叼！狗偷粮食不犯法，谁都拿它没辙！我们家要过好日子了，都指望大宝了！"

马三眼睛还没睁开，先问："大宝呢？"

大宝从外面进来了，蹿上炕，在马三的身边趴下了。

马三抚着它的毛发，首先想到了大宝的待遇问题。马三说："我要让它和我一起上桌吃饭！"

马正品连忙说："行！"

马三又想到了大宝的身份确认问题，说："我要让它管我叫爸爸！"

马正品怔了怔，说："行。"

马三突然想到了两只白胳膊，重重地压在了他的肩上。马三的肩上一沉，身下就麻酥酥地有了动静。马三红着脸说了句："将来我要和大宝一起娶媳妇！"

马正品笑着给了马三一个脖儿拐，说："行！"

马三高兴地拍了大宝一下，他和大宝都从炕上跳了下来。马三说："大宝你听到了吗？你不是狗，你是人！"

大宝从马一和马二身边过，还是被马一踢了一脚。马一说："你是人，我们是啥？"

李大脚对马一的行为表示不满，她翻着白眼说："你还不如大宝。"

马二不耐烦了，也朝大宝踢去，可大宝已经跑远了，他的脚落了空。马二朝李大脚翻着白眼说："那就让它给你当儿子，让它管你叫妈，行了吧？"

马正品从屋里拐了出来，接话说："不行！它是马三的儿子，差着辈儿呢！"

马正品的脸红红的，像喝多了高粱烧。这个早上让他感受到了生活是这么美好。他是家里工分挣得最少的人，他总是有意控制自己的胃，让儿子们多吃一口。他对自己说，儿子比他活儿累。可他的胃口一点也不比儿子小，每到太阳下山的时候，他的肚子就像养了一群蛤蟆，呱呱地叫。

大宝每个夜里都出去倒腾玉米，却并没有像马正品希望的那样，十天叼来二百多斤。事实是大宝有时候一宿就叼来十多个，有的根本就没长粮食，有的被耗子啃得就剩下了玉米骨头。李大脚拍着大宝的脑门儿骂它笨，说这是玉米吗？这样的玉米人能吃吗？大宝眼一合，脖子一缩，就从李大脚的手心里溜走了。马三对这件事情也不是很上心，他怕大宝累着。那天大宝倒腾完玉米蹿上炕，浑身上下水捞出来的一样，让马三很心疼。那些柴火刺儿还扎到了大宝的嘴里，马三给它剔了半天牙。至于大宝叼来的那些没长粮食或者只剩下玉米骨头的玉米，马三连想都不用想，就知道怎么回事。长得圆滚滚的玉米大宝叼起来很费劲，大宝嘴小，它还愿意多叼一两个。

期待了三四天以后，马正品也把这事儿放下了。大宝毕竟只是一只狗，虽然有的时候做了点人事儿。他号召马三和马四偷些粮食回家。马正品亮出自己的裤腰带，说可以把那些玉米别在裤腰带上，像盒子枪一样。马正品话没说完，马四嘴一咕嘟，说：“我不做贼。”

马正品扇了马四一巴掌，说：“饿死你个婊子养的！”

马四梗着脖子说：“饿死也不做贼！”

6

马三的心思不都在粮食上，让狗叼玉米，这在他只是玩，他不把这件事看得怎样重。白天他领着大宝在村里转来转去，谁家院子里有什么东西，尽收眼底。球鞋和大四媳妇的那条肉都是这样被他发现的。球鞋有些顶脚，可这毕竟是马三穿的第一双球鞋，顶脚也顶得很舒服。那瓶蓝墨水大概还是哥哥们小时候上学买的，他们跟马三一样，没读几天书。但与马三不一样，他们买了蓝墨水。那瓶蓝墨水整个涂在了蓝球鞋上，颜色深一块浅一块，但球鞋成了马三的。马三不在乎别人管他和大宝都叫贼，看见眼馋的东西，他就让大宝去叼。村里人没少说马三和大宝的坏话，可见了他们的面，还是愿意跟马三说说大宝的事。家家都养狗，可谁都养不成大宝的样子，有的狗除了吃屎啥都不会。马三对这样的话题不屑一顾。把大宝与别的狗相提并论，这对大宝是个侮辱。

马三的态度很容易被人看成是傲慢。乡间不太有傲慢的人，马三的傲慢有些让人肃然起敬。

马三和大宝在村里转来转去，看似随心所欲，可马三自己知道，他和大宝转来转去就会转到那条街上。村西的水塘边，有一棵老臭椿，树底下就是富农婆的房子。马三其实很想进到那座房子里，干什么，不清楚。马三只是想进去，那座房子仿佛是一块磁铁，吸住了马三的心。马三的心有些慌，慌得总想贴过去。那两扇门突然发出响动，把他吓了一跳。可发出响动的是从门楼上跳下的猫。

马三对自己说，你怎么就不敢进那两扇门呢？富农婆会吃了你？

想到敢不敢的问题，马三就下定了决心。这个世界上没有他马三不敢做的事。他背着手，用膀子撞开了那两扇门。大宝从他的腿间先钻了进去。站到院子里，马三咳嗽了一声。

想象中那张笑吟吟的脸应该在堂屋门口出现，柔柔地叫一声：“马三。”

马三等了等，富农婆却从厕所出来了。厕所在院子的西南角，用土墙围着，没有一人高，可富农婆蹲在里面，马三就什么也没看到。富农婆穿了黑市布的衣服，平展展的，边走边系裤子。衣服黑，愈发显得脸白，白得像石灰粉饼做的，连一点杂质也没有。看见马三，富农婆的眼睛闪了闪，像鬼火一样。富农婆冷冷地问："有事吗？"

马三的脸顿时像烧着了一样，他没有想过这个问题，来到这个院子里，应该有一个理由。上一次是来找柴狗，这一次呢？

马三结巴了一下，说："还、还有料豆吗？"

富农婆从马三的面前走了过去，看也没看他一眼。马三生了气，大声说："问你话呢，还有料豆吗？"

富农婆头也不回，说："来吧。"

马三随着富农婆走进了堂屋，边走边嘟囔："料豆是拐子的，拐子的料豆是队里的，队里的料豆人人都有份儿……"

富农婆什么也不说，蹲在灶坑前烧火，马三乘机溜进了屋里。炕上有个被垛，叠得四棱见方，上面蒙着花线毯。黑皮墙柜擦得锃亮，上面摆一只帽镜。镜的两边有耳朵，是两个狮子头。墙上挂着一个小相框，上面都是古老的人，怪模怪样，马三从没见过。

马三吸了吸鼻子，闻到了一股熏香的味道。马三伸长脖子四处撒目，没有看见熏香在哪里。熏香的味道在房间里弥漫着，马三有些紧张。马三想尿尿，他又有了憋不住的感觉。

富农婆刘素英端着铁丝筛子进来了，筛子里装着刚炒熟的料豆。滚烫滚烫的料豆刚才还在锅里蹦跳，此刻却安静得如同睡着了。刘素英抓了几颗料豆往马三的手里塞，因为烫，她的手心张开着。她的手心很白，让马三想到了一种白的花，只在夜里开。马三突然想摸那只手，那种冲动让他的脸涨得血红。他飞快地溜了刘素英一眼，出其不意地打落了那几颗豆子。刘素英的手还惊愕地张在那里，她不知道马三为什么要打她。

大宝赶忙配合马三捡食地上的料豆，嘴里发出了咯嘣咯嘣的响声。

刘素英的脸有了一层水汽，她的长眼眉不易觉察地跳了跳，轻声说:“你把豆子装上吧。”

言外之意是你可以走了。

马三当然听得懂，他不傻。马三气哼哼地一屁股在炕边上坐下了，把铁丝筛子往起一掀，豆子“哗”地滚了一地。

大宝欢喜地发出了“哼哼”声。

刘素英的嘴角紧抿着，那句话，从她的牙缝儿里滋了出来：“你要干啥？”

马三没敢看刘素英，他也不知道自己要干啥。那些圆滚滚的料豆铺撒在地上，就像喷溅出去的一盆水。马三的眼眶中忽然涌出了许多眼泪，那些眼泪毫无防备，惊慌得就像偷儿一样，在马三的脸上排着队急急穿过。

谁都知道马三是一个不会流泪的孩子。他从小就不会哭。他伤心的时候只会咧咧嘴，却哭不出声。马三的眼泪让刘素英手足无措，她无言地看着马三。

马三用袖子抹了把脸，说：“对不起。”

这是马三有生以来第一次说对不起，在这之前他做过许多“对不起”的事，但他从来也没想起过说。

刘素英惊讶地看着马三，不相信这三个字是从马三嘴里出来的。

拐子悄没声地进来了。他细高的身形像高粱秆儿一样能顶到房梁上。他看了看脚下的豆子和大宝，说：“马三在这儿。”便像主人一样爬上炕，脱了鞋，把自己靠倒在被垛上，跷起二郎腿，颠着。

刘素英立刻绽出了一脸笑容，那脸笑容却是对着马三的。刘素英拉过马三的一只手，放到自己的手心里，另一只手拍着马三的手背，说：“马三，以后你和大宝每天都来，我把料豆炒得香喷喷的等你。”

那手柔软得像裹着棉花，把马三暖得心都发烫。

马三的手剧烈地抖起来，像是在发疟子。他的脸孔像朱砂一样赤红，直红到眼睛深处。马三的眼泪也红得像血滴一样，烫得皮肉“吱吱”作响。

拐子在炕上不满地“哼”了一声。

刘素英又说：“我喜欢狗，模样多丑的狗我都喜欢。下次来我把料豆擀成面，大宝会更喜欢吃。”

马三这时叫了声“拐子叔”，他觉得自己应该跟拐子打招呼。

拐子耷拉着眼皮说：“这么好的豆子都喂狗？”

马三说：“大宝不是狗。”

拐子坐了起来，说：“不是狗是啥？”

马三勇敢地腆了腆胸脯：“它是人。”

拐子哈哈笑了，说：“要说它还真有几分像人，听说它也会偷人，是不是马三？”

那只筛子“哐”地翻到了地上，马三看见了，是刘素英的手用了点劲儿。大宝用爪子挠了挠筛子，把筛子叼了起来。

马三说：“放屋外去。”

大宝叼着筛子出去了。

刘素英说：“大宝比人都强，瞧它的眼睛，多灵性啊。”

拐子说：“活不了几天了，打狗队要进村了。”

刘素英和马三对视了一眼，都听见了这话，可对这话都没反应。这一瞬间，马三和刘素英心有灵犀。他们想，拐子在说谎。

拐子说：“马三，该出去玩了。”

马三不动。

三个人谁都不说话，只有大宝的嘴里发出了咯嘣咯嘣的响声。

隔了一段时间，拐子又说：“马三，该出去玩了！”

马三说：“你该出去玩了！”

把拐子说愣了。拐子想了想，下地穿鞋，说：“好好，我出去玩。马三你留这儿，裆里长毛了吗？”

马三涨红了脸，脱口骂了句拐子的妈。

拐子扑过来要打马三，大宝嘴里发出了一声怪叫，身体直立起来，挡住了拐子。它猩红的舌头在嘴里翻卷着，像是随时要朝哪里下口。

拐子朝后一仰，身体整个撞到了墙上。墙体发出了“呼扇”一声响，像是地震了一样。大宝虎视眈眈的样子让他心有余悸，他怒视着马三，却又小心地绕过大宝，出去了。

“你等着瞧吧！”拐子翻着白眼说。

7

一个有着薄雾和朝霞的早晨，打狗队进村了。

朝霞升起来时，薄雾还在树梢上缭绕，稍不提防，就被朝霞扯碎了。打狗队就像天兵天将一样与朝霞一起降临了。他们一共二十六个人，十三条长枪，还有绳子棍子之类的其他武器，个个耀武扬威。他们从公社出发，途经大王庙、小王庙、大麦河、小麦河等七八个村庄。途经哪个村庄，哪个村庄的狗都叫得震天响，像号丧一样。打狗队的人也奇怪，莫非狗闻到了什么风声？不应该呀！打狗队于昨晚刚刚成立，誓师大会是一早在篮球场上开的。二十六个人纷纷表示，要坚决、彻底、干净、利落地消灭所有的狗。操场上又没有发报机，狗是怎么知道自己死期将至的？

罕村是一个大村，又地处公社与公社之间的边缘地带，打狗队选择罕村作为突破口，应该说是有其战略意义的。他们二十六个人分成了几个小组，把住了各个路口。其余的人去了大队部。他们在大队部的院子里与等在这里的村干部握手，然后，打狗队队长刘祥瑞对民兵连连长纪先锋说：

“这场打狗战役选择在罕村做第一个战场，是你们村的光荣。只许成功，不许失败。成功的标志是——全村绝不允许留下一只活着的狗。你们统计造册了吗？（纪先锋把一张表格给了刘祥瑞）哦，好，很好。一切按既定方针办。从现在开始，村庄各主要街道开始戒严，各种车辆行人不准随便走动，防止把狗转移他处。有违反规定者，扣他娘的半年工分。另外打狗以棍棒和绳子为主，不排除使用武力（枪）解决问题的可能性。一旦使用了武力，狗的主人要交三毛钱的子弹费。所以我们提倡自行解决，主人把狗打死，狗肉狗皮归自己。如果让打狗队打死，死狗就充公，让他连根狗毛也摸不着。有无理取闹者（比如不愿意把狗打死），弄根小绳儿拴到公社，关他三天，不叫大爷就不放他出来。总之，这是政治任务，只能干好，不能干坏……这里怎么还有一个叫大宝的？纪先锋我告诉你，我们这是打狗，可不是打人，你可不能借机公报私仇。这要是谁家的孩子被当成狗打死了，你可吃不了兜着走……”

纪先锋刚要解释什么，旁边的医疗站里忽然蹿出了一个孩子，“嗖”地从他们的身边跑了出去。

后面跟着的马一看了纪先锋他们一眼，朝跑远的马四喊：“打针不疼！”

马四在这天早上肚子疼。他的肚子经常疼，本来没人理会，可他杀猪似的叫声，引起了李大脚的注意。李大脚摸了摸马四的肚子，里面鼓出了很多疙瘩。李大脚说：“是蛔虫。”马正品仰面朝天躺在高高的枕头上，眉眼不睁地说：“让你吃虫药你不吃，早晚让虫子捣死。”马四不是不敢吃药，他是害怕拉虫子。虫子一旦从肛门钻出来，就能把马四吓晕。马四宁可不拉屎也要把虫子憋回肛门里。所以马四肚子里的虫子越聚越多，它们经常在睡醒觉后拧成一团折腾马四。马四半天半天地用自己的小手搓揉肚皮，直到把那些虫子团揉开。

马四的叫声搅得一家人鸡犬不宁。李大脚首先起来了，拎着尿盆来到堂屋，贴着房门喊马一和马二：“你们听不见马四杀猪样地叫吗？你们要是做早饭，我就背着马四去找赤脚医生打针！”马二不吭声，装着听不见。马一不声不响地起来了，背着马四往大队部的方向走。天气有些凉，马四光着脚。马四肚子不疼的时候又觉得冷，所以他一路都在哼哼。在一个路口，他们看见了一些陌生人转来转去。马四好奇地问："那些人是干啥的？"马一头也不抬地说："管他干啥。"

马一是个老实人，除了吃饭和干活，他对任何事情都不感兴趣。他已经到了该娶媳妇的年龄，他的媳妇还在丈母娘那里养着，可到底谁是丈母娘，马一又不知道。马一有个感觉，他的媳妇大概要让丈母娘养一辈子了。平常的人家娶媳妇都难，何况像他们这样父母都是残疾人的家庭呢？

他和马二睡不着的时候经常盘算这件事。家里这样穷，房子这样小，儿子这样多，娶了媳妇也没处放。马二脾气大，说着说着就会动肝火，咒天骂地，恨不得把天捅个窟窿。马一在马二动肝火的时候总是很平静。他想，既然说不上媳妇，就不想说媳妇的事了。想也是白想，就不如不想，不想心里还好受些。否则，还不是自己与自己过不去？

医疗站和大队部在一个院子里。马一敲了半天的门，屋里才有了动静。这个时候纪先锋和另外一些村干部也来了。他们看见了马一背着马四，但彼此各不相干。在马一的眼里，这些村干部都是远得不能再远的人，除非走在对面把头撞出疙瘩，马一是不会主动招呼他们的。

赤脚医生把门打开的时候，打狗队队长刘祥瑞领着一伙人来了。他们提着枪，拿着绳子和棍棒，让马四看着稀奇。赤脚医生给针消毒的时候，躺在床上晾着半个屁股的马四听见了刘祥瑞的一席话。赤脚医生回过身来给马四打针，马四手脚麻利地从床上跳了起来，风车样的往外冲去。

马一没有想到马四的逃跑与打狗有关，很多时候他是个迟钝的人。

一百多条狗在一天里统统打完了。应该说这不是一件困难的事，很多村民都很配合。打狗队进到院子，许多家的狗都已经在树上吊着了。自己辛辛苦苦养大的狗，可不能便宜别人。狗无一例外地侧着头，瞪着玻璃球似的两只眼睛。嘴巴大张着，涎水像透明的丝线一样从扩大的嘴角往外涌。但也有些狗被吓窜了，它们狂吠着攀墙上树想逃过此劫，但最终却死在了棍棒之下。还有些狗纯粹是被练了枪法，他们与执枪者只几米远的距离，“砰”的一声响，脑门儿就被子弹炸开了，鲜血像梅花一样艳丽，扑溅得庭院血色飞红。村庄里到处都是狗肉和狗的鲜血的味道，每处死一只狗，都能引来许多人看热闹。人越聚越多，杀狗的人越战越勇。后来，他们干脆用绳子拴住狗脖子，两个人像拔河一样站在两边，企图用蛮力把狗勒死。狗就像木偶一样在作用力下朝两边晃来晃去。一边力亏了，所有的人都喊加油。那个人果然平添了许多力量，脸憋得青紫，手上的青筋蹦起来老高，两只脚生根一样蹬在一处不动，“嗨”的一声喊，果然就把对方和狗都拉趴下了。人群哄堂大笑，还有人拍起了巴掌。趴下的人半天才爬起，狗却口角吐了白沫，舌头伸出来几寸长，四条腿直直地乱蹬几下，不动了。人群“哄”地散了，去下一家。下一家的狗也许已经炖到锅里了，就去下下家。总有人家不舍得下手的狗，被打狗队表演一番。

拐子和纪先锋领着浩浩荡荡的打狗队伍包围了马正品的家。似有意又似无意，他们把好节目留在了最后。在这之前，打狗队的人都知道了他们最后面对的是一只叫大宝的狗，不但模样与柴狗不同，还像人一样会做许多事。打狗队的人都很兴奋，他们喜欢那只叫大宝的狗。与那样一只狗较量，他们觉得是一件开心的事。

拐子巴结地傍着刘祥瑞走，边走边向刘祥瑞介绍大宝的好多事。不但懂人的眼神，还会偷东西。还有更绝的，它居然像人一样想偷人！看刘祥瑞不明白，拐子杜撰了一个故事，说某一天，大宝看见了一个男人和一个女人做那种事，大宝馋得流了哈喇子，那个东西探出来老长，不止一次地想往女人的身上跳。刘祥瑞果然听上了瘾，他停下脚步看着拐子，问："真的？"

拐子结巴了一下，说："真的，罕村人都知道。"

刘祥瑞说："那一男一女是谁？"

拐子看了看前后左右，小声说："是个富农婆。"

刘祥瑞说："哦，是个妖婆子。男的呢？"

纪先锋抢着说："是拐子。都知道他与富农婆有一腿。"

拐子看了纪先锋一眼，害羞地闭了嘴。

刘祥瑞说："偷东西那种事，我信。想日人的事，我不信。除非我亲眼看见。"

说完这话，刘祥瑞又补充了一句："村干部就是素质低。"

打狗队的人和看热闹的人把马正品的三间土坯房围得水泄不通。几个持枪人变成了狙击手，在院墙外边找到了合适的点射位置。李大脚从屋里冲了出来，舔着豁唇儿说："干啥把枪架到我家墙上？把我们都打死好了，反正我们也不想活了！"她把那些枪口往墙外推，那些枪口跟她较了劲儿，一动不动。拐子说："大宝呢?"李大脚说："它四条腿，我两条腿，我不知道它去哪了。"纪先锋说："你还是把大宝交出来吧，大宝躲得过今天躲不过明天。"李大脚说："躲不过去你们就杀了它。"刘祥瑞说："你家的狗到底在哪?"李大脚说："这位同志我咋不认识，是公社的干部吧?我们没把狗藏起来，狗自己跑了，它是只聪明狗，比好多人都聪明。"刘祥瑞抬脸看天，他不想跟李大脚说话了。李大脚的红舌尖像兔子一样一卷一卷的，让他很不舒服。拐子说："马三呢?"李大脚说："你去问马三，他去哪从来不与我说。"拐子说："你别给我们丢脸，全庄就你家不主动打狗。"李大脚尖声说："不是我们觉悟低，是狗不听我们的话！你有本事找到大宝，把它打死一百次我们也没意见！"

刘祥瑞对纪先锋说："搜！"

纪先锋一挥手，几个打狗队员跟着进了院子。

李大脚跟在那些人的屁股后头说："只要能找到大宝，你们挖地三尺也行！"

刘祥瑞说："你觉得我们找不到一条狗?"

李大脚干脆地说："你们找不到。"

马三与大宝一直藏在村南的苇塘里。马四从医疗点里赤着脚跑回来，为大宝赢得了几分钟的时间。马四这样对马三说：“打狗队进村了，到处都是生人，他们要打死所有的狗！”马四的小脸煞白，跑得急，却没出一滴汗，小胸脯像拉风箱一样呼扇呼扇。马四的话没说完，马三已经与大宝做好了出逃的准备。他们从一条胡同往村西走，穿过了几户人家的菜园，到了刘素英家的房后身。从这里穿越坑塘，就可以出村了。走过刘素英家门口，一只布袋子突然从门里飞了出来，让马三猝不及防，可马三还是用怀抱的方式接住了那只布袋子。他没有看见刘素英，脚步不停地从刘素英家的门前跑了过去。大宝张皇失措，它跑出一段距离就站下等马三，焦急的样子令马三看了心颤。马三不停地安慰大宝：“没事，没事。”可大宝不这样想，它看看马三又看看前边的路，恨不得一步跨出村庄。

那片苇塘有百余亩，要等到上冬时节队里才集体组织割芦苇。苇片编的席子远销到新疆，让家家过年的饭桌上多盛几碗肉。大宝领着马三往苇塘的深处钻，哪里密不透风就往哪里钻，把马三的一张脸划出了许多血道道。后来还是马三把大宝的脖子抱住了，大宝浑身是汗，筛糠似的抖。马三心疼地用自己的脸贴着大宝的脸，反复说儿子不怕，有爸爸呢。大宝伸出舌头舔马三的脸，马三脸上渗出的血把大宝的舌头染红了。可马三以为大宝受伤了，掰开它的嘴说：“让爸爸看看，哪儿受伤了？”

马三与大宝在苇塘里熬了一天，那些料豆被吃得一粒不剩。马三吃料豆的时候一点也没想起刘素英，他把刘素英忘了。他尽量克制自己的欲望，让大宝多吃点。每一颗料豆都在嘴里反复地嚼，咽下肚去的时候，就只剩下唾沫了。马三心上的那点感受都让大宝的惊恐闹没了。村里的枪声一响，大宝就浑身哆嗦。大宝的眼里汪着泪，一眨不眨地看着马三。大宝说：“我要死了。”马三说：“有我呢，你死不了。”大宝说：“它们都死了。”马三用自己的衣袖给大宝擦眼泪，马三说：“放心吧，我能保护你。”

天黑以后，马三和大宝走出了苇塘。马三的衣衫单薄，冷得牙齿打架。他跟大宝商量要不要回家，大宝无奈地看着马三，它知道马三想回家了。天黑得伸手不见五指，只有四只眼睛流萤一样闪着光亮。马三想过自己走，把大宝留在苇塘。可他又一百个不放心，大宝从生下来就没与他分开过。马三脑子转了转，对大宝说：“我给你找个安全的地方，保准不会有人伤害你。”

大宝一拖一拖地走在后面跟着马三往村庄里走，马三不时站下来等大宝，一声接一声地叫它“儿子”。

8

刘素英是一个有些神怪的女人。村里人都叫她妖婆子，说她三分像人，七分像鬼。她刚回到村里那天，头发像刚出生的牛犊子一样都在头皮上贴着，在太阳地里冒着油光。脸孔那么白，连一点血色都没有。男人们都看她的头发不顺眼，嚓里咔嚓，一把大剪刀在她的头上舞动生风，就像被割掉麦子的麦垄一样，露出了头发根处青光色的一片头皮。女人则把整脸盆的水浇在了她头上，想看清她到底涂了多厚的粉。奇怪的是，她的脸孔在清水的冲洗下反而荧光似的白，那种白晃人的眼目，让男人女人的心都不太平。富农婆刘素英被人折腾了大半天的时间，一声不吭，也不皱眉，也不求饶。富农在一旁则哭哭啼啼。有人说想看看刘素英的屁股什么样，她在大庭广众之下真的把裤子脱了，一点犹豫也没有。裤子在她的脚踝处叠成了一堆，有风从她的腿阴处“嗖嗖”吹了过来，所有的男人都不由自主地吸了吸鼻子。拐子走过去帮她把裤子提了起来。拐子笑着对其他人说：“冷，别冻着。”拐子笑起来时嘴角直到耳根各有三道深深的皱纹，像老猫的胡须一样。拐子的眉眼则像老鼠。拐子在那一天就像只得意的老鼠，眼睛笑眯了，鼻翼飞了起来。又尖又长的眉毛在眉骨上跃动。拐子笑得合不拢嘴。后来，拐子只要看到刘素英，他的嘴再也没有合上过。

天黑以后，刘素英往村里走了好几趟，又往村外跑了好几趟。往村里走的时候刘素英有些心跳。她贴着篱笆墙根儿走，走到离马三家十几步远的地方有一棵大槐树，刘素英就在树后隐匿着朝马三家张望。那些打狗队的人走了一大部分，留下了三五个人。那些人就在马三家东西两侧的胡同里埋伏着。他们说的一些不堪入耳的话，都能顺着风传过来。可他们却始终没有发现刘素英，没有发现刘素英与他们守候的猎物之间有关系。没有狗的村庄有些不像村庄。刘素英这才感觉到狗对村庄有多重要，对自己有多重要。刘素英寡单单地往村外走，忽然手舞足蹈起来。村庄寂静得密不透风，那种厚重的挤压简直能使她的身体变形。刘素英依靠这手脚的韵律驱赶着视觉中的一切。她走到了村口，手不舞了足也不蹈了。她看见了马三，随后，她又看见了大宝。

她把自己隐在了电线杆后，看着马三和大宝从自己的身边走了过去。刘素英的嘴角漾着笑，那丝笑就像藏猫猫的孩子露出的得意笑容一样。马三机警的样子像一只捕鼠的猫，或一只躲猫的鼠。他没有走回家的那条路，而是绕过了一座废弃的宅院往村西走。刘素英顿时心花怒放，她算准了马三去敲自己的门。他是个聪明孩子，知道谁可以保护他的大宝。

刘素英提前一步回了家，虚门以待。门外一有动静，她就把房门轻轻打开了。刘素英一把把马三拽了进来。马三措手不及，慌忙叫了一句“婶子”。

刘素英把马三一直拽进了屋里。屋里的一口柜子掀开了，刘素英拉着马三过去看了看，说：“有人来就让大宝跳进去，没人的时候就把它放到院子里。只要大宝不叫，不会有人知道它在这里。”

马三哽咽着又叫了一句“婶子”。

刘素英又说：“我到你家门前看过几次了，打狗队的人还没走。”

马三说：“要让他们知道了大宝在这儿，他们会给你戴高帽子。”

刘素英说：“我不怕。”

马三相信刘素英真的什么都不怕，刘素英凛然的样子有些像女英雄。

马三又说：“拐子也许会知道。”

刘素英说："我不会再让他登这个门儿，你放心吧。"

刘素英对大宝招了招手，大宝轻巧地跳进了柜子里。柜子底下铺了一块小毡子，大宝仰头看了看马三，舒舒服服地趴下了。

刘素英把柜盖"啪"地盖上了。刘素英说："大宝在我这里，你放一百个心。"

马三一个人回来了，让埋伏在他家周围的打狗队的人很失望。他们都从胡同里走了出来，推搡着马三说，狗呢？马三说，丢了。

打狗队的人自然不相信，可有什么办法呢？他们一直在等马三，觉得等到了马三就能等到大宝。现在马三回来了，那只狗却不见踪影，他们不愿意是这样一个结果，可结果就是这样。

他们集体揍了马三一顿，骂骂咧咧地走了。

马三家里的人都睡了。鼾声裹在北风的呼啸中，此起彼伏。马三摸索着进了偏厦子，连鞋都没脱，爬上了炕。

炕上有一个小人儿，身量与大宝差不多。马三拽被子的时候把他拽醒了。马四在黑暗中揉了揉眼睛，问："大宝呢？"

马三说："丢了。"

拐子比每天都早地敲响了上工的钟。那只钟是根铁轨，拐子派两个社员从河东的铁路上偷来的。铁路的人曾经来追查，被拐子藏在了麦秸垛底下。铁轨钟长一米左右，吊在了两竖一横的木架子上，拐子用铁棍敲击它，发出的是一种带水音儿的响声。

派活之前，拐子训了一通话。拐子的脸拉了一尺多长，这表明他心里不耐烦。拐子说，昨天丢脸了。全村八个生产队，队队都把狗打干净了，唯有咱们队搞特殊，剩了一只狗！马正品，你要不怕扣工分你就把狗当儿子养，上边追查下来你吃不了兜着走！

马正品把头扎到了裆里，这件事他是觉得有些理亏。他总想在任何事情上都与大家保持一致，大家养狗他养狗，大家杀狗他杀狗。可那个狗日的马三，给他丢人现眼。

李大脚坐在女人堆里纳鞋底儿。线绳从针锥的洞眼儿穿到另一边，李大脚“刺啦刺啦”地拽得很带劲。李大脚不满意拐子说的话，她不停地用舌尖舔着豁唇儿，像鹅一样伸长脖子说：“凭啥扣我家的工分，我家也把狗打死了！”

拐子睖起三角眼说：“死狗在哪？”

李大脚说：“吃肉了！狗就四条腿，你吃了整整一条腿！我们家烀狗肉，你在外边侦察了一晚上，你忘了？你还拿了一瓶子底儿香油。”李大脚用针尖比画说，“就这么多！”

人们“哄”的一声笑了，严肃的会场氛围顿时不严肃了。

马二也说：“你还想吃心嘴儿。你还说牛没上牙狗没肝儿！”

李大脚尖声说：“还想扣我家的工分，你该表扬我家才对！别人都没打狗，我们家先把狗打死了！”

拐子更加生气。拐子更加生气的时候脸像驴脸一样长。他恨老娘们儿胡搅蛮缠。他对马正品说：“事儿你看着办。现在你把狗交出来，扣不扣你家工分我还说了算。过了今儿个，神仙二大爷都帮不了你。”

马正品问：“扣多少工分呢？”

拐子说：“公社刘队长说，扣半年。不扣半年也得扣两个月。不扣两个月也得扣一个月。”

马正品起身架上拐走了，他是去找马三。那个大宝好是好，可因为大宝被扣工分还是不值得。

李大脚用鞋底子指着拐子说：“你就造孽吧。”

拐子开始分派活。所有的妇女都被分配到家门口的地里砸坷垃，只把李大脚分派到了男人堆里，到远处的大洼里割荒草。拐子这是欺负人。李大脚把线绳往鞋底子上一绕，起身拍了拍屁股上的土，说：“老娘今天不下地，拐子你就缺德吧！”

李大脚走了。

大四媳妇与几个女人嘀嘀咕咕，说大宝是神狗，说不定是什么人家的孩子托生的。拐子的目光往这边一扫，大四媳妇就闭了嘴，装作什么也没说。

人一拨一拨地都让拐子分派走了，拐子却没分派马一和马二。拐子说，你们的任务是找狗，找不到狗，你们全家谁也别想来上工。

马二抽冷子一拳捣过去，就把拐子捣了个四仰八叉。马二骑到了拐子身上，拳头对着拐子的鼻梁骨，问："给不给我们派活？"

拐子双手作揖，忙不迭地说："派，派。"

拐子从地上爬了起来，半边脸上都是土。拐子胆怯地看了眼马二，谨防他再次扑过来。拐子说："你们哥俩起圈，起一个圈给五分。"

过去起一个圈都是给十分。马二还想再扑过去，马一过来拉住了他。马一说："起圈就起圈，谁怕谁。"

刘素英一锅一锅地炒了许多料豆。灶里的火红通通，料豆在锅里噼里啪啦乱爆，就像长了腿一样，有的甚至能跳到锅台上。马三负责给灶里填火。他干得很谨慎，怕火太旺，把料豆炒煳。又怕火太温，料豆炒不脆。刘素英抓了几粒让他尝生熟，马三居然有些拘谨，他不好意思。马三把料豆喂到了大宝的嘴边，大宝就在他的脚下趴着。大宝闻了闻料豆，把脑袋偏到了一边。从苇塘回来以后，大宝一直不怎么吃饭。神情恹恹的，走路打晃。马三说：“大宝尝尝，尝尝大宝。”马三把大宝的嘴掰开，料豆一粒一粒地投进去，大宝也有气无力的样子。马三侧着耳朵听动静，料豆在大宝的嘴里咯嘣咯嘣响，马三高兴地对刘素英说：“熟了。”

刘素英把料豆擀成了面，上油锅炒，再加一点糖精，大宝果然有了食欲。刘素英也给马三拌了一碗，马三说啥也不吃。马三给刘素英扫地，修理坏了的笤帚，绑好掉光了毛的鸡毛掸子，还把缺了腿的小板凳钉方正。马三总是很忙，很沉默。没事可干的时候马三也不打招呼，悄悄地来，又悄悄地走。

马三的个子突然就蹿高了一截，像麦苗拔了节。下巴上星星点点地钻出了青色的胡楂儿，喉结凸显出来，像囫囵咽下了一个鸟蛋。没跟任何人提前打招呼，马三去队里上工了。拐子感到很意外，虚情假意地表扬了马三一通，就让马三去跟车。马三第一天的活儿是往麦地里倒粪，把式大庄很纳罕马三干起活来灵气十足，又不惜力，比马一和马二不知要强多少倍。一堆粪早早就倒完了，收工时太阳还挂得老高。大庄逢人就夸马三，说马三是块好料儿。

无论大庄说什么，马三都淡淡的，脸上什么都不挂。

马三每天都去看大宝。他敲三下门，刘素英就把门打开了。大宝看见他总是一副眼泪汪汪的样子，神情很忧郁。虽然吃得不差，却日渐消瘦。刘素英很焦虑，她不知道怎样待大宝才算好。有一天，马三出门的时候恰好碰见拐子要进门。拐子狐疑地盯着马三问：“你总来这里干啥？”马三没理他，身子一拧，就从拐子的旁边闪了过去。拐子要进门，门却“啪”地关上了。拐子用肩膀撞，门却纹丝不动。拐子喊：“刘素英，你给我开开门哪！”拐子不知喊了多少声，嗓子都岔了音儿，里面却一点动静也没有。拐子在当街破口大骂，说刘素英撇开大腿如何如何。拐子的那些话只有女人才能骂出口。拐子骂了很长时间，招了许多人围观。拐子骂够了，就“龇龇”笑了，拐子朝众人挥挥手，说：“我不要了，给你们吧。”

拐子走了。

该割苇子了，富农就从鱼塘下来了。他是一个弯腰驼背的小老头，见了孩子也点头哈腰。可他对刘素英却一点都不客气，一双阴鸷的眼睛盯过去，不说话，却满是怨毒。富农愿意看鱼塘，他干不惯所有庄稼地里的活儿。他下来的第一天就发现了家里的秘密。富农当即跑到拐子家，说大宝藏在他家的柜子里。拐子已经对大宝没兴趣了。入冬了，打狗队早就解散了，再提打狗的事已经不合时宜了。拐子像轰狗一样把富农轰了出来。拐子知道富农还想看鱼塘，拐子这样对富农说："你让刘素英光着屁股来求我，我再寻思还上不上她。"

富农灰溜溜地从拐子家里出来了，一直往东走，来到了河堤上。河堤上长满了歪脖树，富农找了一棵顺眼的，上了吊。

9

每年割苇子那天都像个盛大的节日，罕村人浩浩荡荡朝苇塘挺进。人喊马嘶，红旗招展。八个生产队，千八百号人，一齐上阵，全村的老老少少都来看热闹。苇子被"唰啦唰啦"割了下来，"唰啦唰啦"拉回村里。然后仍然是"唰啦唰啦"的声响，刨苇皮，剥苇芯，轧苇片。然后便是家家户户点灯鏖战。手快的人家每天都能织一领席，每织一领席就意味着多拿几块钱。

这是一场人民战争。每一场人民战争都要有人领导。公社派来了工作组，协助村里的干部做好安全保卫工作。工作组组长是那个叫刘祥瑞的人，在东北当过兵，有一手好枪法。他带着纪先锋到原野上去打兔子，跑了一天的时间，却连兔子毛都没看到。

傍晚下起了雪。刘祥瑞望着满天飘舞的雪花说："淡出鸟来了，能吃口狗肉也好啊。"

纪先锋说："全庄，不，全公社大概就剩这一条狗了，被人当儿子养。"

刘祥瑞想起来了："叫大宝？"

纪先锋"哦哦"地应了。回身去开扩音器，喊拐子到大队来。纪先锋对刘祥瑞说："狗是他那个生产队的。"

刘祥瑞说："我记得。他还说那狗会日人。"

纪先锋说："那个富农死了。"

刘祥瑞说："拐子还跟那个富农婆？"

纪先锋说："农村干部就这素质。"

刘祥瑞"呵呵"笑了，他憧憬地望着飘飘舞舞的雪花，说："拐子这辈子没白活。"

纪先锋附和说："他没白活。"

刘祥瑞说："也不知道什么味。"

纪先锋看着刘祥瑞的脸，试探地说："要想知道梨子的滋味，得亲口尝尝。"

刘祥瑞把脸上的笑容收了，严肃地说："什么素质！"

纪先锋不敢说话了。

雪越下越大了，不一会儿的工夫，天上地下就白茫茫一片了。拐子的头上身上也都是白的，他离老远就喊"刘队长"，老远就把手伸了出来，说："刘队长，你可想死我了！"

李大脚不会织席子。她的儿子和丈夫也不会织席子。这个繁忙和幸福的冬天不属于他们一家人。灶屋里笼了火盆，可家里依然显得冷清。马正品在昏暗的灯光下锥鞋子，他戴着一副圆圆的小眼镜，缺了一条腿，有一截线绳在耳轮上挂着，就像在脸上画了两条白道道。马正品的心情一直不好，每年村里织席子的季节马正品的心情都不好。他家这样多的劳动力，干上一年都不如人家织几天席子的。他没有办法心情好。他找碴儿和李大脚吵了一通，怪她不会养孩子，马一和马二之中若有一个是女儿，大概也能学会织席子。李大脚拎着猪食桶进进出出，不断把冷气带进来，把外边的雪花带进来。李大脚手忙碌着嘴也不闲着，她说马正品的话都是放屁，说马正品的嘴连屁股都不如。她的红舌尖一卷一卷地把想说的话送出来，虽然有些字说不清楚，可一点也不影响杀伤力。

马一笨手笨脚地搓麻绳。父亲锥鞋用的麻绳都是经过他的手搓出来的。搓了好几年了，可麻绳总也不好使。不光滑，接茬儿的地方容易断，害得马正品总纫针。马二比哥哥手巧，可他不愿意干。他在火盆里烧豆子吃。一股白烟冒出来，豆子熟了一粒。一股白烟又冒出来，豆子又熟了一粒。马二吃得嘴头都是黑的。除了吃几粒烧豆子，他觉得人活得一点意思都没有。马二一天一天就是在混，他是狗脾气，没人敢惹他。马三坐在阴影里学着搓麻绳，用的是马一的下脚料。马二吃豆子的时候他想起了一个人，刘素英。自从富农死了，大宝就从她家出来了，然后，马三就再也没有去过她家。可她炒料豆、擀成面、上油锅炒、再拌糖精的油炒面，多诱人啊。马三情不自禁地摸了摸大宝的嘴，大宝呼出的热气熏痒了马三的手心，马三却觉得自己摸到了什么。

马四每天晚上都早早上炕，对着屋顶说一些莫名其妙的话。没人知道马四是在背书。马四常去的地方就是小学校，他挨在人家的教室后头，一站就是半天。他与三个哥哥不一样，他对上学充满了渴望。

马四最先听到了外面有人敲门，他穿过堂屋跑出去给人开门。外边白衣白毛的人吓了马四一跳，可马四很快就认出了那人是拐子。马四站在门中间，两只手伸成一个“大”字，充满敌意地说：“你来干啥？”

拐子根本不看马四，他的身子朝前一挺，马四的麻秆胳膊就滑落了。寒冷让马四哆哆嗦嗦，他在拐子之前跑进了堂屋。

拐子在堂屋里抖落他满头满脸的雪，打着哈哈说：“正品你算撞着大运了。公社的刘队长想找条狗代他值勤，他嫌夜里冷。全村就你养了条狗，你说我不找你找谁？”

马二抢着说：“狗也怕冻着。”

拐子说：“你容我把话说完行不？刘队长说，使狗也不白使，算整劳力，一宿给十分再给一块五的补助。我是没有狗，有条蚂蚱大的狗这种好事也轮不到别人。”

拐子贴着水缸蹲了下去，从兜里摸出旱烟来。手冻得有些不听使唤，他不停地甩甩手，像落了病一样。

李大脚说：“这不是真的。有好事你从来想不起我们。”

马正品说：“这是真的吗，拐子？”

拐子一副信不信由你的样子，埋头卷他的纸烟。

马四尖声说:“这不是真的!”

马四的声音把所有的人都吓了一跳。

马正品瞪起眼睛说:“把嘴给你缝上!”

马四一步蹿进了屋里。

马一过来给拐子划着了火,推心置腹地说:“拐子叔,真的有补助?”

拐子仰起脸,用一只手比画说:“骗你让我爬着走!”

马正品和李大脚笑了,马一和马二也笑了。大宝似乎也笑了一下,它站起身来,抖了抖浑身的毛。

马正品很快找到了一根绳子,象征性地拴在了大宝的脖子上。马正品说:“大宝,好好干,立功的时刻到了。”把绳子交到拐子手里之前,马正品孩子样的先藏到了身后,说:“拐子,补助的事你可要说话算数。”

拐子“啪啪”拍着胸脯说:“包在我身上!”

马三一直没有说话。大宝被拐子牵走了,大宝扭着脖子回头看他,马三还是没有说话。马三的脸一直是笑着的,僵僵地笑。他随着家人一起往外送拐子,送出去很远。

马三送出去很远。

雪已经停了。村庄安静得像是睡着了。马三踩着青白的月色缓缓地走，脸上仍是笑的，那笑仿佛是被雪冻住了，硬邦邦的。要等遇到暖气以后，那笑才能变成流水淌下来。

10

拐子在路上一共遇到了三个人。拐子对三个人说了相同的话。“马正品交上狗屎运了，他家的狗又挣工分又挣补助。”拐子很响地擤鼻涕，把鼻涕往大宝的身上抹。拐子还说：“当年我差一点儿也给大宝当爹，我要是当了大宝的爹，现在它就给我挣工分和补助了。”第一个人把拐子的话当了耳旁风。第二个和第三个人却让耳旁风吹了耳朵。他们说，狗还能像人一样领工分和补助？真是没有王法了！他们跟着拐子来到了大队部，想找刘队长讨个说法。

大队部的院子里亮着几百瓦的大灯泡，有好几个人都在同时忙碌着。劈柴的，担水的，填灶的，一派繁忙。平时闲置的一座高灶此时喷云吐雾，灶下火光熊熊，灶上是一口水缸，冒着滚滚热气。拐子一见就欢喜得不得了，他在院子里喊：“先锋、先锋！我把狗拉来了。”纪先锋从屋里走了出来，眯眯笑着说：“我知道拐子叔会办事。”拐子指着热气腾腾的高灶问:“这是要犒劳谁?”纪先锋挤眉弄眼说:“待会儿就知道了。这是刘队长从东北学的新方法，不吃肉喝口汤也好。”拐子的手一松，手心里的绳头像鱼一样溜走了。大宝四蹄腾空想跑，纪先锋一个箭步跟上去，一脚踩住了绳头。大宝一挣，再挣，绳头被纪先锋踩死了。拐子忽地出了一身汗，他指着纪先锋的鼻子说:“你……吃狗?”纪先锋不满地说:“是吃……肉。”拐子擂着胸膛说:“你说的是值勤，可没说要吃狗肉！我一把年纪的人了，你不能这样欺负我!”纪先锋麻利地把狗拴到了一棵榆树上，摸出一支烟递给拐子，拐子不接。纪先锋直接插到了自己嘴里。说:“吃狗肉咋了？是我不该吃还是刘队长不该吃？吃狗肉与值勤不矛盾，你给他工分加补助!”拐子还要说什么，刘队长从屋里出来了，叼着烟卷，披着军绿大衣，往门口一站，咳嗽了一声。拐子立刻没了气焰。刘队长说:“谁把谁欺负了？说出来，我给评评理!”

拐子喊了一声“刘队长”，眼泪差一点下来了。

刘队长说:“老同志嘛，多让着点年轻人。”

纪先锋说:“又不是没有你的份儿。我和刘队长吃恁大一条狗?”

拐子小声说：“人家当儿子养的。”

刘队长训斥说：“封建迷信！狗还能当儿子？它多活了几天，已经占了便宜了！让你扣他家的工分，你扣了吗？”

拐子分辩说：“还没到年底呢。”

刘队长根本不想听拐子的分辩，一抖军大衣，回了屋里。

马三敲了三下门，屋里的灯亮了。马三回望着街道上自己长长的一溜脚印，不知道怎么竟一路走到村西来了。自从富农死了，马三就再也没有来过。他不喜欢富农这个人，活着死了都不喜欢。富农是村里一个手艺人的儿子。家里曾经有一挂三套车，使三个扛活的。有些年月讲究“好人不当兵，好铁不捻钉”。富农不算好人，就去当兵了。富农在外生活了许多年，与家里人并不来往。后来富农回来了，还带来了刘素英。据说刘素英是见过大场面的人，一天接三十多个客。她和富农就是那样认识的，富农不想娶她，刘素英威胁说，你或是娶我，或是蹲大牢，你选一样。富农不想蹲大牢，只得娶了这个名叫刘素英的女人。

这些事情都是富农讲出来的。富农如果不讲出来，村里人做梦都不会想到刘素英曾经是做那种事情的人。只要开批斗会，就有人让富农讲这些。富农都会当着全村人的面，把刘素英的许多事讲出来。刘素英之所以威胁富农，是因为富农长得又矮又丑。富农之所以接受威胁，是因为除了刘素英他基本上娶不到别的女人了。

富农在上吊之前曾经在河堤上写过两个字。那两个字分别有许多笔画，村里人谁都不认识。

刘素英打开房门以后往马三的身后瞅了一眼。马三忽然有些难过。他意识到了他应该带大宝来。既然他来了，他就应该带大宝来。

刘素英不甘心，问："大宝呢？"

那十工分和一块五的补助，让马三有了大宝已经"成人"的感觉。马三的心底是欣慰的。他对刘素英说："大宝去值勤了。"

刘素英很惊讶："值什么勤？"

马三把拐子的那些话原封不动地说了。马三没想到刘素英的脸会在一瞬间变得非常恐怖，眼睛睁得像鸡蛋那样大，眸子似乎要从眼眶中剥落。她的样子把马三吓傻了。马三这个胆大的孩子，被刘素英的样子吓傻了。

马三不知道，刘素英是把狗当成人来看待的。这一点，与马三把大宝看成儿子很不同。马三只把大宝看成儿子，刘素英却把全村的狗都看成人。大宝的母亲，那只柴狗，刘素英叫它全和。全村那么多的狗，每一条狗都有一个名字，都是刘素英起的。

那么多有着名字的狗死了。大宝是最后一个。刘素英断定大宝活不长，只是没想到这一天来得这样快。

一瞬间，刘素英掉了许多眼泪。可她没有哭。那种景致有些奇特。掉许多眼泪却没有哭，就像有雨的天气却没有雷鸣和闪电，一切都显得悄无声息。刘素英回身拿了一包料豆放到了马三的怀里，然后把马三往门外推去。刘素英说："快给大宝送去。这是最后一包料豆，再晚就来不及了！"

马三想告诉刘素英，大宝是吃了饭走的。大宝吃了一碗粥，一个玉米饼子。那个饼子本来应该马三自己吃，可马三给了大宝。大宝真的暂时不需要这些料豆。可不容马三把话说出来，他已经被刘素英推到了门外。刘素英苍白的面色寒气袭人，看上去比雪还冷。马三有些奇怪，他踩着自己来时的脚印往回走，走着走着，突然站住了。

大四媳妇踩着雪踉跄而来，与马三撞了对脸儿。大四媳妇抖着嘴唇说："他们要吃大宝，把水都烧开了！"

马三狂奔而去。

刘祥瑞蹲在灶眼前，看着人往里面添了最后一次柴。

缸里的水“咕嘟咕嘟”翻开了，水蒸气把树枝上的雪粉熏化了。刘祥瑞说起在东北当兵时，驻地离边境很近。因为偏远和闭塞，村庄里的很多人都是近亲结婚，一条街挨着门口数，每家每户都有傻子。可他们吃狗的方式很奇特，缸里储满开水，把狗扔进去，狗受不得开水烫，会在缸里乱窜，身体在缸壁上摩擦，狗毛会自动往下脱落，俗称自己煺自己。这与剥皮吃的狗肉大不一样，很有嚼头。刘祥瑞朝围观的人挥着手说：“想尝滋味的还不下手！”

大宝始终在那棵榆树上拴着。自从看出了凶险，它就一刻也没停止挣动和嚎叫。它的嚎叫吸引了很多人来看热闹。它不停地流着泪，它的眼睛被灶里的火光照得通红。刘祥瑞轻蔑地看着它，说它是条傻狗。大宝果然是条傻狗，当纪先锋和另外两个人同时朝它扑去时，它早已精疲力竭，被那些人毫不费力地抓住了，往空中一悠，扔进了缸里。“砰”的一声，开水四溅，大宝在滚水中挣动，石破天惊地叫了声：“爸——”

对，现场的人都可以作证，大宝是这样叫出声的。这一声“爸——”也被马三听见了。马三疯了一样撞开围观的人，却“啊啊”地只会叫。马三的嘴张到了最大的限度，也像置身于沸水中一样上下蹿跳。马三的跃动和着大宝的节拍，眼睛撞着眼睛，呼吸对着呼吸。马三“啊啊啊”的叫声比大宝的叫声还要惨烈，还要痛。大宝铁锈样的毛发一片一片脱落时，马三开始脱衣服。马三胡乱把衣服一抡，一只袖子搭在了灶门口，火苗“腾”地蹿了出来，舔了马三的裤子。马三立刻变成了一个火人。马三“啊啊啊”叫的时候嘴角流出了殷红的血。那些血淌到了他搓板一样的胸脯上，被火苗伸长的舌头吮吸了……

一个巨大的身影倒进了沸水缸里，抱住了大宝的头。罕村的人说，那人像黑色的蝴蝶一样飞起来，混着蒸腾的热气升起来，又落下去，居然一滴水都没溅起来……

11

罕村许多年没人养狗。偶尔有户人家养条狗，不过三五天的时间，就会活不见狗死不见尸。

“都是那个癫子干的。”

村里人都这样说。

他们管马三叫癫子。

马三有事没事就“啊啊啊”地叫。马三叫的时候会躯体扭动、脸孔变形，表现得痛不欲生。有时深更半夜，马三的叫声会把全村的人吵醒。马正品和李大脚很不耐烦，他们说，早知道这样不如小时候把他掐死了。

马三自从成了癫子，就不会干活了。马正品想让他学锥鞋，马三竟然把鞋底咬得稀巴烂。

“养他还不如养条狗。”

马正品评价说。

12

马正品过了几年好日子，他的手艺能赚钱。三里五村的人都到他这里锥鞋绱鞋修理鞋，每天家里就像赶大集一样。马正品用积攒下的每一分钱盖了一层房，他的儿子仍然没能娶上媳妇。马正品很急，他和李大脚商量，买也要给儿子买个媳妇，哪怕是个瘸子豁子呢。李大脚是个坚强的人，听了这话，情不自禁地流了眼泪。村里有个小孩像李大脚一样是腭裂，满月就被家人抱到了北京，回来嘴就不豁了。那个地方平平展展，只有一道白印儿。李大脚羡慕死了，她奢望自己也能去趟北京，也能把兔唇缝得平平展展地回来。可这个愿望只能埋在心底，像一颗永远都不会发芽的种子，被她的心血沤烂了。

又过了几年，马正品盖的新房成了老房子，他的儿子还是没能说上媳妇。马正品泄了气。他的手艺不吃香了。孩子的脚上都穿了皮鞋，他对皮鞋没什么兴趣。

马正品经常喝得醉醺醺地坐在台阶上晒太阳。有一天，李大脚喊他吃饭，他半天也没动一动。李大脚伸手捅了他一下，马正品身子一歪，头朝下栽了下去。

这一年，马二被山里的一个女人招去做了上门女婿。过了三个月，马二给哥哥马一也找了一个山里女人。不同的是，马一把女人娶回了家。

马一和媳妇住进了大房子。李大脚和马三搬回了老房子。

马四的书是一年一年发狠读出来的。那年高考，马四以地区文科探花的身份进了高等学府。毕业后，进了政府机关，做了大机关里最小的公务员。几年过去了，马四仍然是大机关里最小的公务员。马四心里很不平衡。每到这时马四就会想起马三，他坚定地认为如果马三没病一定比他有出息，马三如果没病，该是个了不起的人物。

纪先锋是村里第一个骑嘉陵摩托车的人，也是村里第一个出车祸的人。晚上他从一个朋友家喝酒回来，与对面来的一辆拖拉机撞在了一起。司机蹲在地上哭，说他的拖拉机从没撞过人。这个人是咋回事，为啥要往他的拖拉机上撞？司机在那里哭他的拖拉机，有人发现纪先锋已经死了。那年纪先锋刚当上村长，村里有人因为纪先锋的死放了一挂鞭炮。

拐子也是那年死的，死于蛇疮。蛇疮也能死人，罕村的人都觉得新鲜。拐子的腰间规则地被蛇疮系了一条“腰带”。蛇疮溃烂的速度很快，任何药物都挡不住。拐子疼得整夜哭号，后来发起了高烧。拐子清醒的时候让人叫来了马三，拐子用被单蒙着头，对一脸懵懂的马三说：“我真的不知道他们要吃狗，大宝不是我害的。”

马三听不懂拐子的话。除了吃饭和睡觉，马三什么也听不懂。可他自从癫了以后就不能见拐子，有时候在街上遇到，马三会撒腿跑开。

所以拐子跟马三说话用被单蒙着头。拐子死了以后，也是用那条被单蒙着头脸上路的。

刘祥瑞活得好好的。他是邻村太和洼人。告老还乡以后，刘祥瑞每天端着紫砂茶壶在村头闲坐，说一句话，喝一口茶。说一句话，再喝一口茶。他的周围总是围着许多人。那些人都比他年龄大，他的同龄人都还在为生活忙碌。

有一天，有人提起罕村家家户户都不养狗。刘祥瑞认真地问为什么。许多年前的那个晚上发生的事，刘祥瑞早就淡忘了。是淡忘，不是忘了。他后来又吃过许多次狗肉，有一次在饭馆吃饭，他建议老板用“自己煺自己”的方式杀狗，老板欣然接受。

13

我也是在罕村长大的，是马三的同龄人。住老院子时，我们两家就隔一道矮墙头。故事行进中，没有我的影子。可很多故事都是在我的眼皮子底下发生的。马家桑树上挂着的马灯照亮过我家院子，狗肉的香气也会氤氲而来，让人不觉会张大鼻孔。所以你不用怀疑我讲的故事的真实性。我平生见过的最惨烈的事，就是从沸水锅里打捞出来的女人，面目狰狞。有人突发奇想，说这个叫刘素英的女人，烫熟了怎么跟大宝一模一样？莫非她前世也是条狗？

我每次回老家，都会不自觉地转到马三的家门前。多半会见到马三倚在墙根坐着，即便是酷暑的季节，他也光穿着大棉袄，敞着怀，露出皴黑干瘪的胸脯。父母过世以后，他这里再没人来了。马一在村外盖了房子，马二自打去了山里就没见回来过。倒是马四的日子过得滋润，在政府当了不大不小的官。有一次，我和马四在酒桌上不期而遇，我想跟他叙旧，刚打开话匣子，他就把脸别开了，装作听不见我的话。我在心底“哦”了声，意识到罕村是我的罕村，不是马四的。我能讲关于罕村的故事，马四大概连想都不愿意想——往事不堪回首，就是用来形容马四这种人的。

我问村里人：“马四也不来看马三吗？”

村里人告诉我，从来就没有看见马四回来过。李大脚过世时他匆匆露了一面，给了马一200块钱，坟地连趟脚印也没踩，说要回去开会。

也有人告诉马三，说你兄弟当官了，顿顿喝酒吃肉，你去找他吧。

马三轻蔑地看着跟他说话的人，直看得人无话可说。

市长要来罕村视察，我跟县委办的主任去打前站。刚一进到罕村，就见马三站在街道中央，长发齐胸，脸黑如炭，裤子只能遮住半个屁股，且行且舞。主任皱着眉头说：“这样的人怎么不管起来？”村书记赶紧说：“到时会有人专门负责看管，把他锁进柴房，嘴里堵上臭袜子，防他乱叫乱嚷。”主任说：“都用点心，别让他跑出来。”村书记说：“您放心，铁链是锁藏獒的。”主任问他和藏獒谁劲儿大，村书记说：“那还用说，当然是藏獒。”

回来的路上，主任问我还有没有什么没想周全。我翻开了记事本，仔细核查了列出的各种事项，然后回答：“没了。”

2013年9月11日星期三8时18分15秒改定

风雅颂

1

张明丽在镇上下了车，四下里一张望，就看见高秋水站在一棵柳树下，伸长了脖子朝车窗里望。高秋水高挑的个子，白皙的皮肤，头发不是染的那种黄，朝左偏分着，像麦芒一样闪着亮。张明丽心里泛出一股暖，想大声喊秋水，话都要出唇了，又强忍着咽下了。张明丽隐在一个肩扛蛇皮袋子的人身后，朝车头方向走，绕到了高秋水的身后。高秋水穿了一件的确良的白衬衫，看得出是新买的。或者说，是为了迎接张明丽刚刚穿到身上的，后背上还有两道垄沟一样清晰的折叠印。天气还有些凉，高秋水迫不及待赶到季节前面了。张明丽嘴里闷住笑，伸出一根手指触了触。就像回应那一根手指，高秋水嘴里嘟囔了句，咋还不来。张明丽手指往深处捅了捅，高秋水一晃身，闪开了。没了高秋水的遮挡，张明丽看见自己的那根指头上白花花地裹满了阳光，像通透的玉米骨头一样。张明丽咯咯地笑出了声。高秋水这才回过头来，重重一拳擂到张明丽的后背上。高秋水说，猴丫头，你就是喜欢戏弄我，你没见我多着急。张明丽假意咳嗽着说，我这样大的活人从车门出来你都看不见，还赖我?

高秋水搂过张明丽的肩，拎过张明丽的包，朝一辆停在不远处的三码车走去。张明丽侧着身子由着高秋水搂。其实这样拧着身子走路很别扭，可张明丽愿意这样贴着高秋水，愿意把头这样窝在高秋水的胳肢窝底下。高秋水把手臂弯回来，用手指的背面去贴张明丽的脸，手指像弹琴一样，一根一根又一根，摁在张明丽的脸上。这根摁下去那根弹起来，特别有节奏感。张明丽把那只手攥住了，往自己的肩窝拉，拉到离腮很近的地方，就停下了。张明丽扭了一下头，唇就碰到那只手的手指。唇与其他部位的皮肤是不同的，仿佛是由特殊的物质制成的。高秋水突然觉得手指上的皮肤被烫了一下，似乎是被灼伤了。他情不自禁就圈紧了臂弯里的人，稍稍再用些力，差一点就影响了张明丽的呼吸。好在那辆提前定好的三码车开了过来，高秋水才一下子把张明丽松开了。

开三码车的都是附近村庄的人，叫不出名字，但脸还是认得的。所以人家也不问去哪，突突地驾起车就往坡上走。乡村公路肠子一样细，坑坑洼洼，三码车左躲右闪，咣当咣当地把人颠得像筛子里的元宵。车里的两个人对坐着，不时前仰后合，张明丽有时会伏在高秋水的膝头上，但两个人始终手牵着手，眼睛对着眼睛。周围的景物从小小的车窗口一晃而过，张明丽甚至都没来得及看一眼。

三码车停在了一座门楼前，镶嵌的瓷砖是彩色的，左边是一棵迎客松，右边是两只展开翅膀飞翔的仙鹤，顶上起了脊，盖着酱红色的瓦。一群女人和孩子站在了门口的两侧，看得出，他们是来看张明丽的，他们都知道高秋水去镇上接媳妇了。两人下了车，高秋水与抱着孩子的女人打了招呼，让她们去家里坐。她们讪笑着说，不了，不了。说着话，拧过身子走了。那些孩子也呼啦一下散了，嘴里喊着网友网友网友。张明丽不明白，问谁叫王友，高秋水含糊说，村里的人，你不认得。张明丽突然转过了脑子，说他们是不是在说网友？高秋水搂了她一下，说管他们说什么，咱们先回家。

走到门口，高秋水又迟疑了。他对张明丽说，我妈说啥你别往心里去。

张明丽神色凝重地点了点头。

高秋水又说，她什么样子你也别往心里去。

张明丽说，你都说过多少遍了。

高秋水其实还是有很多话要嘱咐，可一时却又有些想不起。他呼出一口长气，在空中竖起一根食指。张明丽也把自己的食指顶了上去。高秋水说，你准备好了吗？

张明丽“扑哧”一声笑了。

2

王秀珍头上戴着破草帽，两只裤腿挽得一个高一个低。一些泥水印子挽进了裤腿里，还有一些就在外面露着，湿答答的，越往裤脚的方向，泥水印子越多。赤脚，穿一双家常布鞋，鞋面已经被泥糊得没有模样了。她刚从地里回来，筐子放到了屋檐底下，拍打拍打被筐襻勒板实了的肩，从缸里舀了半舀子凉水，先把肚子灌饱了。天气还没有怎样热，可她的心里热，胸膛里的火已经顶到了喉咙口，假如把一只鸡蛋含进嘴里，不消一刻钟工夫，就能把鸡蛋烤煳了。

她叉开腿站在晾台上，那是一块长方形的水泥板，秋天晾晒粮食用的，因为挨着门口，王秀珍站在正中间的位置，就有点像门神了。王秀珍的脸有一点扁，有一点瓦刀，甚至还有一点地包天。这让她不生气的时候也有几分生气的模样。如今气在心里，她恨不得把天戳个窟窿。在这之前她一直气儿子，不听话，不孝顺，就像被穿了鼻绳的牛，只知道往一个方向奔。现在看见这个名叫张明丽的女孩，她生气的方向一下子就改变了。她断定是这个女孩勾引了自己的儿子。这个女孩跑一千多里路找到这里，秋水这样的童子鸡，怎么能抵住诱惑呢。

想到是这个女孩带坏了自己的儿子，王秀珍的牙根就开始发痒。

她是最近从翠婶嘴里才知道儿子有了女朋友。还是个网友。网友这样的概念，她只是在电视里看到过。她花了很大气力才弄明白“网”是怎么回事。那就像蜘蛛结成的网，盖住了一块空间。但网又是透明的，蚊子、苍蝇都往上面撞，被粘住了的，彼此就是网友。她曾把自己的理论对丈夫高众说，惹来了高众的讥笑。高众到底是高中毕业，总是骂人不带脏字。他说王秀珍的理论就像井里的蛤蟆看天一样，以为天就井口大。其实可能是这样吗？王秀珍骂起高众来可不这样文雅，句句都与他妈的生殖系统有关。俩人因为这件事闹了一个晚上，后来还是以高众的偃旗息鼓来了事。

网友是徐州人，这也是翠婶告诉她的。徐州在哪里，她不知道。可徐州的女孩张明丽早在三个月前就坐了火车坐汽车，来跟儿子会合了。如今她也在儿子工作的饭店打工，是大堂的迎宾员。翠婶的儿子大宾与秋水是同学，大宾在附近的一个建筑工地干活，跟秋水见面的机会多，秋水的事自然就知道一些。

大宾最近一次回家来，有人给他张罗对象。大宾过去对这事很积极，可自从看到了张明丽，大宾的想法也改变了。都是年轻人，谁不羡慕有浪漫经历的人呢。闲暇时，他和高秋水曾去同一个网吧上网，不同的是，大宾打网络游戏，秋水用QQ聊天。花相同的钱，泡同样的时间，大宾打游戏差一点上瘾，秋水却把徐州的女孩聊到了手。这让大宾有些不甘心，私下里，他也准备把打网络游戏改成QQ聊天了。只是他没有把握聊到张明丽那样的女孩，与高秋水相比，他缺了点耐心。

大宾就是这次回来与母亲谈到了高秋水的事，他也想聊一个网络女友，觉得那是一件挺带劲的事。大宾的心愿母亲没放在心里，倒是高秋水的事，让翠婶觉得坐不住。翠婶惶惶地去找王秀珍，家里没有，她就去了蔬菜大棚。王秀珍一个人经营两座蔬菜大棚，是村里最能干的女人。换季的黄瓜刚下架，四个满满当当的纸箱子，靠着棚根一溜摆放着，里面都是顶花带刺的秋黄瓜。秋黄瓜腰粗，咬一口喷喷香。大棚里热得像刚揭开的馒头锅，翠婶刚一进去，就被热气“呼”地熏了出来。翠婶在外面喊王秀珍，敲着支起大棚的铁管子喊，王秀珍终于听见了。王秀珍没想到喊她的是翠婶，她还以为黄瓜贩子换成了女的。

翠婶说了高秋水与网友的事，人家在网上谈了一年，见面都三个月了，住在饭店老板给租的房子里，当然是男一间女一间。听大宾说，女孩长得秀气，懂事，还是大专毕业，是饭店里的服务员中长得最好看的。可她是徐州人，徐州在哪？一个女孩子单独在外面，她家的父母就不挂心？

王秀珍起初还不信，儿子高秋水哪里是那样的人呢。秋水初中毕业直接上了烹饪学校学厨师，别的孩子都是三天打鱼，两天晒网，只有秋水喜欢这个行当。他对王秀珍说，他将来要做大厨，当老板，做天底下最好吃的饭菜。高秋水什么时候回家，王秀珍都会从脑瓜顶儿盘问到脚后跟，她不相信儿子能把这样大的事瞒得铁桶一般。她当即回家去给儿子打电话，质问他翠婶说的是不是真的。儿子倒是痛快，竹筒倒豆子，把一切都招了。

王秀珍立时哭出了声，她大声责问儿子，怎么可以做出这样的事！欺瞒了父母不说，还把人家女孩拐在了手上。一个屋檐底下居然已经住了三个月，你到底还想瞒多久！

王秀珍说，你回家，马上回，那份工别做了！

秋水虽说年龄小，可在这个饭店干了三年多，已经是个角色了。他做好最后一桌客人的饭菜，才骑着摩托回来。秋水在家里被王秀珍卡了三天，手机没收了，家里的电话被王秀珍锁进了柜子里。每天王秀珍带着儿子钻大棚，顺带着做儿子的思想工作。那样远的媳妇不能要，不知根知底。哪天她要是偷了咱家的钱财跑了，你到哪去找？哭都找不着庙门。

三天的时间说过的话，大概也能从这里排到徐州了。可无论王秀珍说什么，高秋水都是一句话，他要娶张明丽。父母如果不认，他就在外面自己结婚，不要父母一分钱。王秀珍气得用拳头捶丈夫高众的后背，说，死人，这就是你养的好儿子，干脆气死我得了！

高众原本就不是话多的人，话总要留到紧要关头才说。此刻他慢悠悠地说了句，你没见着人家姑娘，咋就断定人家会偷你的钱财呢？

这差不多给母子两个人各找了台阶。高秋水趁机说把人领家来，让父母相看相看。王秀珍明白这是放屁播庄稼——走形式的事，便说领家来我也不待见。高众说，待见不待见人家都不是冲你。这话又把王秀珍噎了一下，而且也把意思又往深处推了一层。王秀珍憋了好久，终于放出了句狠话：你可别让我买媳妇！

村里远来的媳妇都是买来的，王秀珍这话说得一语双关。高众当即问秋水这个媳妇用不用“买”，边问边给秋水丢眼色。秋水却没看懂，眼下他的情绪到了激愤的边缘，哪里还知道看父亲的眼色。他受辱般涨红了脸，高声说，请你们学会尊重我和我的女朋友，我们是因为相爱才走到一起的！

王秀珍咧了咧嘴，“呸呸呸”吐了好几口唾沫，酸得恨不得找个地缝自己钻进去。

高众有些遗憾地摇了摇头，笑骂了句，这个驴驹子。

王秀珍那个样子杵在院子中间，不用说话就什么都有了。从张明丽的角度看上去，甚至能看出股煞气。不等儿子开口说话，王秀珍先挑着声音说，你就是张明丽？张明丽看了看高秋水，喊了一声阿姨。王秀珍说，你不用喊我阿姨，我不是你阿姨。她审视地看着面前的这个女孩，觉察她有些发毛。王秀珍又说，你个子这么矮，脸盘子也不俊，配不上我儿子。你一个女孩家自己跑出来找男人，你父母是怎么教育你的？他们是不是同意你这么做？

张明丽似乎当头挨了一棒，先前计划好的台词一下子就全没了。昨晚高秋水打电话告知要带她回家，她就一直在演习与未来的婆婆如何见面。可婆婆的这几句话超出了她的承受能力。她捂着脸就往外跑，却撞到了高秋水的胸膛上。高秋水死死搂住了她，小声说：咱不是说好了吗？她说啥咱都不生气。

王秀珍看不得儿子犯贱，说：你放开她！

高秋水却搂着张明丽就往屋里闯，西屋是高秋水的卧室，他把张明丽推了进去，又怒气冲冲出来了。他瞪着母亲不讲话，胸脯剧烈地起伏，两只拳头紧握着，看上去揍谁一顿的心都有。王秀珍心里有了怯意，她当然不是怕儿子打她，而是怕真的伤了儿子。老的与小的斗狠，输的永远是老的。因为小的年轻，你有再大的网，也有罩不住他的那一天。

但王秀珍的嘴上仍不依不饶，说网上哪里有好人，粘住的除了苍蝇就是蚊子。也不知自己上辈子缺了什么德，摊上了这样的事，传出去得让街坊邻居笑话死。说着眼泪吧嗒吧嗒不住地往下掉，她是真的伤心了。自己千辛万苦养大的儿子，这一刻有了拱手送人的感觉。

3

晚饭煮了粥，热了中午的剩菜剩饭。高秋水朝锅里看了一眼，就出去了。这工夫高众回来了，他在村里当会计，村委会在村南，他家住村北，这一条街走下来，高秋水领来网友的事，已经被许多人当消息发布了。高众只是朝人笑，并不说什么。能说什么呢？自己还没见着的人，却已经跟儿子一块裹了三个月。这样的事，真的让人无话可说。他甚至穿小路躲着人走，但仍有人不识相地在后面喊他，老高老高，网上的媳妇靠得住吗？他不说靠得住也不说靠不住，他笑的样子一点也不像乍当公爹的人。有人从他脸上的笑琢磨出了滋味，同情地拍了下他的肩膀，说孩子自己的事，甭往心里去。

他就明白了自己笑得不好看。

走到堂屋门口，他先探着头往里看了一眼。王秀珍朝灶里踢了把火，没好气地说，看啥看，想看西屋看去。高众朝西屋指了指，意思是，就在这屋？王秀珍在后面猛推了一把，倒把高众推了进去。张明丽在收拾房间，男孩子的房间真是够乱的，看他在外面穿得整齐，窝里却连个插脚的地方也没有。他是知道她今天来家的，可还是想不起来把窝收拾一把。她把衣服、袜子、内裤之类的叠整齐，每叠一件都要放在鼻子底下闻一闻。她喜欢高秋水的味道。在网上谈了一年恋爱，她实在受不了相思之苦，提出见个面。见面是她提出来的，所以赶脚的苦也归她。她刚一下火车，就见高秋水抱着一束玫瑰等在站台上。他们看过照片，看过视频，对彼此并不陌生。当时天刚麻麻亮，那一束玫瑰像含了露珠一样鲜艳。她抱住了玫瑰，他抱住了她，一路就再没松开。

张明丽的父母都是产业工人，母亲已经病退了。她对父母说去同学那里找工作，后来就说找着了，在天津北边的一座县城。这里山青水绿，空气的味道都是甜的。高秋水工作的饭店有适合她的工作，老板是年轻人，对他们的爱情很理解。张明丽到这里的第二天就正式上班了。这是她走出校门的第一份工作，她很努力。

高众第一眼看到张明丽，卷曲的心就像叶子一样慢慢舒展开了。张明丽不是多漂亮，但个子小巧，皮肤白净，耐看。相比之下，王秀珍就长得傻大黑粗。虽说庄户人的日子没啥可讲究的，可女人还是得有个女人味。这一点，高众一直是藏在心里的。他年轻的时候家里穷，能娶上媳妇就相当满足了。自己内心的遗憾，他不希望儿子也有。还有，张明丽眉目开阔，不像王秀珍的两撇扫帚眉像虫子一样往一处挤。这种人倔得就像头驴，给几鞭子都休想抽动她。还有更重要的，这孩子乍一看就是让人放心的，眼神里有暖人的东西，而这种东西，王秀珍根本看不出来。

高众与张明丽对上眼神，脸上浮出的笑，就很有一点公爹的意思了。张明丽慌忙站好鞠了一躬，有了前车之鉴，她不再叫什么。张明丽半天也没有抬头，高众凑过去看，见她眼里浮满了泪水。

张明丽在这个人面前觉得自己委屈。

“别怕。”高众拍了拍她的肩。

高秋水从代销点买了火腿、咸鸭蛋、凉拌菜之类的食物，还买了两瓶啤酒。这些东西一上桌子，王秀珍就恨不得给扔到外头去。王秀珍说，不想吃我做的饭就滚出去。她动静很大地喝粥，吃剩饭剩菜，张明丽怯生生地随她去。高众说，你阿姨就是吃剩饭剩菜的命，来，你喝点啤酒。张明丽说自己不喝酒。其实她是能喝一点的，可此时哪里敢喝。她把酒端给了高秋水。秋水说，爱吃什么吃什么，别饿着。王秀珍闻听此言“啪”地放下了筷子，一句狠话没有说出口，高众在桌子底下狠狠踩了一下她的脚。

电视里放着连续剧，声音却被调到了最小。准公公高众与张明丽一句对一句地聊天，家里人口，父母情况，学业是在哪里完成的，一个问得亲切，一个答得柔和。高秋水则成了服务生，来回给大家添水，这些情况他都掌握了，所以没有再听的必要。可每次来到张明丽面前，他们彼此都要撞一下眼神，每次相撞都有火花跌落。王秀珍倚在炕头的墙上，做出有气无力的样子，其实她听得上心。高众说张明丽原来是非农业，城市人。王秀珍马上接茬，我们是乡下人，高攀不起。明天给你些路费，回家吧。高众瞪了王秀珍一眼，王秀珍回瞪他。张明丽说起城市生活的种种艰难，奶奶七十多了，和他们一起挤在五十几平米的楼房里。父母在工厂辛苦了一辈子，却只能拿百分之七十的工资。自己上学学的是会计，想在当地谋一份职业却很难。父母托了许多人，送了许多礼，受了许多骗，可工作问题一直没有解决。听到这里，王秀珍陡然坐了起来，说你哭穷也没有用，这里没人救济你。你别以为我们秋水好糊弄，秋水的工资我心里都有数，你一分钱都别想指望……

高众果断打断了王秀珍的话，说你咋就听不懂孩子的话呢，人家是给你哭穷吗？人家是在给你说道理，这个道理就是——高众烦躁地摆了摆手，说跟你说了你也不懂，纯粹对牛弹琴。他趿拉着鞋子到外面去抽烟，往日抽烟他都是在屋里，不知为什么，今天他想出去抽。

来到外面他才发现，那根烟不知不觉被他捻碎了。

他在外面蹲了很久。夜空的星星很亮，一颗挨着一颗。那是一个很璀璨的世界，可那个世界却不属于他，不属于王秀珍。但那个世界可以属于高秋水和张明丽，因为他们彼此相爱，相爱的人眼睛里才会有星星。想到这些，有一股暖流从他心中缓缓滑过，不经意地，他的眼角就被濡湿了。

高秋水从柜子里翻出新铺盖，铺到了自己的床上。王秀珍问他这是啥意思，高秋水说，这不是你为我结婚准备的吗？新娘来了，让她盖。王秀珍问秋水住哪里。秋水指了指床，说也住这里。王秀珍激烈地说，不行！秋水平静地说，妈您这个时候说不行已经晚了，我们早就在一起了。

王秀珍气得浑身发抖，若不是担心左邻右舍听见笑话，她会吵翻天的。西屋的灯灭了，她还一个人坐在炕头生撅尾巴气，抽了自己一个嘴巴，骂自己怎么就生出了这样一个混账儿子。高众在炕脚焐好了被，钻了进去。他们之间始终泾渭分明，井水不犯河水，平时甚至都很少说句话。高众今天的心情不错，勉强说了句，孩子已经这样了，你就别钻牛角尖了。王秀珍终于找到了嚷的理由，她说儿子不学好，你不但不管他，还当着孩子的面贬损我，看我不顺眼，你走！高众无可奈何地笑了笑，说若是真走得了，我哪里会等到今天。

想了想，他又说，只要他们俩是真心的，就不算不学好。

王秀珍一个笤帚疙瘩甩过去，差一点划着高众的脸。高众把脸偏了偏，闭上了眼睛。

这一夜，谁都没有睡好。

县城的出租房是三十几平米的单元房，一共住着他们男男女女十一个人。男的住小间，女的住大间。高秋水和张明丽都挨着那堵隔断墙，看似贴得近，可感觉中却比十万八千里还远。他们在一起的机会不多，总是急匆匆地释放自己的欲望。他们这一代人，少顾虑，少禁忌，凡事得到就好。他们经常去附近的公园约会，那里有一些供游人坐的石凳，曾被他们当作最初的婚床。

有一张床能让他们相拥着睡一夜，差不多成了梦想。

梦想就这样简单地实现了。

如果不是大宾把消息透露出来，高秋水是不会这样快就把事情告诉家里的。他知道让母亲接受这样的一个媳妇很难。母亲有她自负的资本，儿子长得好，有手艺，家里有积蓄，而那些积蓄主要来自蔬菜大棚，都是她辛辛苦苦赚来的。这些都是条件，儿子有条件让媒人踢破门槛子，娶四乡八村最漂亮的姑娘。她不能让儿子走他父亲的老路，一辈子过得窝窝囊囊。高众从没喜欢过她，她结婚那天就知道。高众与她亲热的时候中间也总像隔着层什么。她没文化，但她是女人。有关女人的事，不是有文化的人才懂得。

结果谁都没有准备，一家四口就这样面对面了。

因为张明丽心不在焉，高秋水鼓涨的热情瞬间就释放完了。高秋水把张明丽搂过来，问她怎么了。张明丽望着黑乎乎的屋顶不说话。高秋水说，别生我妈的气，我跟你说过，她就那样。张明丽笑了笑，说我不生她的气，我这样冒失地来抢她的儿子，她生气是应该的。高秋水说，你知道我最喜欢你什么吗？张明丽说不知道。高秋水说，我就是喜欢你的性格，跟你的名字一样，爽气。这一点跟我妈恰好相反，当年我奶奶说她一句不中听的话，她能三年不理人。

张明丽问，不理你奶奶？

高秋水说，岂止是不理。奶奶来家里吃饭，她会把饭做得像石头一样硬。我那时只有十多岁，就想将来若是娶媳妇，一定不娶她这样的。

张明丽觉得有些累，从高秋水的怀里挣出来。她朝高秋水侧卧着，看着他的眼睛，说我怎么觉得家里她最不容易呢。你看她的手，那么粗，那么壮，比男人的手更像男人的手。再看她的脸，都是紫外线照出来的黄褐斑。还有她的衣服，看上去多廉价啊。高秋水说，乡下的女人都这样。张明丽用食指点了一下高秋水的额头，说你这样说话没良心。我留意到了，外面抱孩子的女人都没有她辛苦。辛苦的女人应该吃得好，穿得好，应该受到尊敬。你、你父亲，你们都从心里尊敬她吗？家里有剩菜剩饭，是不是就尽着她一个人吃？

高秋水吃惊地说，你才来几个小时，怎么会有那么多想法！

张明丽说，我第一眼看见她，若不是她骂我，我甚至想叫她一声“妈”，多让人心疼——她哪里有一点女人的样子啊！

话说到这里就动情了，这种情超出了儿女私情。高秋水再一次拥紧了张明丽，内心翻腾着许多复杂的情绪。他说听你这样讲我也觉出了问题。父亲在村里当会计，其实没有多少事，但他永远都不去蔬菜大棚。他有时间宁可看别人下象棋，也不会回家添把柴、烧个火。无论我妈回来多晚，饭都是她自己做。

张明丽说，还有你们这个乱糟糟的家，这样宽敞的房子，却连一点条理也没有，好像到处堆放着杂物。你们谁都不伸手整理这个家，却有人不时地抱怨。我猜得不错吧？

高秋水说，你是狐狸精吧？怎么连这都知道。

张明丽说，老实交代，抱怨的人是谁？

高秋水不好意思地说，我，还有我爸。

4

张明丽给手机定了时，自己起来了，也把正在睡梦中的高秋水拽了起来。张明丽说，今天还要上班，我们在上班之前把房间收拾好，把早饭做熟，如果有时间，我们再把院子清理一下。父母上班都是三班倒，张明丽从八岁就开始自己照顾自己。因为那年奶奶得了一种奇怪的病，叫重症肌无力，不影响吃喝，却连下床都难。

张明丽每天在楼道里就开始喊奶奶，只要奶奶搭腔，她不进屋，就先奔厨房。

这样过去了很多年，张明丽从一个小丫头变成了花骨朵一样的少女。花骨朵是奶奶给她起的绰号。每天她放学回来，奶奶就说，我们家的花骨朵回来了。

她成绩一直不太好，上了普通的专科学校，学了最普通的专业。那时候还不知道这些普通会让父母那样难。在网上交朋友的事，她和父母多少谈了一些，当然她没有告诉父母那个男孩子叫高秋水，在一个小饭店做厨师。她透露给父母的都是笼统而宽泛的概念，而实际上，她离那些笼统和宽泛已经很远了。

她想在适当的机会再告诉父母，那个叫高秋水的男孩子，是小饭店里最优秀的厨师。小饭店的许多回头客，都是冲着这位小厨师的手艺来的。高秋水是一个有禀赋的人，很多菜一看就会。一条街上十几家小饭店，哪家推出了新菜，老板就派他出去吃一吃，一吃就把那道菜吃到自己的饭店来了，稍稍变一下手法，特色就成了自己的。难得的是，他还是有梦想的人，他的梦想是有朝一日去最高级的酒店当大厨，然后开一家属于自己的店，让别人打工。

父母都是开明的人，不反对她在网上交朋友，只是提醒她要小心，千万不要上当受骗。事实证明遇到骗子的机会也不是很多。他们从一开始相遇就相互信任，任何地方都没有隐瞒。这一份朴素的坦诚让他们的路越走越远，关系却越来越近。心底里，张明丽已经在盘算如何当老板娘了。

吃了饭，俩人要去上班了，王秀珍却把他们叫住了。她一夜也没怎么睡，眼袋垂了下来，整张脸看上去有些浮肿。她一直在盘算儿子的这件事到底怎么办，天亮了，她的办法也想出来了。儿子睡了人家女孩，这个现实是严峻的。假如他们能结婚，这个女孩像浮萍一样没有根基。村里经常有远来的媳妇放人鸽子，她不得不防。即便不是放人鸽子，城市里的女孩咋能通过一张“网”就看上乡下人呢？这是她不能理解的。不理解的东西，她要通过自己的手段弄明白。就像她经营的各类反季节蔬菜，开始她也是一窍不通，慢慢就把它们的习性摸清楚了。

没有什么事情能够难得倒她。

她遇事从不与高众商量，因为商量不到一起。一件最简单的事，也会因为吵得天翻地覆而告终。她是一个独立的女人，认准的事，会一扑纳心地做下去。就像那两个蔬菜大棚，当年政府扶持，可以借小额贷款。高众知道信儿时，大棚在田间已经有模有样了。

她对张明丽说，你别走，让他走。高秋水说我们都要上班。王秀珍却一点也不通融，把儿子的摩托车强行往外拉。高众正在堂屋洗脸，扯过一条毛巾赶了过来，说你这是干什么？王秀珍说，不干什么。这两天大棚里缺人手，让张明丽留下来干几天活。

高众说，你咋能让人家干这种活，人家是干粗活的人吗？

王秀珍说，活就是给人干的，不干活的人都不念人。

这话明显在贬损高众。高众气哼哼地用眼剜她，不再言语。

高秋水说，妈，饭店里就明丽一个迎宾员，她不去就耽误事了。

王秀珍说，她没来之前，饭店不是也一样营业吗？

高秋水说，那不一样。我不去，还有饭店老板顶着，明丽不去，饭店老板也顶不了她。

王秀珍说，照我说没啥了不起，地球离了谁都转。

高秋水赌气地把车支在了一边，说那我也不去了，行了吧？王秀珍说好，你也和我一起去大棚干活。关键时刻张明丽伸出了一根指头，笑嘻嘻地往高秋水的眼前凑。高秋水说，你这是干什么？张明丽说，你准备好了吗？

高秋水恍然。他们在网上曾有过约定，困难的时候要彼此支撑。支撑的标志就是每个人伸出食指顶一下牛。在网上，他们会用食指顶住电脑屏幕的右上角。

你准备好了吗?

这是给对方鼓劲儿的一句暗语。

张明丽说，我在家帮阿姨干活。阿姨说得对，我在饭店的角色不重要。

王秀珍说，高秋水，你暂时不要回家来，什么时候回来，我给你打电话。

蔬菜大棚的繁华季节刚刚过去，从南往北，十几个畦里依次是以色列灯笼椒、樱桃水萝卜、圣女果西红柿、两头粗的秋黄瓜……王秀珍种的都是名特优新品种，一个棚里品种齐全，另一个棚里则都是麦田一样的香芹，眼下正像毯子一样厚，就等着买家来收了。一茬蔬菜过后，会有一段对土地放松的日子，因为湿润和高温，那些青草就像得了道行，几天就能长到半尺高。下一拨秧苗还在泥土里睡觉，若不是今年南方的冰雪灾害导致气候异常，加大了北方春天的昼夜温差，在往年的这个季节，塑料薄膜可以掀了去，它们就能见到天光了。

这个塑料大棚有多大，在城市女孩张明丽的眼里，简直大到无法形容。王秀珍用钥匙打开锁头，推开用木板拼成的栅栏门，张明丽先钻了进去。她对这样一个长龙样的白色大棚充满了好奇。一股热气扑面撞来，身上骤然毛茸茸的，每个汗毛孔都张开了，都想着要分泌水分。她第一眼就看到了那几架黄瓜秧，竹竿都很纤巧，长短粗细都不差，“人”字形相互依托，那些藤蔓爬在上面，大大小小的黄瓜垂下来，有些小黄瓜脑顶上花还开着，像吹喇叭一样。张明丽一下子就很感动。“人”字形的竹竿让她想到了她和高秋水的两根食指。植物需要彼此支撑，人也需要彼此支撑。支撑着，爬上藤蔓，结出果实。张明丽的嘴角漾上来一丝笑，一根食指悄悄伸了出来，晃了晃，她对着那些黄瓜架说，你准备好了吗?

你在说什么？王秀珍冷不丁问。

张明丽吓了一跳，不好意思地说，没说什么。

王秀珍把提来的一个塑料袋扔给她，里面有一套衣服和鞋子，都是高秋水的。王秀珍说，你的衣服包屁股，干一天活不累死也得热死，换上。张明丽二话不说，当着王秀珍的面，就把衣服换上了。上衣是一件背心，垂下来盖住了屁股。下身是一条运动裤，是松紧带的，也勉强能穿。鞋子大得不可思议，穿在脚上像两条船一样。但因为是布底，踩在脚下很舒服。张明丽的鞋是皮的，有一点跟，此刻已经把畦埂踩出了许多“酒窝”。张明丽由衷地说，阿姨，您想得可真周到。王秀珍并不理会，她吩咐张明丽站在左边，她站在右边，顺着畦垄薅草。薅过的地方连一根草毛也不许有。她严厉地说。

这些草，张明丽没有一样认得的。虽然热得头晕眼花，张明丽仍然饶有兴趣地问这些草叫什么名字。王秀珍开始爱答不理，慢慢口气就缓和了些，总那样绷着她自己也难受。鸡爪草、白茅草、燕麦草，她一个一个介绍。她告诉张明丽拔草要从根处拔，省力气，还能拔得干净。张明丽很受启发，她的那种从梢处的拔法，勒疼了手，还经常把草拔断。张明丽感叹这样小的事也有学问，阿姨不说自己也不知道。

除了草，张明丽还认识了许多野菜。太阳花、落落菜、人揪菜，都是城里人常吃的野味。乡下人却很少吃，他们用这些野菜喂鸡鸭。有一种椭圆叶子的野菜长着四棱的茎，开淡紫色的花，张明丽问这种野菜叫什么。王秀珍说，它不是野菜，是薄荷。在庄稼人的意识中，猪羊都不吃的植物都不能算作“菜”。即使长得像“菜”，它也是草。张明丽伏下身去闻，果然闻到了一股薄荷的香味。想起衣兜里还有几粒薄荷糖，她跑过去拿。她用小拇指挑开了衣兜，拿出了两粒糖，用牙齿撕开糖衣，挤出一粒先送到王秀珍的嘴边。因为两手都是泥，王秀珍连推挡都不能，也只能用牙齿把糖咬住。一股清凉的感觉在口腔里弥漫。薄荷糖能防暑降温。张明丽说。

开始张明丽是蹲着，后来就膝头着地了，几乎是匍匐在地上。王秀珍的姿势却从一开始就没有变化，她手劲大，草一薅一大把。薅下来的草堆在一处，草的腰处还有王秀珍的手印子。她们一直也没有喘口气。热，累，浑身的骨头节都是疼的，手都被草染绿了。王秀珍等着张明丽开口说歇一歇，张明丽却没有这种意识。汗水流进了眼里，她用衣袖去擦，泥点子蹭到脸上，变成了长长的一道划痕。她的脸红得像是要喷血，眼前迷迷蒙蒙。手腕酸得似乎一点力气也没有了，她一屁股在草地上坐下了。

王秀珍终于说，坚持不了就到外面去歇歇。

张明丽虚弱地笑了笑，说自己能坚持。

一只白色的塑料水壶放在了黄瓜架下的泥地上，那里清凉。王秀珍走过去，举起水壶，仰面朝天，咕咚咕咚灌饱了肚子。她问张明丽喝不喝水，张明丽刚一犹豫，王秀珍说，我们乡下人嘴巴不干净，你就渴着吧。张明丽也没多说话，走过去，学着王秀珍的样子，也咕咚咕咚把肚子灌饱了。塑料桶是盛过醋的，再加上大棚里的高温气候，像是能把塑料软化。张明丽喝出了那水的一股怪味。可她还是满足地抹了抹嘴，说这水比城市的水好喝，城市的水那股漂白粉味，要多难喝有多难喝。

张明丽说的是实话。

栅栏门被人推开了，高众窝着身子走了进来。王秀珍说，稀客呀，你来干啥？高众直奔张明丽走来，从裤兜里掏出一副针织布的白手套，丢到张明丽的怀里，说戴上这个。王秀珍从鼻子里哼了一声。高众说，你哼啥？孩子的手能跟你的手比？张明丽说，叔叔也来拔草吧。高众说自己还有事，转身走了。张明丽有些不知所措，手套太白了，她有些不敢碰。王秀珍冷眼看着她，张明丽用两根指头捏着白手套放到了黄瓜架上。王秀珍问她咋不戴，张明丽说了一句内行话：戴手套咋干活。

王秀珍说，他的一片好心，你别当驴肝肺。

张明丽哪里会听不出王秀珍话里话外的意思，那味道分明有些酸。张明丽说，阿姨不戴我就不戴。

王秀珍带着语气说，谁给我买？

张明丽笑着说，阿姨如果需要，我给阿姨买一打。

5

春旺饭店是座三层小楼，在丁字路口的胳肢窝里。一般到下午两点多，饭店就打烊了。高秋水发动着摩托车，正想回出租屋睡觉，见大宾远远朝这里走来，他又把摩托车推到了墙根底下。大宾在对面的建筑工地干活，时常偷着跑出来跟高秋水聊一会儿天。他俩最放松的时候，是午夜时分，高秋水用摩托车驮着大宾，跑遍全城找收费最低廉的网吧。当然这种局面已经许久没有了，自从张明丽从徐州来，大宾基本就摸不着高秋水的边了。

俩人坐到餐桌前，高秋水泡了一壶茶，扔桌上一盒烟，你抽出一支我抽出一支，各点各的火。大宾问，张明丽呢？高秋水猛吸了一口烟，说被我妈扣下了，在大棚里帮她干活。大宾吃惊地说，靠，你妈还不把她当驴使，你可真舍得。高秋水说，张明丽自己也同意。大宾竖起两个大拇指，相对着弯了弯，说你妈是怕你们……那个吧？

高秋水故意问，哪个？

大宾不自然地笑了笑，说你还问我。

大宾告诉高秋水，他也开始用QQ聊天了，昨天就碰到了那么一位，上来就问他敢不敢开房。大宾起初还不明白啥意思，对方干脆地说，开房就是脱光了睡觉。

靠，网上的女流氓真多。大宾总结说。

大宾问高秋水当初是怎么和张明丽碰上的。高秋水笑了笑，那种叫幸福的感觉立时就从心底漾了上来。他和张明丽在一起后无数次地回忆过他们认识的那一刻，张明丽在网上发求助帖子，征土豆烧牛肉的做法。回帖有十几个，她采用了高秋水的做法。俩人在QQ上互通资料时，吃惊地发现，他们是同年同月同日生。

有这些做基础，他们从一开始就聊得轻松和愉悦。

有些事情可遇不可求。高秋水用过来人的口吻说。

大宾问家里扣住张明丽是啥意思，是接受了还是不接受。高秋水说，接受怎样，不接受又怎样，这都改变不了什么。这话说得很男人，但大宾不满足。他说都知道你妈是牛脾气，江山改了她都改不了。她不会把张明丽怎么样吧？

高秋水瞪起了眼珠子，说你说话有谱没谱，你当我妈是老虎，吃人？

大宾嬉皮笑脸地说，差不多。

大宾匆忙喝了一口水，把安全帽戴在头上，一晃一晃地走了。

高秋水原本就挂念张明丽，被大宾的几句话又挑起了心事。他想给张明丽发个短信，问她好不好，在干什么。编辑好了，又放弃了。

张明丽也不先发个短信来，这让高秋水很失望。

丁字街的那条横街开始修路，只一天工夫，路两端的栅栏竖了起来，路面被剖腹开膛，行人和车辆都得从远处绕着走。那条街上的铺面和饭店也都处在了停业状态。这条竖街一下就有了空前繁荣的迹象。老板朱春旺给大家开会，说从明天开始，饭店做通宵。通宵其实也不会太晚，也就做到两三点钟。所以这段时间都不许请假，夜里下班后都要回去睡觉，否则转天提不起精神。他还重点问张明丽什么时候回来，高秋水说拿不准。朱春旺说，饭店里一个萝卜一个坑，你要是再闹场网恋，自己都会失业的。

朱春旺这话是开玩笑，但高秋水脸皮薄，听不得被人敲边鼓。他被母亲卡在家里那三天，差一点把朱春旺急死，虽说自己能顶上上炒几个菜，可很多老顾客不依，说他做的不是味儿。此刻高秋水“腾”地站了起来，闷着头就往外走。被朱春旺一把拉住了，问他干啥去。高秋水说，你不说我失业了吗？朱春旺一把把他摁在椅子上，说你小子，还没结婚呢，脾气倒见长。我是那个意思吗？高秋水说，我跟你说过，不是明丽不来，是我妈扣着她不让来，什么时候让来又不一定，你让我有啥办法？朱春旺说，好好好，我来想办法总可以吧？高秋水嘟囔，你能有什么办法。朱春旺说，你还别说，我也许就真有办法呢。

朱春旺真的去了一趟高秋水的家。想象中，被扣住的张明丽该是一副需要被解救的面容。到了那里才发现，张明丽一点那种意思也没有。一条小围裙系在腰间，神情就像个家庭小主妇一样。她正在院子里洗衣服，两条晾衣绳都被挂满了。王秀珍嘴上不满意，说洗它干啥，明天还要穿，到了地里还是要脏的。张明丽只是笑，并不搭腔。相处时间不长，她已经发现王秀珍有个特点，心里满意的事，嘴上却并不流露，有时说出来，或许是相反的话。她帮着张明丽把晒好的衣服抻平整，见张明丽用洗衣服的水洗墩布，王秀珍说，我们不像城市用水要花钱，你那样节省犯不着。

王秀珍不认识朱春旺，听说他是饭店的老板，热情立刻就来了。把人拽进屋，太阳还老高，就张罗给客人做饭。朱春旺费了些力气才拦住她，说今天来的目的，是想接张明丽去饭店，眼下饭店需要人手。不等王秀珍有表示，张明丽抢着说，我暂时不回去了，你们另找人手吧。朱春旺很吃惊，问为什么。张明丽说，家里有两个蔬菜大棚，刚薅完草，马上就要育苗了，阿姨一个人根本干不过来。朱春旺没有想到事情是这样，挠了挠脑袋瓜儿，让张明丽再考虑一下。张明丽说，已经考虑好几天了，觉得还是家里需要自己。

朱春旺把张明丽拉到了院子里，他还是不相信张明丽说的是真心话。朱春旺边走边回头看，担心王秀珍跟过来。他让张明丽说实话，是不是这家的人软禁了她。张明丽笑得嘎嘎的，她说你看我这个样子，像被软禁的吗？

吃早饭时，张明丽提出去赶会儿集。街上已经有人陆续在往村南走，叙谈的声音隔着墙清晰传了来，你买什么，他买什么，还有人什么都不买，赶集就是为了凑热闹。张明丽很高兴，长这么大，她还不知道大集啥样呢。张明丽的话，却让王秀珍心里“咯噔”一下，村里买来的媳妇，有人就是借着赶大集逃走的。她当然不反对张明丽“逃走”，可那一下“咯噔”，让她自己都解释不清。她自嘲地想，张明丽除了把这个家收拾得整齐，一分钱的便宜也没占着，自己有啥可“咯噔”的呢？

高众就没有王秀珍那么多的想法。他提出用自行车捎张明丽一截。张明丽说，干脆您就和我一块去吧。高众心里高兴，却不方便那么快答应。他用眼睛的余光去看王秀珍，王秀珍还是发现了，说，看我干啥？我脸上写字了？

两个人是一路走着去的，大集离村里一共也没有三里地。路上总有人好奇地打量张明丽，高众自豪地说，这是我儿子的女朋友。高众自豪的理由很多，张明丽是城市人，大专毕业，白净好看。这都是理由，每一个理由都值得别人羡慕。高众的心思张明丽看得透透的，她抿着嘴笑，说您和我爸的性格很像。高众问什么地方像，张明丽想了一下才说，容易满足。

但不像的地方也很多。张明丽很快又跟了句。

高众对这个话题有兴趣，又问什么地方不像。

张明丽说，他对我妈好。过去我妈下夜班，只要他有空，总会去厂门口接。十几年如一日。后来我妈病退了，只要他在家，永远都不会让我妈动手做饭。他总说我妈嫁给他不容易，当年他们结婚时家里穷，我妈一分钱都没跟他要，后来他的习惯是，手里一分钱都不留，只要发了工资，就全都放到我妈的抽屉里。

高众把眉头拧了起来，问张明丽这话是啥意思。

张明丽乖巧地说，就像您那天买手套，如果换作我爸，第一个准是给我妈买。

高众自嘲说，那么说是我把事情做错了。

张明丽说，从我的角度看当然没做错，您想一想，从阿姨的角度呢？

高众说，她不配。

张明丽淡着语气说，都是女人，哪有什么配不配的。

张明丽从大集上买了三件衣服：一条裤子，两件上衣。上衣一件是白地蓝花，一件是蓝地紫花。王秀珍从大棚回来，张明丽拉着她洗手洗脸，然后把衣服拿了出来。张明丽说，阿姨快穿上看看合适不合适，都是叔叔给您挑选的。王秀珍哪里肯穿，大手一抡，就把张明丽和衣服甩开了。张明丽的脸红得透亮，她说您是嫌我还是嫌衣服？王秀珍说，都嫌。张明丽说，总不能连叔叔的心意也嫌吧？王秀珍说，别跟我提他，结婚这么多年，他连一个布丝儿都没给我买过，他有啥心意。高众在屋里嚷，钱在你手里，想买不会自己买？

张明丽把衣服叠好，放到了王秀珍的屋里。高众正在看电视，小声说，费力不讨好吧？张明丽坐在了炕沿上，也看了几眼电视，屏幕上正播一部电视剧，正好是青年男女亲热的镜头。张明丽想起高秋水，眼眶一湿，又从屋里出来了。

6

大棚里使不得马，动不得车，所有的活都得靠人工去干。除了薅草，王秀珍还让张明丽尝到了翻地的滋味。一锨一锨地弓着腰翻地，比薅草更累人。张明丽的手掌已经起了茧子，每根指头都是肿胀的，似乎连回弯都难。她没想到时代发展到了今天，还有这样原始的耕作方式，而这又与最现代的管理技术——蔬菜大棚对接。那个大棚会让张明丽生出许多联想，她因为爱高秋水这个人，而爱他的父母，爱这个家所有的一切，甚至爱这个蔬菜大棚——她真的爱上了这个离餐桌最近的家伙，它神奇得就像魔术师，没有什么东西不能变出来。在徐州的家里她总是无所事事，当思念变得忍无可忍时，她给自己的理由是，除了爱情，也许这里也有一条生存的路呢。

张明丽累得狼狈不堪，王秀珍很得意。她就是想累跑张明丽，这个想法已经变成了执念。这些天张明丽所做的一切，她都看在眼里，也感动过，也柔软过。可一想到心底的那笔账，她又心硬如铁了。她一直在核算成本，怎么算都觉得高秋水找这样远的媳妇划不来。即便张明丽哪儿都好，将来回一趟娘家得多少钱，还不得庄稼人半年的收入？一年回几次娘家，这日子就没法过了。小孩子就知道爱呀爱，哪里知道未来有多少艰难。她这样全心全意打算都是为了儿子，虽然儿子现在不理解，但她相信将来儿子会明白自己是为他好。

地翻到一半，她的腰扭了。张明丽扶她回去休息，王秀珍说剩下的活儿就归你了，给你三天的时间，翻得完不？彩椒的苗已经出齐了，再不抹就晚了。张明丽朝身后看了看，两天的时间，她和王秀珍也只翻了一半。翻上来的泥土中不时有被切成两段的蚯蚓，她刚发出一声尖叫，就遭到了王秀珍呵斥。即使遭王秀珍呵斥，她还是希望有人陪她一起翻地，这项工作太乏味、太痛苦了。

翻地不像薅草，在认知的过程中，还能找些乐趣，还可以变换姿势。她从来不知道什么是腰疼，此刻腰却像断了一样。她的眼神已经没有了快乐和光彩，真想就这样走了，去春旺饭店找高秋水，过挣工资的日子。那种日子才是好日子，有盼头，那个盼头就是月底发工资的时候。

现在的盼头在哪里呢？

张明丽好好想了想，觉得现在的盼头反而更多些。她希望融入这个家庭，希望婆婆能够接受她。希望自己这个“网”上来的媳妇是村里最好的媳妇。说来奇怪，她还有一个最大的盼头，就是弥合公婆之间的关系。从小看惯了父母的恩恩爱爱，公婆的关系让她不舒服。

即使公公对她再好，她仍以女人的视角看待这件事，觉得不幸的人是婆婆。

有这样多的盼头，她就没有别的路可走。

她把手机揣进兜里，又返回了塑料大棚。自从那天与高秋水分别，她的手机一直处于关机状态，偶尔也开机看看有没有短信，没有，她就迅速关掉手机。她用这种方式保持对高秋水的思念，也用这种方式让高秋水思念自己。高秋水一定也是这样想的，否则怎么会不发个短信，或者往家里打个电话呢？

手机打开不久，铃声就“哗”地响了起来。张明丽连忙摁了接听键，原来是母亲，焦急地问她怎么了，手机为什么总关机，电话再打不通他们就要去派出所报案了。张明丽愣愣地听着母亲的连珠炮，鼻子一下子就堵了。缓了好半天，她才解释是手机有问题，总是偷着自己关机。母亲让她抓紧时间修，断了联系哪行。又问她工作好不好，她张开手看了看磨出来的茧子，说一切都好，不好早就回家了。

母亲叮嘱了再叮嘱，凡事多加小心，别乱交朋友，检查睡觉地方的门窗是否能关严实，把饭吃好，别想着减肥。张明丽“嗯嗯”地应了。母亲的电话让她的情绪舒缓了不少，下一步做通母亲的工作不知还有多少困难，但张明丽一下子就乐观了。

张明丽一个人正干得起劲的时候，高众来了。他说从这里过，顺便送来两瓶矿泉水。高众奇怪怎么只有张明丽一个人。张明丽说阿姨腰扭了，刚回家。高众把水递给张明丽，张明丽却把两瓶水都接了过来，放到了黄瓜架下。高众不解，问这是什么意思？张明丽说，哪天跟阿姨一起喝，高众笑得别提多不好意思，说至于吗？张明丽说，您没给她买过布丝儿，但给她买了矿泉水。高众说，矿泉水不是买的，村里来客人，客人没喝。我知道棚里有水壶，怕你不习惯那样嘴对嘴地喝。张明丽调皮地说，手套买一副，矿泉水怎么拿来两瓶？

高众说，你这个丫头，简直是个人精。

高众脱了外罩挂到黄瓜架上，往手心吐口唾沫，两只手用力蹭了蹭，就去摸王秀珍用过的那把锨。高众抬眼就看见了黄瓜架上的白手套，说你怎么不戴？干这种活戴上手套就不磨手了。张明丽戴上试了试，皮肤受到了保护，果然轻松了些。但握锨把的时候滑，有些使不上劲，她又把手套摘掉了。高众干起这种活来很轻巧，一会儿就翻了一大片。张明丽说，听说您从不到大棚里干活。高众说，那些活不够她干，我来干啥？张明丽说，阿姨一个人干那么多活多辛苦，您不心疼她。

高众说了句孩子气的话，她也不心疼我。

王秀珍给张明丽派下的活有要挟的成分，原想躺一夜腰就会好，可第二天她就发现自己动不了窝了。腰沉得总想谁上去踩几脚。儿子高秋水不在家，她连能够指使的人都没有。她托人喊来了翠婶，翠婶是从麻将桌上下来的，一进院子就说，自己正是手气好的时候，这下风向该往别处转了。王秀珍说，整天划拉那些有啥意思。翠婶说，你驴一样地拼死拼活地干有意思？王秀珍说，不干我哪能住这样好的房子。翠婶说，爷们对你不好，你住金銮殿也没用。说这些话时，俩人都还没有面对面。翠婶走进堂屋端详了一阵子，又撩开西屋门帘看了看，又推开后院的门瞅瞅外边，翠婶吃惊地说，你们家里有仙女下凡了吧，什么时候变得这样干净利落了？

王秀珍的能干在村里出名，邋遢也在村里出名。两年前，她动用大半积蓄盖了水泥垛成的大房子，当时在村里很震撼。可女人嚼舌头说，多好的房子她也能住成猪窝，还说她和面能把面和成另一个色。这都是麻将桌上的女人说的。这些女人，有的是因为男人在外面挣钱，自己有底气消遣，有的则是男人也不挣钱，就守着一份穷。不管是哪种状况，她们都是王秀珍天然的敌人。村里像王秀珍这样种大棚蔬菜的有几十家，可人家都是夫妻一起干，或有儿女帮着，或只经营一个大棚。没有像王秀珍那样不要命的，经营两个大棚不说，所有的活还都是她一个人干。

就显得她能。女人们私底下这样说已经是客气。

因为高秋水与大宾的同学关系，翠婶与王秀珍的交往也多些，很多信息都是翠婶往王秀珍这里传。高家讨来网上媳妇的事，都被村里人嚼烂了，这种事在电视里经常能看到，所以人们不觉得咋稀奇。徐州算什么，还有人聊天把外国的闺女聊了来。张明丽的样子，许多人都见到了，长得好，不像女骗子。冲这两样，大家就觉得王秀珍把福气占全了。翠婶挑开门帘进来，舌头咂得像是敲竹板，说你个王秀珍，还有心情趴窝，我要是有个这样的儿媳妇，脑袋掉了腔子也戳着。王秀珍不说话，趴在炕上直杵杵地盯着她。翠婶又说，这样瞅我干啥？我又不是你家爷们。王秀珍说，都多大年纪了，还说这样骚情的话。翠婶说，多大年纪也是女人，我就不信，你和高众就一点不骚情？

王秀珍收回了目光，不想再说什么。

翠婶脱鞋上炕，先是一只脚，后是两只脚，在王秀珍的背上慢慢地踱，她过去这样干过，所以脚法不陌生。王秀珍觉得肠子都要被踩扁了，可腰轻松多了。王秀珍说，你是站着说话不腰疼，让大宾给你领来个这样的儿媳妇，你就知道滋味了。翠婶说，这样的儿媳妇咋了？你如果不要我们要。王秀珍心里说，都跟我儿子睡了，鬼才相信你的话呢。

翠婶发现了炕头上叠放的新衣服，王秀珍嘴一溜，就说是儿媳妇买的。这是她第一次称张明丽儿媳妇，别人听不出来什么，她自己倒有些难为情。翠婶展开了看，放到身上比，说好看，布料也好，一看就不便宜。她让王秀珍穿上试试，王秀珍顺从地爬起身来，拔着腰板儿，把那件蓝地紫花的穿到了身上。翠婶由衷地说，好看，好看。王秀珍往炕中间蹭了蹭，那里对着一块立柜上的穿衣镜。见里面的人头发像刺猬一样立着，但新衣服让脸上有了光彩。

翠婶又让她试另一件，顺便把裤子也蹬上。她费了些力气，才从炕上站起身。她比镜子高了，想弯下腰来看，"哎哟"一声，她又在炕上趴下了。

翠婶说，裤子也合适，这件白花的更好看。你自己多少年没买新衣服了吧？王秀珍挣扎着往下褪衣服，翠婶说，穿着吧。王秀珍哪里肯穿着，还是让翠婶捏住两个裤脚，把自己像倒口袋一样倒了出来。王秀珍说腰又不行了，你再上来给我踩踩。翠婶拿捏着说，有人给你买衣服，有人给你当丫鬟伺候着，你是娘娘啊？王秀珍说，赶明儿我好了，我也给你当丫鬟，行了吧？

翠婶说，我可没有儿媳妇给买衣服，我的儿媳妇还在他丈母娘的肚子里养着呢。

王秀珍说，肯定是在肚子外了，只是不知道眼下在哪。

翠婶说，看见秋水从网上搞来了对象，大宾眼热得不行，谁说的媳妇也不要，自己也非要从网上搞一个。他说秋水能搞，我咋就不能搞？

王秀珍说，都快把我气疯了，那样远的媳妇有什么好，还是家里说的知根知底。

翠婶说，知根知底也没啥用，知人知面不知心。

王秀珍说，那也比这样两眼一抹黑的强。

翠婶说，秋水听你的话吗？大宾也不听我的。要不是有秋水这档子事，大宾的对象说不定早妥了。秋水把大宾耽误了。

王秀珍不乐意了，说这事咋能怪我家秋水，又不是他让大宾这样做的。

高众让张明丽先回去做饭，自己再把那两个菜畦翻完。张明丽在院子里就喊阿姨，说腰好些了吗？王秀珍赌气地说，好了。张明丽进到屋里，见王秀珍还是那样趴着，那几件新衣服在一起团着，明显是被穿过的样子。张明丽问，咱家有谁来过吧？王秀珍说翠婶。张明丽知道翠婶是谁，有一天在路上遇着了，离老远就说自己是大宾的妈。张明丽试探地问她穿这些衣服好看吗？王秀珍一下子就不言语了。张明丽不易察觉地笑了笑，问王秀珍吃什么饭，王秀珍说，随便。张明丽开玩笑说，好，就吃随便。

高众从大棚里薅来一把香芹，让张明丽炒着吃。香芹嫩得根根透亮，像汪着一层菜油。张明丽说，从地里拔来的菜就上锅炒，我长这么大是第一次经历。她在脸盆里洗手，一共洗了三遍，最后一遍还用水冲了一下。然后洗香芹，一共洗了四遍。高众回到屋里，小声对王秀珍说了，这孩子是个仔细人，干啥都让人放心。又说你平时就洗一遍吧？王秀珍剜了他一眼，高众并未理会，又说张明丽翻地，汗出得比喝下去的水多。乡下这样的孩子也都不多见了，你就别再为难她了。

王秀珍愣着，没言语。

高众看了那团衣服一眼，说，偷着试了吧？

7

大宾有空就往春旺饭店跑，这里所有的人都认识他。有时候他也是这里的顾客，带几个人过来吃饭，大家看秋水的面子，都对他很友好。有一天，他多喝了几杯酒，在那里胡言乱语，说网上那些乌七八糟的事，口吻很暴力，很色情。同来的人不但不阻止他，还鼓动他往大腿根处说。有个服务员告诉了高秋水，高秋水端了一舀子凉水过来，“哗”地浇到大宾的头上。

大宾当时就跟高秋水吵翻了，说我又没讲究你，关你个鸡巴事。你在网上就干净了？要不是也在网上那啥了，张明丽会跑这么远来找你？高秋水又舀了水过来，被别人拦住了。高秋水说，大宾你滚，我再也不想看见你。大宾说，你当老子想看见你？呸——

老板朱春旺亲自来擦地，高秋水意识到自己这件事做得过了。当时饭厅里还有好几桌客人，他应该把大宾揪到外面去，怎么揍他都行。水在地上流了很大一片，高秋水伸手要墩布，朱春旺也没客气，随手就把墩布杆推到了他怀里。朱春旺说，泻火也不是这样的泻法。朱春旺的意思是，因为这饭店通宵营业，员工都不能回家，高秋水这是有怨气了。高秋水听出了朱春旺的弦外之音，把墩布“啪”地扔到了地上，他说我泻火也不是冲你，是冲大宾。这里有你什么事？

朱春旺说，是没我什么事，水都湿了顾客的脚，碰上刁蛮的，我得赔人家鞋。

高秋水说，我赔！你说多少钱?!

朱春旺说，我说让你赔了吗？

高秋水一甩袖子出去了。这段时间他的脾气总像阳光下熟透的豆荚，说炸就炸。他在廊下狠狠吸了几口烟，听见了朱春旺大声呵斥服务员的声音，说本事没有就听些话，多干些活会累死人吗？

高秋水也觉得这话在影射自己，心里又添了许多火气。那天朱春旺没接来张明丽，高秋水就很憋闷，觉得朱春旺为自己的事不尽心。自从离开家，他的心情一直不怎么好，不知道下一步该怎么办，母亲说不让他回家，他不是不敢回，是不想回。想起母亲的样子他就不愿意跟张明丽一起去面对。他还是希望张明丽能出来，跟他在一起，不管做什么，他们在一起的日子都很开心。

那天高秋水顶着火气，称自己想去家档次高的酒店。其实他这只是一个想法，连谱还没有，就是因为心里烦，不知怎么就把这话说出了口。朱春旺的脸当时就阴了，当老板的最烦别人炒自己，何况高秋水是饭店的顶梁柱。朱春旺很容易把这看成是要挟。他说你想加薪不用拐弯抹角，我不是不想给你加，是想看一看这一段的效益如何。效益好会给你多加一些的。

高秋水赶忙解释他不是这个意思。朱春旺冷冷地说，那是啥意思？高秋水的意思却一时没法说清楚。他不愿意一辈子窝在三层楼的小饭店，他希望有朝一日到大地方试身手。他还想自己经营一家饭店，哪怕很小很小。朱春旺对他再好，他也不可能给朱春旺打一辈子工。

只是这些话能与朱春旺说吗？

与朱春旺的关系就这样僵下了，俩人低头不见抬头见，但脸上的线条都绷着，说任何话彼此都有了抵触，都有了一生二、二生三的意思。不像过去，高秋水把网恋的事都愿意对他说，把他当成兄长一样。现在俩人之间的关系起了化学反应，芝麻大的事，能发酵成西瓜。

大宾酒劲过去，就把不愉快都忘了。这天他守在饭店门口，等着高秋水下夜班。正常情况下，高秋水十点以后基本就清闲了，因为那个时间不会有顾客要大菜。今天饭店的生意不好，也许因为是周一，中午客人就稀少，晚上星星点点，都是仨俩人的散桌，点两三个小菜，喝一两瓶啤酒，根本赚不到钱。这样的局面连服务员都提不起精神，一个个哈欠连天。高秋水抽空到外面抽烟，看见大宾看门狗一样在台阶上坐着，他上去踢了大宾一脚，大宾站起来龇儿龇儿地笑。大宾说，去网吧不？你都多少天没去了。高秋水摇头说不去，老板不让去。自从与张明丽不需要在网上见面，网络对他也没诱惑了。这时朱春旺正好从外面回来，大宾有些巴结地跟他打招呼，叫他朱哥。朱春旺眼睛斜了一下，都没怎么理会。蔑视大宾就是蔑视他高秋水！高秋水的自尊心一下子膨胀了，他大声说，老板，我请个假，跟老乡出去办点事！

不等朱春旺回答，他已经奔向了摩托车。

高秋水骑着摩托车疯了一样在大街上乱窜。大宾一个劲儿地说开慢点，开慢点。高秋水反而有些受刺激，开得更快了。在十字路口，差一点与一辆面包车撞在一起，面包车猛地朝外一打轮，摩托车擦着面包车的车身飞了出去，一下冲到了路边的花坛里，那里正好有一盏路灯，摩托车险些撞到灯杆上。大宾跌坐在一蓬带刺的月季花丛里，屁股都受了伤。大宾“哎哟”着说，可不敢再坐你的摩托了，你有媳妇了，我连媳妇也没有，我可不想做冤死鬼。高秋水的脊梁上像是开了一扇窗，总有凉风呼呼地往里灌。他动了动身子，没觉出哪里疼。摩托车斜躺在灯杆下面的土堆上，轮子还在空转。大宾把摩托车扶了起来，推出了花坛。那些花草被他们压坏了不少。大宾说，你还不快起来，待会儿让警察看见，算你交通肇事，让你赔。高秋水这才爬起身，大宾看见他的额上出血了，赶忙过来扶他，说去医院包扎一下。高秋水用手一划拉，那片“血”掉了，原来是一片大红的月季花瓣。

大宾笑着说，看来你还得走月季花运。

高秋水只说了一个字：屁。

大宾看出他心情不好，说要不你回家吧，你肯定想媳妇了。

高秋水坐在马路牙子上，抬脸看了看天，又看了看大宾说，你看出我想媳妇了？

大宾说，我看出来了。

高秋水说，有时候是很想，但很奇怪，有的时候却一点都不想，就像现在。想媳妇的感觉有点像地震，想的时候地动山摇，但摇过以后就没事了。

大宾觉得很惊奇，说你一直都是这样吗？

高秋水说，当然不是。在这之前还不是。

大宾说，你吓着了吧？

高秋水却不理会大宾。他低下头默想了会儿，说想其实是分三个阶段的。没见面之前是一种想，那时候每天都想得魂不守舍。见了面是另一种想，每天夜里我们俩隔着一堵墙睡觉，那种煎熬你没法体会。如今把媳妇放在了家里，跟前两种想又不相同了。

大宾问现在是怎么个想法。

高秋水说，不是跟你说了吗？就像闹地震。

大宾说，闹地震的时候耗子都往外跑。现在给你两条路，是去网吧还是回家找媳妇？

高秋水站起来拍打一下屁股，说去网吧。

高秋水在路上给张明丽打了一个电话，想问问家里的情况。他这个时候一点心理负担也没有。打个电话，太普通了。都是一家人，有什么好较劲的。他甚至想张明丽只要一搭腔，他就甩掉大宾，回家。这个时候他心里又有了闹地震的感觉，而且动静很大。等待的时间长得有些熬人，终于等来了一句话：您拨打的电话已关机。

8

高众过去不常到蔬菜大棚里来，但大棚里的活计他都懂。张明丽都快崇拜他了，看着他在每个畦里用锄头挑出畦埂，用锄尖挖埯，细致得跟绣花一样。张明丽用水舀子一个埯一个埯地浇水，学着高众的手法，把那些秧苗一棵一棵地抹到埯里去。这些活计轻松多了，而且有技术含量，张明丽每抹一棵，都祷告它要顺顺当当成活，千万不要对不起自己。每天回到家，张明丽第一件事就是向王秀珍汇报大棚里的工作，土耘好了，调出垄沟了。水管子蛇一样从西爬到东，把那几畦芫荽浇透了。王秀珍总是听得很仔细，然后再做出一两点“指示”。张明丽回传给高众，发现他很听吩咐。这几天，高众的大部分时间都在大棚里做活，除非村里的广播喇叭喊他，他也总是快去快回。也有人跟他开玩笑，你不是不进大棚吗？活怎么是你一个人干了？高众总是乐呵呵地说，还有儿媳妇呢。高众在棚里干，在家里也干，洗衣做饭，打扫卫生，张明丽干到哪，他跟到哪。他是一个讲究品质的男人，只是遇到了太不讲究的王秀珍，让他破罐破摔了。

彩椒苗被移走，高众主动问王秀珍这几个畦下什么种，王秀珍说，种豆角。种子提前买好了，一共两包，就在大棚里的一个柱子上挂着的塑料袋里。一个春播，一个夏种。王秀珍不识字，她把种子用不同的纸包好，总是在心里记得牢牢的。这天，她觉得自己稍稍好了些，就用一只手支撑着腰，腆着肚子去了大棚。她先去查看了豆角种，第一眼就发现高众把种子种反了。她费力地蹲下身，从地里抠出一粒种子，种子已经歪歪嘴了，一棵线头儿样的小芽从歪歪嘴里吐了出来。王秀珍说，这畦豆角收不来了。张明丽问为什么。王秀珍说，过了“五一”，大棚就要揭盖了。那时豆角正出苗。藤会把豆角架爬满，但一朵花都不会开。

张明丽又问为什么。

高众难为情地解释，反季节只在大棚里能反，撤了大棚植物就只能跟着季节走。

高众问王秀珍怎么办，王秀珍满不在乎地说，由它去吧，咱只当养了畦花草。

高众的眼睛都要湿了，王秀珍从来没这样通情达理过。

王秀珍在大棚里巡视一圈，形象像个要员。有些地方刚浇过水，有些湿滑，高众生怕她再把腰扭了，影子一样跟在她的后面。王秀珍仿佛也知道自己此刻举足轻重，她头也不回地吩咐，我喝口水。高众刚要奔水壶去，张明丽已经抢先把那两瓶矿泉水拿到了手里。她拧开其中的一个盖子，递到了王秀珍的手里。王秀珍说，哪来的？张明丽说，叔叔拿来的。王秀珍看了高众一眼，张明丽孩子气地把另一瓶水晃了晃，叔叔说了，咱俩一人一瓶。

王秀珍说，糊弄鬼。

高众说，你就当一回鬼呗。

高秋水一走就没有消息，其实他们都很惦记。回来的路上张明丽走在前头，高众小声对王秀珍说，你不给儿子打电话，看来他是真不回来了。王秀珍说，死心眼，也不知道随谁。高众“哼”了一声。王秀珍说，你别当他随我，我不钻牛角尖。高众又“哼”了一声。王秀珍说，你是猪啊，光知道“哼哼”。高众说，话都让你说了，我不“哼哼”干什么呢。

考虑到饭店中午忙，下午两点多，王秀珍才给儿子挂电话。她不习惯跟儿子说小话，只想对他说：晚上回家一趟。估计儿子就会屁颠屁颠赶回来。可儿子的电话关机了，拨了几遍都是关机。王秀珍觉得有些意外，问张明丽这段时间有没有跟他联系。张明丽说没有。

王秀珍说，你这孩子也是死心眼，怎么不给他打个电话呢？

张明丽其实没有说实话。她这两天一直在试图跟高秋水联系，可他的电话总处于关机状态。她甚至想高秋水是不是也跟自己一样故意关手机，于是给他发了一条短信——你准备好了吗？她想高秋水也会和自己一样偷偷查看有没有手机短信，如果没有，再把手机关上。

一连两天，张明丽发了同一条短信，但高秋水一直没有回复。

打不通儿子的电话，王秀珍就有些慌，她让高众帮她回忆那天发生的事，都说了些什么，做了些什么，儿子会不会因此想不开。高众不以为然，说你啥也不用想，把儿媳妇买的衣服往身上一穿，儿子自然就回来了。王秀珍疑惑地说，你们是不是跟儿子合伙算计我？高众说，我们谁都没有见到他的面，怎么会合伙算计你呢。

张明丽提出自己进城去找高秋水，这个时间他不在饭店，就应该在出租屋里。王秀珍把张明丽买的衣服换上了，说自己也去。高众看着她笑了笑，说衣服还真是好看……只是，人家明丽去找秋水，你去凑啥热闹？

张明丽说，晚上我一定把高秋水揪回来。

高众驮着张明丽把她送到了公路边，这里五分钟就有一辆进城的汽车。张明丽的脸上写满了焦灼，自从他们相识，还没有这么久失去联系过。她不断地责怪自己应该早一点跟高秋水联系，如果早几天打电话，说不定就能找到他。

她先去了春旺饭店，打烊期间这里显得懒洋洋的，连院子里的两棵海棠都显得有气无力。张明丽走的时候，它们还没到花期，如今则已经开败了，淡粉色的花瓣四处飘零，枝头上是豆粒大的海棠果。张明丽只见到了打扫卫生的于师傅，是一个四十几岁的女人，正从上往下擦楼道，鼻尖上晃着细小的几粒汗珠。见到张明丽，于师傅很热情，拉她到门口通风的地方坐。张明丽说，我是来找高秋水的，他回出租屋睡觉了？于师傅的嘴巴张圆了，吃惊地说，他几天前就辞工了，怎么你不知道？张明丽让于师傅仔细说说情况，于师傅说，自从上边这条路开工，春旺的生意一直不好，因为这里变成了死胡同，很多顾客根本就走不进来。开通宵没几天，就做不下去了。生意不好大家心情都不好，高秋水想去大饭店干，老板就让他走了。

张明丽心里有了底，问高秋水去的大饭店叫什么名字。于师傅说，他走了没跟谁打招呼，所以谁都不知道他去了哪里。张明丽问，老板也不知道？明知道周围没人，于师傅还是小声说，老板对高秋水不像原先那样了，他们俩闹掰了。

每隔几分钟，张明丽就给高秋水拨一下手机。身边不时有汽车隆隆地驶过，她用手指堵住耳朵，另一只耳朵使劲儿听，还是关机的信息提示。路边凡是有门脸比春旺大的饭店，她都进去问有没有叫高秋水的厨师，她一共问了九家，却一点线索也没有。

她不敢再关手机，手机夜里也开着。有时候卖枪支弹药的短信会把她吵醒，吓得她的心口怦怦跳。快天亮时，她做了一个梦，梦见高秋水浑身是血从外面闯了进来，却又从后门走了出去。张明丽惊恐地问他去哪，高秋水比风还快地消失了。

张明丽翻身从床上跳了下来，赤着脚就往东屋跑，此时她被梦魇罩着，连外衣都不知道穿。她推开东屋的门，尖叫着说秋水受伤了，身上都是血！她怔怔地看着炕上躺着的两个人，他们裸着肩膀，裹在一条被子里，正睡得香。他们显然也被张明丽吓着了，慌忙地恨不得把头缩到被子深处。张明丽晃了晃脑袋，这时才有些清醒，原来是在做梦。她一下子搂住了自己的肩膀，转身逃掉了。

高秋水上班时间擅离岗位，任何一个老板都不会容忍这件事。他与大宾在网吧痛快地一直玩到天亮，第二天一上班，就有人通知他到财务室去一趟。财务室在三楼，会计其实就是老板娘。她把一个信封递给高秋水，说你的工资、张明丽的工资，都结齐了。现在春旺饭店正是困难的时候，但老板说，不能对不起你。以后有机会就来串门儿，别攀了高枝儿就把我们忘了。

高秋水的脸唰地红了。他抓过信封什么也没说，走了。

朱春旺是这样想的，高秋水既然想走，谁也留不住。既然迟早要走，就不如现在走。朱春旺以为上边修路会给自己带来商机，结果他把形势估计错了。因为离那条主路太近，春旺饭店的环境也受影响，整天尘土飞扬。顾客当然不愿意再到这里来。这个时候炒高秋水是最好的时机，偏偏高秋水又给了他一个最好的借口。

高秋水一点也没想到情况会这样，他拎着简单的行李走到大街上，还有点不相信这是真的。他在春旺饭店干了三年，有感情，培养了很多老顾客。他觉得老板不应该因为这点小事就炒他，这一刻，他杀人的心都有。几个服务员往外送他，他连头都没回。谁都知道他是被炒的，这让他觉得自己没脸见人。

他给大宾打了个电话，告诉他自己不在春旺干了，换了一家大馆子。大宾很兴奋，问他具体地点，他回答得模棱两可。与大宾通了电话，他就把手机关了。他骑着摩托车，发狠一样地跑遍了全城的各大酒店，却没有哪里需要人。有一家四星级的酒店刚开业，广告打到了十字路口，说招面点师傅。高秋水对面点不是很在行，但多少会一些。硬着头皮去应聘，才发现人家说的面点是西式糕点，完全不是自己会的那种中式面食。他说自己擅长炒菜和炖菜，问人家需不需要这方面的厨师。管招聘的是一个小美人，说话做事一板一眼。她问高秋水在哪里干过，高秋水说在丁字路上的春旺饭店。小美人摇摇头说，对不起，我们不需要。

丁字路已经形成了饭店一条街，但都属于中下层的水准。许多农民工或私人请客的人愿意到那里，因为便宜。小美人多问的那句话，让高秋水起了疑心，那里饭店出来的师傅是不是都被人看不起？这让他的自信心受到了很大的打击。

9

一连几天，高秋水都是在网吧度过的，除了网吧，他不知道自己还能去哪里。家他一点都不想回去，他多次跟父母和张明丽说过，春旺饭店没了他就不行，这个时候回去，都不如让他一头撞死。网吧他也不是只去一家，像他这样的年龄，整天泡在网吧自己都会瞧不起自己。与大宾玩通宵的那家网吧叫育才，是一座住宅楼的底商，那天他和大宾坐在一排座位上，偏过头就能看见对方的显示屏。他打游戏，大宾QQ聊天。可大宾聊得很不专注，总探头朝他这里看，后来两个人就换了座位。高秋水聊天，大宾玩网络游戏。大宾玩起来就什么都顾不得了，高秋水说，有个叫杨梅的人给你留言了。大宾问写的是什么，高秋水说，等得花儿都要谢了。

大宾说，酸。

高秋水却心里一动，同时酸涩的滋味也从肠胃里翻涌出来。他和张明丽逛超市，见到了那种叫杨梅的东西，粉红色，看上去毛茸茸。一对情侣挽着手臂在那里指点说，入画。高秋水不懂什么叫入画，但他买了一盒。两个人来到了街心公园，把封着的塑料薄膜打开，杨梅看上去真是非常好看。高秋水喂了张明丽一粒，张明丽咧歪了嘴，说牙倒了牙倒了，不管高秋水怎样哄，她都不肯再吃第二粒。高秋水生气了，一盒杨梅十几块钱，对他来说差不多算奢侈品。

他赌气自己吃了很多，酸得牙齿倒了好几天。

高秋水由此发现，自己对张明丽的思念变得隐隐约约。张明丽每天跟在母亲的身后去蔬菜大棚，也不知变成了什么样，也许要不了多久，她就会成为母亲王秀珍的另一个翻版。

高秋水对母亲始终怀着一种奇怪的感觉。那种感觉缘于童年中的几件事。给奶奶故意把饭做硬。一个小乞丐追着乞讨被她打了一顿。院子里爬来了一条蛇，母亲拿着菜刀就把蛇斩成几段。很多回忆都会让他心底升出一种不舒服的感觉，包括她一年四季衣衫不整，包括家里从来没有一方干净的角落。有时他会奇怪地想，凭父亲长得那样周正，怎么会与母亲结婚呢？

与张明丽在家里短暂的那一夜，他险些被张明丽说服。可离开了张明丽，他发现有些感觉轻易地就回来了。

高秋水给杨梅回复：花儿谢了还会再开。

杨梅：再开也不是原来那朵了。

高秋水：你希望人还是原来那个人吗？

杨梅敏感地问，你是谁？

高秋水答，我是我。

杨梅说，你是个有趣的人，假如你是个男孩的话，我甚至可以考虑喜欢你。

高秋水迅速登录了自己的QQ，把杨梅加为好友。在这之前杨梅是属于大宾的，而现在，杨梅也是属于自己的人了。

高秋水白天到处找工作，晚上就在网吧与杨梅聊天。饿了到外面找口吃的，困了就趴在电脑桌上睡一会儿。这座城市到处贴着牛皮癣一样的招工广告，但让高秋水找到一份适合自己的工作却很难。有个饭店的小老板追着请求高秋水留下来，高秋水厌恶地挥了挥手，就绝了小老板的念想。那个饭店是三间小平房，里面摆着几张油腻的桌子和椅子，都看不出本来颜色。这样的地方与高秋水理想的距离相差太远，小老板挽留他，他甚至觉得受了侮辱。

那天，不知不觉中他就去了丁字路，从路口望过去，饭店的招牌就像丛林一样。这里所有的老板没有他不认识的，也没有不认识他的。他曾经是这条街上身价最高的厨师。高秋水想，还是在这里先谋一份差吧。自己在春旺，春旺就火起来了，自己还可以让另一家饭店火起来，让朱春旺后悔。他选择了一家叫兴旺的，门脸比春旺大，四层楼。老板姓李，过去曾经暗示过他随时可以过来，而且肯定比春旺给的工资高。他见到了李老板，正跟一群服务员打纸牌。李老板见了他就跟没见一样，只是嘲讽地说了句，怎么到我们这种小地方来了？

高秋水就知道，自己回不来了。丁字路这样多的饭店，看他有了相同的目光。

高秋水每天变换一家网吧与杨梅聊天，现在他的身份基本确定了。大学毕业，正在准备报考公务员。杨梅则在一家医药企业当会计。他们互相报了生日，巧的是，两个人又是同年同月同日生。

身份是假的，就没有什么是真的了。

高秋水白天受的所有的鸟气，都会在晚上的愉悦交谈中得到慰藉。因为戴着面具，高秋水不但不觉得累，反而有一种天马行空似的自由自在。有一天，高秋水在网吧里刚坐下不久，大宾也来了。大宾见到他，就像见到了久别的亲人一样。大宾刚从家里回来，急于告诉他家里发生的事，高秋水却不想听，他借口还有事，就从这个网吧匆忙撤离了。

大宾想要告诉高秋水的是一件大事。他家收香芹，从早上四点多一直干到下午三点多，那些香芹提前浇了水，水不多也不少，但要把地润透，这样香芹才好拔。这天高众被村里的广播喇叭叫走了，王秀珍的腰还没彻底好，许多活就落到了张明丽一个人身上。过秤、装车、结算，人家把一车香芹拉走了，张明丽才觉出肚子痛得无法忍受，紧接着，“哗”的一下，裤腿就被鲜血打湿了。

高众找来车把张明丽拉到了镇里的医院，原来是先兆流产。

高秋水与杨梅的直线距离不过五十公里，这样近的距离不见个面简直说不过去。他们约好了一个星期天，是整个春天里温度最高的一天，二十八摄氏度。两个人的心情也像天气一样有了炎热的感觉。高秋水在澡堂里洗澡，换上新买来的白衬衫，坐上了通往N城的大巴车。打开了关了好几天的手机，几条短信先后跳了出来——你准备好了吗？想都没想，他就回：还没有。大巴车开上了高速公路，风驰电掣朝远方驶去。高秋水觉得这样的感觉也很好，离开一个地方，去另一个地方，离开的地方没有牵挂，去的地方也没有负担。

这样的感觉实在是太好了。

车窗外是张扬的春天景色，村庄绿得一丛一丛，田地绿得一片一片。张明丽的样子偶尔从他眼前闪过，他有些木然。在心底，他还是觉得爱着张明丽，但那份爱已经显得苍白了。适当的时候，也许还会浓绿，像村庄里的那些树木，田地里的那些庄稼。只是，他不能确定那得什么时候。

想到将要见到的杨梅，他的心跳就难以抑制，同时有蓬勃的欲望在两腿之间盛开。他不知道杨梅长什么样，他想在网上跟杨梅视频，但杨梅拒绝了。

杨梅说，留点神秘的感觉给对方，不好吗？

高秋水说，很好。

张明丽躺在炕头上收到了高秋水的短信。高秋水有了消息，她没有急于告诉王秀珍，她悄悄享受着这个属于自己的秘密。她了解高秋水，他是一个要强的人，在新的地方他要干出名堂来。王秀珍正给她做荷兰煎蛋，张明丽指挥，王秀珍操作。为此王秀珍特意买来了一箱牛奶。她现在是在侍候坐“小月子”的人，一点都马虎不得。这个孩子在张明丽的肚子里孕育了一个多月的时间，除了孩子自己，谁都不知道。张明丽甚至都没来得及感觉，孩子就已经在她的生活中彻底消失了。

张明丽并没有怎样伤心，她与这孩子还没真正建立起来感情。

高秋水回复的短信，换来了张明丽会心的微笑。她觉得这是高秋水在淘气，就是不按正常套路出牌。于是她又发：你准备好了吗？

在等待中，她慢慢睡着了。

2017年8月

鬼指根

1

沿石径而下，先是遇见了一棵榆树，而后又遇见了一株五角枫。叶子都落在了地上，韵致还是与其他杂木不同。在乱石嶙峋的山坡上，有一点贵族似的威仪。同样作为一棵树，榆树就差了水准，虽说它也长得高大且健壮，细碎的枝条像喜鹊衔来的，蓬蓬地乱，在蓝天白云下，像鸟儿为所欲为的结果。老皮长了许多瘤子，看一眼就让人觉得心里不太平。

可这一面山坡，也就这两棵像些样子的树。其他都是灌木，在石头缝里歪斜着身子，一副不屈不挠样。荆条、玻璃树、酸枣棵子、野葡萄藤，忽而遮住路径，忽而从天而降般落在身上，抻扯着不让人走。倪依小心地避让，还是把手腕划出了血道子。牛仔裤有些浑不懔，姜黄色的绒衣则沾满了鬼指根，成千上万。鬼指根又名灰灰菜，春天可以凉拌或做馅吃，像许多野菜一样，能上餐桌。但深秋它们就脱了形，从叶子中间挑起一根细细的茎，顶着球状的针形尖刺，挑衅样的随时连发枪弹，准确无误地击中你，把你变成一只刺猬。所以走出那条横向草径，倪依哭的心情都有，她想，怎么那么倒霉，看着好有诗意的一条路，也杀机四伏。

横向草径与那条石板路呈“丁”字。石板路开阔了些。拨开落叶，能看见那些青白色的石头磨出了水墨画的效果，呈慢坡状。但也会有矮矮的几级台阶，镶嵌在花岗岩的山体上，上面躺着陈年的松针和松塔。是陈年的，因为今年的松塔还绿着，气定神闲地在枝头悬挂。倪依回望了一眼，石板路弯弯曲曲向上，不知通向哪里。她迟疑了下，还是朝山下走。晚风拂过，一片清凉。晚秋的太阳摇摇欲坠，很有些英雄气短。干燥的松针在脚下发出沙沙声。她好奇地听，几棵古松便撞到了眼里。它们都倚在路旁，身边护卫着巨石，像穿了铠甲。是黢黑的石头，被久远年代的琼浆注入了肌理，生出古怪的苔藓。古松的枝杈使劲朝石径上伸，倒像是要为行人遮蔽风雨。倪依有些好奇，这里荒凉，但不荒蛮。这样一条规整的石板路明显不是现代工匠所为，倪依叹了口气，现代工匠可是没这手艺。

终于看见了瓦灰色的屋脊，身后长着一棵巨大的桑树。因为父亲长年咳血，桑叶清咳养肺，老家的院子里就种有不止一棵。所以无论剥了皮还是落光了叶子，倪依都认得。这棵树是柄大伞，一看就是爷爷辈的产物，倚着的石头墙都被撞裂了，硕大的树身有小半部分嵌进了墙缝里，看着特别心疼。转而又想，是先有墙后有树也未可知。那样不容易的就是墙而不是树了。石板路从这里分了岔，倪依拣看上去有人打扫过的地方，从左侧绕了过去。眼前豁然开朗，原来是一处建筑的地基，被荒草掩映。一个年老的妇人抱着一捆柴从石头后面冒了出来，从另一侧往房子方向走去。原来那里竟住了人。一瞬间倪依有些呆，想这人一定是孤身住在深山里，与清风明月为邻，林木花鸟为伴，这就是神仙啊！走近了，发现样貌也寻常。倪依叹了口气，想这荒山野岭，该有多孤单。见到一个人，也许会高兴三天。但倪依一点也不想打招呼。她从一座无名山上下来，走得头和脚都是木的，心却从未有过地寂寥。身上的鬼指根被风吹得飘摇，但就是不肯往下落。就像身上中了千尾羽箭，很是有些令人心悸。寻了花岗岩石阶坐下，小心地把手肘支在膝盖上，下巴托在掌心里。还是想那些羽箭，若是刺穿身体，该是千疮百孔。于是通透的感觉油然而生，身体一阵寒凉，似有风穿膛而过，带着刺啦的响声，这让心有了轻盈的感觉。这里朝向东，正好与刚才走过的那条草径成夹角。草径下面就是几米深的沟壑，里面都是滚山石。那些巨大的石块圆咕隆咚，被远古的地壳运动磨去了棱角，有一块居然有半个房屋大，让人叹为观止。那两棵像些模样的树被暮色包裹，逐渐模糊了影像，它们同周围的山石杂木混淆在一起，倪依只能从方位上看出个大概。

“距离上也有难处啊！”倪依对着薄暮轻轻说。

“这里凉，去屋里歇着吧。”

老人无声地落在了倪依的身后，倪依其实听见了她窸窸窣窣的脚步声，动静像一条大尾巴松鼠。倪依不愿意回头，是不想自己的清净被打扰，她不想见一个不识时务的人。被羽箭刺穿的身体正在淌血，寒凉过后一阵战栗，倪依在想流尽最后一滴血是什么感觉。老人却在她身后蹲下了，动手摘她身上的草刺。“我看见你从那边过来的，路不好走。瞧你这一身鬼指根。我没事也不往那里去，草把路都吃了。”声调平和安详。

“草把路都吃了。”倪依喜欢这句话，不由重复了下，“您也知道这叫鬼指根?”

“春天的灰灰菜么，可以做馅饼。”

“您也喜欢吃?”

老人摇头说，不喜欢。山上有很多野菜都比灰灰菜好吃。羊麻叶、大蓟、小蓟、苦碟子、蕨菜，都能吃。“灰灰菜稍微老些就发柴，要不能结鬼指根? 鬼指根最讨厌了。”老人说话的腔调有点不拿自己当外人。

“还有什么好吃的?”倪依逐渐有了还阳的感觉，似乎是从一个阴冷的世界穿越了，“这里是什么地方?”

老人说:“这里是千佛寺遗址，你若是春天来，南边的坎下都是野香椿，山里气候凉，时令要晚几天，但比城里卖的香椿味道浓。再晚些，那边都是野桑树，桑葚个头不大，但酸酸甜甜地特别爽口，都是玫瑰红或葡萄紫的颜色……”

倪依回味一下，突然一激灵，转头。还是那张普通妇人的脸孔，眼有点小，眉毛稀疏，细碎的皱纹横七竖八。但生了一只悬胆鼻，这样好看的鼻子可不多见，而且不会因为年老而塌陷。“您刚才说……这里是千佛寺?”倪依傻傻地张大了嘴巴，就像再也合不拢。冷气入直肠，她简直要哆嗦。看老人点头，她迅速把头转了回来，在两排牙齿之间塞进去一根手指。那根手指慢慢弓了起来，她用力啃。可怎么也啃不痛。痛神经呢？难道隐遁了？她特别渴望痛一下，让意识能有附着。她没想到这里就是千佛寺，鲍普不止一次说过的千佛寺。眼前一片空茫，乱石、杂树，大面积的柴草在秋风中招摇。风景肯定在山上，鲍普曾经见识过的风景，在山上……倪依痛苦地摇了下头，问野桑树在哪里。老人站起来往东南方向指，说那几棵是杏树，杏树前边是柿子树，柿子树前边就是野桑树。只是没有柿子树高……柿子树这东西霸蛮，无论长在哪里都趾高气扬……秋天就它结果子，叶子落尽了，果子仍挂在枝头上，像灯笼那般炫耀……你看见了?

“这些树有的是和尚栽的，有的是山民栽的。再早这里住着三五户人家，后来嫌孤单，都搬山下去了。那些果树没人打理，都长疯了。也许是孤单疯的，谁知道呢。树也会发疯，也嫌孤单……我见过的。再早柿子长成磨盘样，是磨盘柿。后来就越来越小，焦黄精瘦，模样就像核桃……”

倪依象征性地欠了下身子，她眼前水雾蒙蒙，其实啥也没听见。她的思维还在打转转。这里原来是千佛寺。鲍普曾经说过的千佛寺，地处深山，还没开发开放。满山的怪石，到处都是线刻佛像，那可真像一个王国啊！他摄影时偶然走到这里，就被迷住了。他搞摄影不专业，却是很迷的发烧友。从鱼眼镜头到超广角，从中等焦距到长焦距，办公室的套间里像个陈列馆。后来八项规定出台，他把套间挖了一个门直通走廊，一间变两间，上面挂了个“资料室”的牌子，其实里边的格局和内置都没有变。“这样真的好么?”她曾委婉提醒。他却不以为然。“哪天我带你去千佛寺看看，在那里扎个帐篷住一夜，也许能遇见神仙。”他开这样的玩笑。他的帐篷也是专业级的，据说能抗八级台风，里面放一张水床，抵得上半间瓦房。这个玩笑让倪依心怀惴惴，可也心生涟漪。如果说她有愿望的话，那么愿望还没变成现实，鲍普就失踪了。那一晚他值班，晚饭以后他一直在办公室批阅文件，抽屉张开着，外套披在椅背上，手机在桌上放着，显示有十几个未接来电。一杯沏好的滇红丝毫没动，但茶是冷的。他习惯把杯子沏满，水浮到了杯沿上。那是只白瓷杯，某次会议的纪念品，上面还有主办方的名号。那些长短镜头安静地趴在隔壁房间的木头格子里，可镜头里却是空的。

他的办公室装有摄像头，但却是关闭状态。那一晚发生了什么没人知道。

老人一根一根摘掉鬼指根，刚才蹲在左边，这回转到了右边。倪依能感觉到左半个身子骤然轻松了，她不由晃了一下膀子，她有肩周炎，骨头缝里发出了欢快的叫声。倪依问她家住哪里，为啥一个人住在荒山野岭。老人说，她是退休的小学教员，家在埧城。这房子应该是庙产，几年前她跟朋友逛山景走到这里，看到这儿有座房子保存完好，就七手八脚收拾了。住了几年，从来也没人管没人问。查了史料才知道，这里是千佛寺遗址，山上有许多石刻佛像，憨山大师修行的山洞也保存完好，甚至有流浪汉在那里过夜。

“有水有电?”问完这句倪依就笑了。她不知道憨山大师是谁，她关心的都是世俗问题。

老人说，山谷里有条溪流，山上如果不开山放炮，水还澄澈，做饭饮用都没问题。当然也从外面带矿泉水，但矿泉水泡出的茶远没有山泉水泡的茶好喝。也有人想从山下的村庄拉项电过来，被老人拒绝了。“烛光和油灯才配这里的清风明月。”

“您肯定是教语文的。”倪依心里澄澈。

“人老了，就剩念想了。”

老人拍了下倪依的肩，说鬼指根都摘完了。“天不早了，你该下山了。”太阳果然躲到了山阴处，薄暮像纱一样在眼前缭绕。倪依不想动，她感觉到了周身的舒泰和轻松。那些羽箭被拔下，也似自愈了伤口。这个素不相识的老人，像上天派来的老神仙，也像个老母亲，掸了掸她背上的浮尘，把她拉了起来。倪依感觉到了那手有一种干燥的温暖，从小臂和肩胛往腹腔传导，让心感到了熨帖。丝丝凉气被逼出了肠道，倪依不动声色地出了次虚宫。

摸了摸口袋，除了汽车钥匙，就是巴掌大的一块手机。狠了狠心，倪依从脖子上摘下了一个挂件，犹豫了下，还是戴到了老人的脖子上。“送给您，做个纪念。”

棕色的绳子上挂着深棕色的一尊菩萨。老人慌忙挡了下，却没有倪依手快。她用手捻了捻，反复摩挲，对着天光照看，凑到鼻子底下闻，迟疑着说：“一片万钱。姑娘，太珍贵了，我不要。”说着，就要往下摘。

倪依赶紧拦下了她的手。“不值钱的，您别见外。”

老人说：“你甭瞒哄我。这种奇楠沉香的老料很稀有，放到水里就下沉。你没试过？”

倪依愣住了。“阿姨……”

“叫我张居士。”老人还是把挂件摘了下来，套到了倪依的脖子上，双手捋着给她摆正。老人打量着她说："就应该是你戴的物件儿……天快黑了，快些走吧。注意脚下，山路不好走。"话没说完，兀自往回走，边走边在草丛里捡起了两根木棍，想是要去烧火了。

2

春天，倪依接连来了两次千佛寺。第一次是一个人来的，把车停到了外面的村庄里。换上旅游鞋，走进了深山。因为目标明确，没有像深秋那次翻山越岭误打误撞。自然，也没有粘上鬼指根。因为气温跟深秋时节差不多，她穿的还是那条牛仔裤和姜黄色的绒衣，在枯燥的山野间，很打眼。没有机会横穿那条草径，她居然有些惆怅。很多时候，她怀念浑身挂刺的那种感觉，那会让她觉得血脉通畅，身体里似养了一眼活泉，每一个细胞都似蝌蚪。过一段就又不行了。她像一尾死了的鱼，整个身体平板、僵硬而又寒凉，呼吸都觉得不顺畅。她觉得自己得了大病，跑到市里最好的医院挂专家门诊，凡是能检查的科目都查了。医生说，她比很多同龄人的体质要好。除了体重有一点轻，没有任何毛病。"体重轻难道不是病？"她问得认真，把医生逗笑了。医生是个须发皆白的老人，说：

“你这个年龄的女生都在减肥，你这样说是在开玩笑吧？”

既然没有病，就只能上班。行政局的院落烟雾笼罩，因为隔壁是家宾馆的伙房，大笼屉里每天蒸得热气腾腾，气味都被排风扇排了出来，往这边熏。倪依总有饥饿感，跑过去买了几个开花大馒头，在办公室吃得旁若无人。其时，人都躲了出去，在旁边的屋子窃窃私语。大家回忆说，过去倪主任这样吗？是吃猫食的人啊，而且注意形象仪表。现在怎么像饿死鬼托生的？怪异当然不只倪依一个人，还有行政科的小宋，值班的时候半夜起来耍大刀——别人以为是大刀，其实是个长条木片，平时就在楼道的拐角处戳着，还是当初施工时遗落下的，一头薄，一头厚，正好是一柄大刀的长短。有人看见小宋耍够了又把木片放回原处，奇怪的是，那木片就像从来没动过地方，上面的灰尘一星也没落。早起问他，他居然毫无印象。还有那块泰山石，像影壁一样矗立在大门口，足有几吨重，上面刻着繁体“龍”字。大家有目共睹，这“龍”是朝向里边的，某一个早晨，突然朝向外边了！这条“龍”长腿了！大家都知道，失踪的鲍局就是属龙的人，当年为寻找这块能刻字的石头，他几次去山东。大小、形状、纹路、颜色，鲍局都很严苛。底部筑有托盘，接茬处严丝合缝，石头难道会自己转个身？谁都不肯承认是记忆有了偏差，大家情愿以讹传讹。新来的沈局是个胖子，偏偏胆子奇小，他偷偷从邻县找来了风水先生，拿着罗盘绕着楼房跑着转了几圈，在局务会上则说那人是来考古的。司马昭之心，哪个不知。他们在后院的杂树丛中发现了一眼塌陷的井。按照风水先生的指引，他让人把那眼井清理了，填实了。上面种上一棵“吱吱叫”，这是一棵柴树，却是稀有树种，据说可以辟邪。风水先生家的后院种满了吱吱叫，随时听候差遣。他信誓旦旦地说：“这是口老井，是庙里和尚挖的。井里鬼怪已经驱除，你们就放心吧。”让沈局起了一身冷痱子。行政局的局址是一座庙，俗话说宁住庙前不住庙后。但局机关的楼房是在庙址上盖起来的，这让沈局搬进来时胆都是寒的。

鲍局办公室里的东西都被清理了，这已经是三个月以后的事。沈局却说啥也不进那间办公室。粉刷以后买了圆桌和椅子当会议室，沈局却从没在那里开过会。

第二次，倪依是跟黄柏一起来的。黄柏跟在她的身后，三五步远的距离，从不走她前边来。自打认识倪依那天起，他就不习惯走她前边来。他只习惯在她身后注视她，默默地。她走哪，他跟到哪，但不跟紧，让她在自己的视线之内。女儿都上高中了，还说爸是妈的跟屁虫。就如眼下，她踩着摇动的石头突然下到了谷底，他有些犹豫，是不是也要跟下去。他看着她跃起的身形跑过了河床，在一块巨石下面查看，那块巨石真有半个房屋大，东南角的方向是翘起来的。她先蹲下，后又匍匐着身子，用手扒拉。那里有些更小的石头，像巨石生出来的蛋，都圆滚滚的。他站在高处看着她，她知道他在高处看着她，他对她不是漠不关心。有一段，她总在夜晚接听电话，他就偷偷去电信局打了通话清单。她知道，却假装不知道。他从不问她详情。有什么好问的呢？自己来的那次，在张居士那里吃了闭门羹，门缝里夹着一张纸条："张居士去城里买火烛，傍晚回。"纸条显然不是留给她的，但她把纸条收走了。她发现，纸条上的字是碳素笔写的，很耐看，像书法作品。从这里过，她忍住没到石头底下来查看，既然下决心丢掉了，再查看还有什么意思呢。她硬生生地从这里走了过去。眼下跑过来查看，是因为黄柏在路边站着，叉腰，外衣搭在手腕上，帽子压住了额头，长帽舌把镜片吃了，只看见耳朵上架着两条眼镜腿。他距她不远，却形象模糊。

她越来越煞有介事。正转三圈，又逆转了三圈，像旋风一样。

"你为什么不问我查看什么？"她问得有些荒凉。

“上面好像是千佛寺。”他偏着头，去看那片山峦，她没向他提起过这个名字，他地理比她熟，“传说憨山大师曾在这里修行，大师是安徽全椒人，怎么会来这里？”似在自言自语。

她越过河床走了上来。

“过去讲究云游嘛……憨山是谁？”

“明末四大高僧之一。另三个是蕅益、莲池、紫柏。”

“他们都是哪里的呢？”她问得随意，其实是听不得他显摆。

“蕅益是江苏人，俗姓钟。莲池俗姓沈，久居杭州云栖寺。紫柏全称叫紫柏真可，字达观。”他回答得真诚，就像这些问题对她很重要。

她扭转过身去，背对着他。面前是自己的影子，被太阳拉得修长。此刻他看不见她的表情。她不喜欢他这种见多识广的样子，带着几许讨好。她的脸上有一种亘古的寂寞，像这山坡上几十亿年前的石头。最大的石头无疑是眼前这块，像一个放大了数倍的恐龙蛋，足有半间房子大，居然是暖色调，有被孵化的迹象。只是，谁能孵化它呢，也许是神……去年深秋，她一个人横穿草径粘了浑身的鬼指根，就像中了千尾羽箭。一个年老的妇人拔去了那些箭，似乎也治愈了她的伤口。无以为赠，她想把脖子上的挂件赠给她，她却说“一片万钱”，拒绝了。

她离开寺庙遗址，下到了谷底，把挂件放到这块大石头下，用几块小鹅卵石埋下，上面又遮了一块石板。她短暂地想过“一片万钱”的问题，但并没有入脑入心。得承认，这枚挂件越来越让她寝食难安，感觉到它与肌肤接触，过去是心怡，现在是惊骇。那种沁凉，像是在偷袭，这让她的感觉很不好。有时候，她的确有种眩晕感，就像从高空快速跌落。但她从没有想过把它摘下来，因为没有合适的理由。她羞于没有理由摘下这枚挂件，觉得不名誉。遇到张居士的那一刻，她发现，她已经很难再挂回去了。所以步下台阶她就拿在了手里。想起接受馈赠时，双方是怎样的随意。那是在杭州开会时的餐桌上，鲍普随手丢过来，说送你个玩意儿。碰巧倪依喜欢。她觉得，是他在外边随意买的。即便是随意买的，她也喜欢。就是这样。如果当时鲍普说“一片万钱”，那会成为一块烫手的山芋，倪依绝不可能接受得这般心安理得。

她站在高处仔细分辨，不会记错，应该是那块大石头，是整个河床里唯一的一块，足有半间房屋大。她上次来没有下去查看，是调动自己所有的意念阻止了这个欲望。这次却没有挡住好奇心。就是因为有黄柏在场，让事情跌下了可能有的高度，成了世俗中事。

可意外的事仍在发生，那尊佛像被有缘人请走了。

她挥一挥手，是想告别以往的岁月。她被那些岁月折磨得苦不堪言。

“你来过这里？”他们往遗址方向走，他在她身后问。

“来过。”她回答得寥落。随之，又让自己振奋了一下，指向那条横向草径，眼下已经草木葳蕤。说自己一个人走野山，从北面的山顶翻过来，下到了那条小路上，扎了浑身的鬼指根，这里有个老居士，在台阶上一个一个给她摘。“就像上天派来的老神仙，摘完那些鬼指根，她眨眼就不见了踪影。”

后半句，她是揣度着自己的心情说的。

他简单地“哦”了声。他从来都是简单的不求甚解的模样。他从不追她的话题，他们很难合上拍。“瞧啊，这里有块石碑！”他像小孩子一样雀跃，摘了眼镜远看近看，模糊的地方用手去摩挲。然后，又拿出了湿纸巾，从上到下清理尘埃。“草、隶、篆，三种书法形式同时出现在一块碑上。千像佑唐寺创建……天啊，这是块唐碑！”

那又如何。

她灰着脸靠在一株树上，仰头往上看。天蓝得通透，都在枝条的缝隙里。这才发现是株桑树，翠绿的叶子掩映着青森森的果实。熟的时候分别是玫瑰红和葡萄紫。玫瑰红和葡萄紫！这是那位张姓居士说的！她的心“咚”地一跳，像是被铁器重捶了一下。杏树也巨大，柿子树也巨大，因为无人打理，树冠都显得臃肿而庞杂。老居士说桑葚是野的，过去这里有人居住，后来都搬走了。这里离村庄远，果子不值钱，被村里人撂荒了。

那这些果实就属于张居士了。春天采桑葚，夏天吃杏子，秋天把涩柿子酥脆，估计她掌握了这些技能。这样的生活也是倪依想要的，能跟她搭伙就好了。倪依想，不知她收不收我。

黄柏激动地开始拍照片，横拍竖拍，有些字放大了拍。他喜欢书法艺术，属于艺术范畴的东西他都喜欢。可垻城实在太小了，没有哪些艺术家能入流。这一刻，他把世界忘了。眼睛瞪到最大，拍得一丝不苟。一边拍嘴里一边称赞：“太棒了，真了不起。这碑在老县志上有记载，没想到还能亲眼得见。今天太超值了！”倪依知道，接下来他会发朋友圈，把这一发现告之天下。配上一大段话，每一句都有一个惊叹号，让人喘不上气。然后整块时间抱着手机等别人点赞。有时候，他也在后台给人留言：“你上我的朋友圈说一句话。”然后便是长长的一段回复，引经据典。他肚子里有东西，那些东西都要被沤烂了。可这些东西倪依却看不上。倪依偶然发现他搞这种小动作，却连拆穿的心情都没有。今天从家里出来，原本没有目的地，是他自行拐上了山道。倪依想也好，可以到山里转转。只要是自然的景色，到哪里都一样。穿过村庄，有个三岔路口，他开向了通往千佛寺的路，就像冥冥之中注定的一样。倪依木木地坐着，看着熟悉的风景从眼前掠过。上次她一个人没敢进山，云雾在山尖上缭绕，不时幻化人形。松涛阵阵，空中不时飞起惊慌的鸟。倪依有些胆怯。她居然有胆怯的时候！她揣着张居士的纸条走了。自己也奇怪，为啥要拿不属于自己的东西，好像不只是字好那么简单。

她落寞地看着他，腰腿站得酸痛，移步靠到了另一棵树下。是棵柿子树。有黢黑老旧的皮，七棱八瓣，有小虫子在那些裂缝里飞。小青柿子只有指甲盖大，佛一样倒坐在托盘里，那托盘就像朵莲花。那感觉真是奇怪，认识这么多年，倪依从没觉得那像朵莲花。一大片云影飘了过来，把太阳遮住了。又飘了过去，太阳似乎只是藏了个猫猫。倪依终于不耐烦了，怏怏地说：“好了吗？”

“就好就好。”他赶忙应。

她还是率先走了，有赌气的成分。她总是和他赌气，他从不知道为什么。在他眼里，倪依聪明、漂亮，会为人处世，扫地比他扫得干净，家常饭都比他做得好吃。更要紧的是，倪依孝敬公婆。老家的井水含氟量高，她每周去送矿泉水，风雨无阻。每次去婆婆都要把她送到村外，看不见她的车影儿才回家。在他眼里，倪依浑身都是优点。这跟在倪依眼里的他截然相反。倪依总是说，烟灰落地上了。你又喝酒。鞋子怎么不放鞋柜？牙要刷三分钟！东西从哪拿的要放回哪里，告诉你多少次了！倪依说的这些都是带着气的。于是他戒烟、戒酒，把鞋子摆放整齐，刷牙时自己读秒。可倪依仍是不满意，说他的鞋子买得太便宜，衣服穿得没品位。“我一个中学教师，每天吃粉笔灰，要品位有啥用?”逼急了他也还嘴，甚至开口骂人。可骂完他就后悔。老婆是用来宠的，不是用来骂的。有次他狠狠扇了自己的耳光，让倪依凌厉的眼神一下就塌陷了。

她经常会想那位老居士，不知这个冬天她是怎么过来的。她一直惦记她。只是那种惦记在心苞深处潜伏，自己都能忽略。一个陌生人，你凭什么惦记人家！拾级而上，倪依坐过的台阶爬着几只蚂蚁，寻寻觅觅。蚂蚁总是爬几步就停下来，嗅一嗅，心机很深的样子。还隐约能见到几个鬼指根，被风刮到了石头缝里。倪依固执地认为那就是她从山上披挂下来，又被老居士摘下的那些羽箭。经过了一冬一春，还在石头缝里隐匿。待射向何处？她抠出来一个，放到手心里捻，好在它还坚硬，毛刺还能扎痛皮肤，虽说只是一瞬，她仍有感觉。这感觉好，比麻木要好。黄柏匆匆朝这里走，手机横握着。他个子不小，只是背有些塌。再加上倪依站在高处，黄柏就像矮下去好大一截。黄柏还有些谢顶，招摇的那些头发有了花白的意思。倪依很吃惊，黄柏刚满四十七岁，按道理正是男人的好年龄，他怎么就衰老了？

倪依情不自禁摸了摸自己的脸。

3

他们之间有故事。世界上没有没故事的夫妻。但像他们这样能走进传说的，少。他们两个曾在同一所学校教书，他早来一年，追她追得不动声色。早晨给她买饭，晚上陪她散步。她父亲咳血住院，他比她往医院跑的次数都多。校长偷偷劝他，说你找倪依那样的女人干什么？在家里供着？他是有些自卑的，家在农村，其貌不扬，笨嘴拙舌，可他就是喜欢倪依，这是没办法的事。足足用了五个寒暑，如果不发生那件意外的事，估计倪依还是天鹅在空中飞着。有段时间她疯狂背英语，去水库大坝，面对着一大片清湛的湖水。暮色四合，可她就是不想动。书上的字母模糊了，她把书贴在胸上，抱着膝盖想心事。她不喜欢眼下这份工作，虽然在城边上，属于镇办中学。同事女人居多，每天的话题就是丈夫、孩子、婆婆、大姑子、小姑子。她也是从村里出来的，可她的眼界、意识比她们要高，烦恼和痛苦比她们要多。她不喜欢这样的话题和氛围，这也是没办法的事。她在学校里很孤独，就偷偷写诗，可越写越孤独。有同学出国了，她动了心思。她从小就喜欢英语，能让英语派上用场也是心愿达成。可家里死活不同意她走，老师是多好的饭碗，多少人做梦都谋不到。哥哥姐姐都土里刨食，你是家里唯一的指望，去了外国你让父母靠谁？父亲拉着母亲找到学校，让校长好好管管她。“这么大的中国还搁不下你，你对得起国家的培养么？”父亲是村里的老党员，有家国情怀，凡事爱从大处着想。她每天背英语背得心力交瘁，一走了之的事每天都想，却又犹疑难决。本质上，她也是个喜欢纠结的人，耽于幻想，付诸实施却难。她摇摇晃晃站起身，头有些晕。天已经黑得不成样子，风搅动湖水拍岸，送来阵阵腥气。一条鱼大概被摔痛了，发出了悲伤的唧唧声。她抖了抖酸麻的右腿，刚一转身，一个黑影倏地扑过来，把她放倒了。一块尖石头硌了她的腰，她的后脑跌落在一个树坑里，因为堤面本身坡度大，这让她的身体呈一个反向弧形，让挣扎出现了一个短暂的时间差。她一声“救命”没容出唇，嘴里就被塞进来一把泥沙，她被呛得险些一口气憋过去。男人撕飞了她的衣服，口水涂到了她的胸脯上。她抖得一塌糊涂，牙齿像是在敲梆子。又一道影子掠过来，把那个男人掀翻了。她慌忙往起爬，看着男人顺着坡道往下滚，迅速沿着水边跑远了。

暗淡的星光下，她凄厉的哭声就在喉咙口，却在泥沙的封堵中发不出来。她稍一吸气，就有沙粒落进嗓子眼儿，人就像窒息一样动弹不得。黑暗就像一个巨大的阴谋，参与制造了对她的侮辱。黄柏一只手臂揽住她的腰，另一只手臂垫在她的下巴底下，让她干呕的时候能借些力。嘴里说：“别怕，别怕。有我，有我。”她脖颈断了一样垂着脑袋，往死里咳。黄柏半拖半抱把她弄到了水边，撩些水给她洗脸。她终于咳净了嘴里的秽物，一下咬住了黄柏的手掌一侧，久久都没有松开。

王居士、李居士、谢居士……她们彼此这样叫，也让她这样叫。三间房子里很热闹，不似她之前想象的孤寂和冷清，她们不像是在这里修行，倒像是来野餐聚会。这些都是六十往上的老人了，腰腹松懈，头发稀疏，发根像虮子一样生出一片雪白。但她们都神情愉悦，表明这是个快乐的群体。倪依进来的时候，她们正在做馅饼。一口大锅冒着蒸腾的热气，有人抱柴，有人烧火。两只铝盆放在灶台上，一只盆里是金黄的玉米面，另一只盆里是切得细碎的野菜。只是野菜看起来有一种神奇的暗绿，拌了大蒜和葱姜，散发着神秘的香气。面团放到手里摁成饼，弓起手背使之成为凹槽，抓一把馅放进去，两手合起来腾挪，口越收越小，直包得天衣无缝。馅饼贴进锅里，张居士一抬头，显然还记得她，用平淡的口气说:“你今天运气好，赶上了头茬野芹菜，这可是野菜之王啊。”倪依原本还想客套，客气话却说不出口。她发现，在老居士们面前任何客气都多余，因为没人注意她。她问野芹菜长什么样，大家七嘴八舌告诉她，野芹菜长在水边，跟超市买的芹菜不一样，颜色深，叶子碎，但口感好。山里的野芹菜长在溪水边，没污染不说，那水还含矿物质，野芹菜生在水中，肯定也吸足了营养，就跟吃中药差不多。至于她是谁，从哪来，到这里干什么，谁都不关心，好像她原本就是她们中的一分子。又或者，她就像山里的一棵草或一根木头，全无打听的必要。

“上次我来过，”倪依走到张居士的身后，有点迫不及待，“您去城里买火烛了。”

“你把我的便条拿走了。”她像是什么都知道。

“您没以为是风刮走的？”她好奇。

“风刮不走我的东西。”她说出来更像是禅语。

场面突然安静了，只有蒸汽袅袅。倪依挨在锅边，神情专注地看她手里操作。把面团圆，再摁出饼的形状，裂缝用两根指头抿好，馅饼里就成了一个黑洞洞的暗房，包裹了所有的秘密。她看得有些痴。她自己也做馅饼，却从没生出过如此复杂的心绪。水哗哗滚开，饼子贴在锅壁上，倪依数了数，正好十二个。

“能有我一个么？”倪依吐了一下舌头。

“有你两个。”张居士平和地说，“不是还有一个人么？”

黄柏没进屋。他在院子里打一晃，伸长脖子朝里看了一眼就不见了踪影。

倪依无话。她突然心如止水。

“我也喜欢做馅饼，用野菜。但从没用过野芹菜。”

张居士问她用过什么菜。倪依说，灰灰菜、人揪菜、起起牙、落落菜。女人们纷纷表示这些菜都吃过，但都没有野芹菜好吃。

“你爱吃还是他爱吃?”张居士说话的角度与别人不同。

倪依愣了一下，有些犹疑，不知如何回答。

张居士却不是指望她回答的样子。包完最后一个馅饼，净了手，招呼倪依说:“屋里坐吧。”

留下一个烧火的，大家都相跟着进屋。倪依想，烧火的是谢居士，那相跟进来的就应该是王居士和李居士了。女人上了年纪，模样实在不好分辨。都是一张扁平的脸，眉目模糊。都穿着大花的衣裳，拥红倚翠，晃得人眼都是花的。倪依进屋才发现香烟缭绕，供奉的菩萨慈眉善目。按说菩萨的年岁也不小了，但皮肤紧致，没有一丝皱纹。面前摆着一遍瓜果，有的已经开始腐烂，有细小的虫子在飞，估计她们的眼睛都看不见。想起张居士曾说过“一片万钱”的话，又觉得她的眼神应该还可以。倪依仔细地看了她一眼，她与其他女人别无二致，除了那只悬胆鼻。

那真是一只好看的鼻子。

“您年轻的时候是美人。”倪依唐突地说了句，却没有得到回应。

“你相信有来生么?”她问。

倪依惶惑地摇了摇头。

“来，跟我们一起做功课，念《楞严经》吧。”

木鱼摆在香案上，张居士将犍稚拿在手里，率先敲了一下，便闭上了眼睛。虽说很多地方吐字不清楚，倪依还是听懂了几句：“若生众心。忆佛念佛。现前当来。必定见佛……”

倪依的那颗心突然有被化了的感觉。她闭上了眼睛。

馅饼现出锅，包在纸袋里，外面又裹了塑料袋，又隔油又隔热。张居士做这些时，倪依想到了上学时给书包皮，当年都算功课。有人包得好看，有人包得难看。一个人是否手巧，能体现在方方面面。张居士无疑是属于手巧的人，一双手指节很长，折边折角都很灵动。也就她想得起来还给馅饼做个封套，倪依接过馅饼转过身去，不知为啥，心里“哗”的一下，汪出了一个世界的水。

是张居士催她出来。让她快吃，或跟外边的人一起吃，好东西要有人分享。时间长了馅塌腔，就不好吃了，就把这手艺埋没了。她唠叨。一句话说得反复，也说得郑重其事。话说出了几层意思，但倪依懵懂，她有些心神不宁，反复说他们早餐吃得丰盛，才到这里，还一点都不饿。她不是不想吃馅饼，而是想留在这里，跟她们在一起。说不出为什么，这里有一种吸引力，让倪依不舍得离去。

倪依甚至想，如果我出去了，再回来就没理由了。我有什么理由再回来呢？因为回不来，所以不能轻易走。可张居士不回应倪依的解释，给自己盛了碗小米粥。粥熬在电饭煲里，放在墙角的一个酒柜上，或许是剩的，已经成坨了。那酒柜擦得洁净，廉价的箱板上的黄油漆都脱落了，玻璃只剩下了半块，把手的螺丝掉了一边，它就佯装挂在那里，似百无聊赖。张居士顺势在炕沿上坐下了。她身量矮，两只脚高高地跷了起来。她穿了一条花裤，黑布鞋，脚背上是一片白袜子，蹭了些许灶灰。但那袜子的棉质真是好，一眼就能让人看出不同来。她把脸埋在粥碗里，像是没了倪依这个人。倪依的不安挂在了脸上，她觉得，张居士差不多是下逐客令了。关键时刻王居士来救命了。王居士长了一面宽大的胸腹，坐下时腿要往两边撇，好给那块宽大留出下坠的路来。她举着馅饼咬了一小口，烫得嘴里吸溜吸溜，绿菜叶子糊到了门牙上，没容咀嚼就吞下了。她梗着脖子朝向倪依说：“刚才那个……跟你是一家子吧？他是不是叫黄柏？瓦岔庄的，跟我儿子是小学同学。”

就像久旱逢甘霖，倪依急忙转过身，把整张脸孔对着王居士。倪依问同学叫什么，现在在哪儿工作。王居士把玉米馅饼用几根手指托着，从左手倒到了右手。说他没有那么好的命。“我儿子叫志刚，翟志刚。好名字吧？却是短命鬼，三十八岁那年得了肺癌。要说都不是外人，算起来是你跟黄柏的媒人。”

倪依不解。

王居士吃吃地笑，说：“现在孩子都大了吧？告诉你也没啥了。黄柏那个时候经常去我们家，跟我儿子商量对策。当年黄柏追你追不上，就让我儿子耍流氓，他装英雄救美。那个晚上我儿子很晚才回来，滚了一身的土，回家就跟我要吃的。我问耍成了吗？他说耍成了。我说耍成了黄柏也不在城里请你吃个饭。他说这个时候黄柏哪顾得上我，黄柏眼里只有那女的，重色轻友的玩意儿……从那以后就再没见着黄柏的影儿，两人还因此结了梁子——黄柏结婚都没请志刚喝喜酒。他那个郁闷，就别提了……我们家里经常拿这事说笑话，你这媒人当的，纯属没事找抽型。找赵本山给你编个小品吧……志刚后来也后悔，觉得这事办得有点不值当，为朋友两肋插刀也不是这样的插法……但算你们的大媒，这一点总没错。”王居士开心地笑了起来，特别像没心没肺的人。

谢居士一直在堂屋收拾，此刻挑起门帘，往屋里探了下脑袋，说：“你儿子胆子够大的，这种事情也敢做。”

李居士在屋里打了一晃，又端着碗出去了。想是她吃得太热了，满头满脸的汗，她用手当扇子扇风，边走边说：“宁拆千座庙，不破一桩婚。要说你儿子也没做错啥，他这是在学雷锋。”

王居士说：“当年我就说他傻，哪能这样给人当枪使。万一出了意外，被人反咬一口，就是跳进黄河也洗不清，你就等着打一辈子光棍吧！可我儿子说：‘妈你放心吧，黄柏是好哥们，他不是那样的人。再说，我俩立了字据，都摁了手指印了，那手指印可是带血的。’”

张居士突然停下了喝粥，两眼睁圆了看倪依。

“字据呢?”心“咚”地一震，似是裂了口子，便有鲜红的血顺着嘴角往外爬。倪依用手抹了下，啥也没有。但眼前的一切都模糊，屋里所有的物件都虚幻。那一张一张脸，都没有眉目。倪依端着纸袋的右手不停地抖，她悄悄用左手握住了右手的手腕，顺便往胸前揽了下。对面坐着的王居士样貌奇丑，鼻孔翻起来，里面黑洞洞。两只母猪眼，似描画般长了又短又粗的睫毛。想必翟志刚也是这样的样貌。在事情发生的最初两年，倪依反复想过那是个什么样的人。说来奇怪，想来想去都觉得应该胜过黄柏。

今天总算有了答案。

“早扔进灶坑里烧了。”王居士挪动了下屁股，她每说一段话都要挪动一下，似是在跟嘴做呼应，“留着也没啥用……还别说志刚死了，活着也留不到现在……他不会拿着去找黄柏的麻烦。我儿子不是那种人。”她自豪。

“哦。”倪依微微颔首。她不抖了，有一种显而易见的心机。

“孩子几岁了？该上高中了吧？”王居士关切地问，仿佛孩子也与翟志刚有关。

“黄柏有没有感谢他？”倪依觑着眼，故意不答话。她觉得王居士的话不需要回答。

“感谢啥啊。”王居士撂下眼皮，“志刚生病都没见着他的影儿。”

“那是他不知道。”倪依狠了狠心。

“给他捎了三回话，他都没过来看一眼。”王居士提高了声音，明显带着情绪。

“赶巧他没空。”倪依此刻就想把话说到极端，就像鱼要死网要破，没有什么还需要在乎。她眼睛落到馅饼上，那里有粒豆豉，像极了苍蝇。她用指头弹了下，把那粒“苍蝇”赶走了。苍蝇落到地上，摔死了。她突然挑起眼神，神情中有几分倨傲。“那样大的学校有几千个学生，吃喝拉撒都在他这个教务主任身上，赶上上级来检查，他爹生病都没空回去。”

"教务主任是多大的官?"王居士并不买账，神情比倪依还要高冷,"知道你是公务员，总给婆家买矿泉水，三里五村都知道，黄家娶了个有本事的媳妇!"

"您喝么？您喝我也买。"倪依突然牵了一下嘴角，有一抹嘲讽的笑。

"我老早就跟小儿子进城了，再也不用喝乡下含氟的水了。"王居士摇晃着脑袋，眼白差点翻出眼眶,"谢谢你的好心，无亲无故，我们可受用不起。"

倪依吞咽了口空气，似乎要把整个世界都吞进腹腔。

"你快吃，凉了就不好吃了。"张居士塌着眼皮过来，一句话像抽刀断水，口气却有点像家里的娘。她用身板挡在倪依与王居士中间，让倪依有一头扎进她怀里的冲动。

她不动声色地拿过倪依手里的一只馅饼，然后指示倪依吃自己手里的那一个。倪依面色苍白，像一只待宰的动物。而这只馅饼，就是她绝命之前最后的餐食。

倪依三口两口就把馅饼吞了，噎得伸长了脖子，却没吃出任何滋味。可她还想吃。张居士手里拿了另一个带封套的馅饼等在她面前，她不说也知道，那是给黄柏的。屋里的人都看着她，王居士除外，她看后窗，眼神不肯落倪依身上。倪依抹了抹嘴，抹了一手背的油。她看了看，那油就像护肤品，让手背亮光光。馅饼在肠胃里东游西荡，很快就不知去向。她忽然抬起头，眼巴巴地看着张居士，像孩子那样无助。她想说，我该怎么办？这是她留在这里的理由。她知道，一旦接过那个馅饼，就不能再停留。而这屋子之外，就是另一个气场。恐惧突如其来，有汗珠在脊梁沟里滚落，那汗是凉的，像包裹了层冰。倪依没想到张居士会给黄柏包馅饼。他只是露了一下头，按道理应该谁都没看真切。可偏偏谁都看真切了，为什么呢？说真的，倪依不情愿带那只馅饼。带什么带！没有什么必需的理由。他们彼此不认识。张居士完全是多此一举。就冲这点，倪依对她的好感也要打些折扣。倪依不喜欢这种自以为是。也许，她还有别的情由，不为倪依所知……倪依呆呆的，六神都失了。张居士把馅饼塞到她手里，往外推了她一下。倪依的肋骨感受到了她手的分量。那手似乎在说：你这孩子，早走就没事了。听这些是非干啥，一点用处没有。那就是些笑话。是的，她们都是当笑话听，因为王居士就是当笑话说。但张居士不是。倪依留意到了她睁圆了的眼睛里有难以想象的错愕和骇然，她意识到了这件事在倪依心目中的分量。对，她是小学语文老师，有共情能力。倪依到底还是从那房子里出来了，眼前水波荡漾，山高地阔。却是上天无路，入地无门。倪依紧咬着嘴唇，把那股汹涌的情绪控制在身体里。她知道，屋里那些人还在注视她。拐过屋角就是那株老桑树，半个身子挤在了墙体里，长着方头方脑的小绿果，这是缺水少肥的缘故。一棵长在山石间的树，它该有多少委屈呢。站在这里，正好对着后窗。倪依几乎能感觉到短睫毛小眼睛正在屋里瞭望。倪依抽噎了一下，眼泪成片往下洒，脚下的石板路都变得潮乎乎。走过十几级台阶就是那条横向草径，朝向东。倪依疯狂往深处跑，直跑到上气不接下气，突然蹲下身来，耸起腰背，把自己湮没在草丛里，可着嗓子发出了一声号。

一只猫惶急地从草丛里跳出来，“嗖”地蹿到了那棵榆树上。它听清了女人的号啕里夹杂着“我要杀了你”。它很惊恐。

那把泥沙在她胸口堵了这些年。一想到因为那把泥沙成婚，倪依就觉得世界是模糊的，连边缘都看不清晰。年轻的时候经常自我解释，他救了我，他救了我，他救了我。否则我也许就不在这个世界上了。没人需要她的解释，是她自己需要。先奸后杀的事不少，不是谁都有她这样的幸运。劫后余生才知道什么宝贵。生命，生命，生命。不能还没开花就成为一枚死果，然后被所有人津津乐道。这是一个传奇，倪依就应该生活在传奇里。倪依不记得对多少人说起过这段往事。说过心里就安然，就祥和，就乐天知命，就对人生没有非分之想。她不是没有过怀疑。她怀疑过。怎么那么巧？那里是水库大坝，绝少有人走动。除非他跟着她，预料到了她可能有的风险。他们从没就这件事情交谈过。不交谈，她不谈他也不谈。她觉得他是羞涩，就像做好事不留姓名，有什么好谈的呢？还有，他怕她难堪。他确实是善解人意，这一点她能理解。她谈的时候永远不当他的面，倒好像，嫁给他本身需要解释，否则就是一件值得怀疑的事。这真奇怪。每每想起，她都觉得奇怪。那把泥沙就在嘴里，沙粒就往嗓子眼儿里沉落，想咳出来都难。那晚他一直送她回宿舍，查看她的伤。嘴角有血，胸脯上有牙印。黄柏心疼地在地上转圈，然后又往外走。她以为他是去报警，一把扯住了他。可他说出去买些药。她哀哀地央求他别走，她害怕，她是否害怕自己其实也说不清楚。黄柏展开手掌，手掌一侧有一排牙印，其中两个甚至冒了血，她咬的。“我是不是该打针破伤风？”他开玩笑。

喉咙里一股咸腥气，往上一汪，喷出来的竟是——血！倪依以为自己眼花了，难道不应该是吞下去的那个绿莹莹的馅饼么？她紧紧闭眼，定睛再看，那团秽物正好落在了一团松毛草上。草是绿色的，秽物却呈暗红色，在阳光的照射下，闪着诡异的光。倪依惊住了。这情景只在书上看到过，难不成自己也做了书中人物？她缓缓站起身，头有些晕，胸口隐隐作痛。“我没病。”她说，“我没病，我刚体检完。除了消瘦哪里都健康，这是专家说的。”满目绿色厚重而奇崛，倪依撸了把树叶擦嘴，是榆树叶，有一股黏稠滞重的铁锈味。“我是急火攻心了。”她安慰自己，“这没什么，我就是急火攻心了，急火攻心。”她嘟囔着深吸一口气，继续说，“你不能再吐了，连吐三口命就没了。”她非常清楚这一点。因为父亲有肺病，她非常注意养护自己的肺。她用一只手抚胸口，频率非常快，似乎这样就能把汪上来的血捋回去。那些血没有辜负她，果然再没往上翻涌。她扯起脖子往高远处看，蓝天白云，悠悠万事，一只雁影飞得孤独。一只孤独的飞雁，越飞越高，越飞越高。“还好，老天让我知道了。如果今天不来这里，不遇见王居士呢？”她对着天空的鸟咕哝，“这没什么，的确没什么。一切都是天意，不是么？”她又对地上的虫子嘀咕。那是一只青虫，绿脊背上长着花斑纹。她吐了口唾沫，又吐了一口，直到把嘴里的颜色吐干净。旁边就是那两棵像些样子的树，一棵榆树，一棵五角枫，并排站在临近河床的地方，俯身看着她。它们中间被雨水冲出了沟壑，露出了坚硬的根须。能在这样的山体上扎根，就要比石头还坚硬。眼下五角枫的叶子还碧绿，在灌木丛中别具一格。便是与榆树比，也是独具风韵。我为什么要来这里呢？我为什么要见那个翻鼻孔的女人呢？看来老天爷不忍看我像傻子一样一辈子受蒙蔽——你还以为自己是个女王，其实不过是人家魔法里一只可怜的兔子。

知道就好，强似一辈子蒙在鼓里。

4

鬼指根也是绿的，针刺柔软，还没形成羽箭。其实，它们的羽箭还在梦的箭囊里，就像刀还没有出鞘。倪依又想念被羽箭洞穿的感觉了，流尽最后一滴血。想想那种感觉就欢畅。“你总是说一套做一套。刚才一口血你就被吓住了，你这种女人最没劲儿了。”倪依指点着嚷了出来，就像看着镜子里的自己。她当年不想嫁给黄柏，可上天忽然给了她一个理由。这个理由甚至让她着迷。很是有那么几年，她被这个理由魅惑着，鼓舞着。逢人便说，逢人便讲。虽然不当着黄柏的面讲。这里有什么玄机么？有。她怕黄柏的面颊羞出胭脂红。黄柏是一个喜欢害羞的人。这是她给自己找的又一个理由。她想这些年黄柏的尽心竭力，对她、对家、对女儿，总是尽心竭力，唯恐做不周全。下楼梯要挽着她的手，走在马路上总要把她挡在安全地带。原来他心里有鬼。他无论怎样做都不能在倪依这里讨喜，这也是个残酷的事。倪依时常内疚。看来这不过是潜意识中的因果报应。世界上哪有无缘无故的恨。很多时候她纯粹是鸡蛋里面挑骨头，这已经成了习惯。女儿五年级的时候说:“真不明白你为什么嫁他，我爸有什么不好，你为什么那么看不上他?”倪依吓了一跳。以后再当着女儿的面，她会加倍小心地温存体恤，但骨子里的东西难以磨灭。那只猫从树上跳了下来，冲倪依叫。倪依这才发现那只馅饼还在手里，只是遭过身体的挤压，封套弄出了褶皱，塑料袋拧成了麻花。那点温热的感觉还在，隐隐约约。她朝猫叫了两声，是模仿猫的语感和口气。她这时觉得自己就是只猫，做猫的感觉很欣慰。猫果然停下了脚步，认真地打量她。倪依把馅饼的塑料袋扯下，把封套撕开，掰了一块带馅的饼子放在地上。猫试探地走过来，左闻右闻，吃得很矜持。倪依又掰了一块，这回猫吃得很迅速。倪依索性把整个饼子倒在了草丛上，把纸套团成疙瘩塞进袋子里。这是倪依的教养，她得带到山下去。倪依往回走，边走边回头看猫。大千世界，朗朗乾坤，天高云淡，郁郁葱葱。都在法则以内。倪依心里忽然掠过一道电光，都不在话下。什么都不在话下。要紧的是你不能再受伤，受伤的应该是别人。倪依咬了咬牙，她在想第一句话说什么。你认识翟志刚么？他生病你为什么不去看他？早知道是你故意安排他去骚扰我，我就让他得手了。他得手了也没什么不好。他如果不是病死我还当是你谋杀了他。你想过谋杀他么？这话要用轻松的语调说出来，轻松更有杀伤力。她的心很冷，愤恨和屈辱反复叠加。胸口又开始发热，血像水一样被烧沸，不能张嘴，张嘴就又要喷出来。她站在石板路上，叉着腿，面对着上坡道，像个劫道的夜叉。太阳打在后脑勺上，眼前都是重影。想象着黄柏一晃一晃从上边走来，黄柏就真的走来了。黄柏走得很恣意，有规律地晃动着上半身，脸上的神情是一种有所斩获的喜悦。愚蠢的喜悦。每有重大发现他都会露出这副嘴脸。

他肯定又发朋友圈了。

“你没看见我给你发微信？等半天你也不回。”还离很远，黄柏先嚷了句。他弯腰摘了几根裤子上的草刺，又一晃一晃往前走。嘴里响起清亮的口哨声，细细地朝上飞升，直钻进云层。这山里实在太安静了，有种地老天荒的静谧。他的下半身都被路两边的荆棘遮挡住了，倪依只隐隐看见他身体的轮廓。“我想让你到山上看看。

又一想，算了。”

他在说什么？倪依有些听不懂。

但有一句话听懂了。就像气球被扎了个洞眼，倪依的气瞬间就散掉了。她慌忙查看了下手机，正好戳到语音上。“你顺着石板路往上走，见小路往右拐，这里有惊人发现！”有打字，也有照片，因为太阳反光，不怎么看得真切。倪依也不想看真切。她对他说了些什么素来不感兴趣。她握紧了手中的纸团，她要聚拢那口气，她不想轻易放过他。倪依的牙根都是痒的。“呸，呸。”这是倪依心里发出的声音，她想啐他脸上。十步，八步，五步，倪依就要爆发了。就见黄柏抬了一下胳膊，手里拎了根带子，下面坠了只鞋。“这鞋被什么东西咬烂了，但看样子是只好鞋，不知为啥出现在山上，而且只有一只。你看看是什么牌子?”黄柏总是这样，把什么他认为有价值的东西都拿给倪依看。有一次，他居然从山上捡了根羽毛，让倪依猜那是什么鸟。黄柏把鞋子拎得高高的，以便能让倪依观察时毫不费力。倪依果然被吸引了。那是只姜黄色的登山鞋，表面有许多齿痕。倪依养过狗，知道许多动物有磨牙的习惯，譬如老鼠和野兔。这山上荒无人烟，该是出没的兽类所为。那鞋子看上去雄浑结实，曾经不同凡响。她用一根手指顶起鞋底，查看商标，是一家德国公司产的顶级登山鞋。偏巧，倪依认得这牌子。“在哪发现的?”倪依突然变得焦灼不安。

“就在小路右侧不远处的草丛里。那里有一只松鼠，我查看松鼠的行踪时发现了它，鞋窝里爬满了蚂蚁。”

“就一只?”

“就一只。我把周围都查看了，没有另一只。”

一片树影落在脸上，倪依顿时委顿了。她突然撞过黄柏，要往山上走，被黄柏拽住了一只胳膊，倪依挣了下，黄柏没有松手。“你别去。”黄柏说。她看了眼黄柏，又扭头去看那条小路，小路被荒草掩映，只在中间留下一道缝隙。黄柏把鞋子放到一块大石头上，一只手臂揽了下倪依的肩。这几乎是他们唯一的亲密方式，倪依的头顺势一靠，黄柏把她搂住了。黄柏说:“这山上阴气太重，你不适合上去。多亏你没上去，才没看见骇人的场景。”倪依问什么场景骇人。黄柏迟疑了一下，挑拣说，很多蚂蚁。倪依有些恍惚，她有密集恐惧症，是个害怕蚂蚁的人。在路上遇到成群的蚂蚁，她都要远远地跳开走。她在想那只鞋子，为什么是德国品牌。为什么会出现在这座山上。没有什么能够确定，比如，谁是鞋子的主人。可鞋子的命运也许就是主人的命运……谁会把一只曾经高大上的鞋子丢到山上让野兽啃咬?

倪依突然有些焦急。

鲍普新买的鞋子穿在脚上，让倪依猜是什么牌子。倪依搭一眼就猜出是LOWA，让鲍普称奇。鲍普不知道，鞋盒子是倪依收走放到了储物柜里。但倪依不会提示他这些，潜意识里，她愿意让鲍普以为她无所不知。

作为下属，倪依的细心和周到无人能比。

5

出去开了个会，那块充作影壁的石头不见了，连同那个繁体的“龍”字。倪依早晨上班，先去沈局办公室问究竟，胖子沈局说，一家兄弟单位看上了这块石头，囫囵个地搬走了。整个院子里顿显空空荡荡，倪依有些失神。那石头买来、托运、刻字倪依全程参与，都花了大价钱。没容倪依说什么，胖子沈局头也不抬地说：“不习惯吧？我也不习惯。以后慢慢就习惯了。”

胖子说得对。

他连着签了三份文件，突然像想起什么似的问："鲍普……鲍局的事还要谢谢你家黄柏。听说那天你也上山了？"

倪依抽了下鼻子，说那天黄柏一个人上山，她在山下看几个居士包馅饼子，自己还吃了一个。想上去找他的时候黄柏已经下来了，手里提了只鞋。"就是那只鞋给了公安灵感，还有那些蚂蚁。那样多的蚂蚁聚集在路上往一个方向爬，怎么会没事情。多亏他的朋友圈有干刑警的人……这事比说书的都巧。"

倪依打了个寒战，可脸上毫无表情。"我没看他的朋友圈，我也没看见那些蚂蚁。"

她说的是实话。

胖子沈局合上文件夹，推给倪依，说你不给他点赞？

倪依都要起鸡皮疙瘩了，老夫老妻点什么赞。

"有什么情况随时告诉我。"沈局在开玩笑，此刻才正式了，"你怎么像在打摆子，你冷吗？"

倪依摇头。说有什么事沈局应该比我先知道。

沈局说："我没有黄柏消息灵通。他现在还在公安局吧？"

倪依说："一早又被公安叫走了，说有些事情需要核实。"

沈局沉思了一下，说有些话我也不知道当说不当说。倪依在办公桌对面的椅子上直挺挺坐下，一副但说无妨的表情。自从鲍普失踪，她就隐隐在做心理准备。准备些什么，却很难说清楚。总之就是最坏的打算，作为行政局的办公室主任，她觉得自己理应受牵连，这毫无疑问。沈局奇怪地看了她一眼，径自说："后面院墙有个角门，据说是鲍局开的。机关是个四四方方的院落，当初开这个角门到底是为了什么？"

倪依不假思索，说："因为我在后面的小区住。鲍局为了让我上班方便，开了那道门——大家都这样说。"

"真实的情况呢？"

倪依别过头去，不想说鲍局这么做就是个任性行为。有次倪依上班迟到，是因为女儿中考在即，想吃木瓜西米露，倪依临时跑了趟超市。上班时间找不到办公室主任，鲍局发了脾气。他是脾气很大的人，发起来地动山摇，整幢楼的人都听得到。倪依脸涨得通红，上班十几年，她从没因为工作出纰漏。"你家离这里有多远？够五十米么？"鲍局大声问。

倪依家的楼房就在单位的院墙外，如果能穿墙而过，恐怕真的不足五十米。可如果从外面马路上去绕，两里地都不止。

"我给你开道门！"

倪依却从来没在那里进出过。但也从此不再迟到。

“为什么不给自己行方便?”胖子沈局头也不抬。

“我不需要搞特殊。”倪依的语气冰冷，一点也没当面前的人是领导。

沈局点了点头。按说新人不理旧事，也不理旧人。他反复权衡，还是起用了倪依。他冷眼观察了几个月，发现倪依话不多说，却是个踏实做事的。有次去市里汇报工作，他忘了吩咐准备发言稿，倪依却提前安排妥当。关键是，文字水准好生了得，所有的数据都一清二楚。他弹了下手指，示意自己的话说完了。倪依抱着文件夹往外走，走到门口，沈局又说:“那道角门破了风水，难怪行政局老出事。我想把那道门封起来。”

“我也这样想。”倪依转过身来，目光烁烁。

那道角门的钥匙挂在办公室的墙上，倪依从来没摸过。有时需要回家取东西，她宁可多跑上两里地。单位值班值一天一宿，她和鲍局一个班，但女同志不值夜班，这是规矩。单位外面是块三角地，长满了杂草。倪依下班从那里过，挑了一把野菜。倪依经常在这里挑野菜，她喜欢用玉米面做成馅饼。用焯菜的汁和面，那面和得绿莹莹。倪依做的玉米馅饼都像大个金元宝，用牙签画些图案，盛到盘子里，像摆拍的艺术品。这次是落落菜，下次是人揪菜。这些野菜过去都是喂猪喂兔子的，现在却成了餐桌上的美味佳肴。那天玉米馅饼刚出锅，外面有人敲门。开门一看，鲍局在外站着，一脸拘谨。鲍局说我不进去，我就随便转转。怎么你住这里？明知故问，倪依还是把他让了进来，给他盛了个玉米馅饼。鲍局连着吃了三个。女儿呢？住校。黄柏呢？值班。那也坐不安宁，最后一口还没咽利落，鲍局简直算落荒而逃。“经常看见你采野菜……没想到野菜这么好吃。”他没说采野菜的倪依也是风景。办公楼的一扇窗正好对着那块三角地，鲍局正经看见过倪依几次，还拍过照片。这些倪依并不知情。倪依是时尚女人，冬天也喜欢穿长毛裙。若是换作农妇，场景该没那么动人。他搞摄影，眼里尽是分寸。倪依在家里什么样，他有些好奇。那些好奇根本挡不住，他想来就来了。站在三楼的窗前，倪依贴着玻璃能看到那道角门，鲍局却一直没有出现，想是他吃饱喝足转到别处去了。难得看到鲍局局促的一面，他平时是一个品相十足的人，严肃、严苛，有时会发无名火，绝不和下属开玩笑。倪依对他很是敬畏，莫名地，又有些被吸引。转天，倪依查看墙上挂着的钥匙变了方位，就知道有人动过。那是第一次，鲍局为自己开了方便之门。

然后，倪依悄悄把钥匙收了起来。

她有时会希望鲍局问问那把钥匙。有次他看了眼那个位置，却什么也没有问。

倪依隐隐有些后悔，觉得自己做的事有些无厘头。

关于鲍局的事，外面如何沸沸扬扬倪依一概不知。她把自己关在办公室，没事绝不出门。属于她的痛苦或悲伤的季节已经过去了，什么都有尽头，痛苦和悲伤也是。一秋一冬一春，倪依丢了那个挂件，也摘落了心上的鬼指根，滴血的地方结了痂。让身心恢复正常很重要，世界祥和，人民安居乐业，有关鲍局的牵挂变得若有若无。否则还能怎样！关于他的传说很多：被绑架，被警察秘密带走，有人在国外的赌场看见了他。还有更极端的说法：他带着女人私奔，在南方沿街乞讨……还有，他平时不苟言笑，脑子里却都是机关。利用值班的机会逃遁，布置假象迷惑组织……这一切都是因为什么呢！倪依长叹一口气，知道自己无法关心，也关心不了。她离他这样近，他却像个陌生人。她对组织就是这样说的。他的气息迷人，这话又说不出口。"你今晚做几个馅饼，我想吃。"他推开倪依办公室的门吩咐，就像说"你把这份文件起草下，我想看"。倪依赶忙站起身，他却匆匆走了。倪依有些不安，不知道他为什么想吃馅饼。街上有卖的，买两个送他再方便不过了……但倪依不会这样做。采野菜是一个复杂的过程，倪依明显比平时尽心，只掐最嫩的那一部分。回家紧张得就像打仗一样，唯恐送迟了耽搁他吃晚饭。倪依把馅饼送到他的办公室，他却不在。倪依惶惑地站了会儿，隐隐听见里间有哗啦啦的水响，那是花洒在淋浴。整个大楼空空荡荡。倪依心里一跳，没敢驻足，把馅饼放在桌子一角就匆匆逃了出来。倪依的后背一片湿凉，好像那些水都浇在了背上；又像刚从老虎笼子逃出，有一种劫后余生的侥幸。倪依对自己说，你明早来收盘子。别忘了，你明早一定来收盘子。倪依头重脚轻走出行政楼，魂魄都不知飞去了哪里。她无数次想过回去，回去。她有理由。告诉他用了什么馅，放了哪些作料。馅饼的模样稍微有一点丑，客气一下难道不是必须的吗？丢下盘子就走真的符合行为规范和礼节礼貌吗？所有的说辞其实都无效，倪依知道自己不会回头。漆黑的夜，空荡荡的楼，散发着潮湿气息的鲍局，身上浸润了迷迭香，这都是危险！你没有能力承担全部后果，就不要企图稍越雷池！那个早上他迟迟不开门，倪依心慌意乱。倪依以为他在睡觉。他有时失眠得相当厉害，谁敲门都会挨骂。可组织部门有重要事情找他，所有的电话都打不通，甚至跟倪依发了脾气。倪依才有点慌，用备用钥匙开了门。百叶窗关得严丝合缝，桌上摊开着文件和手机，手机开着振动。一杯冷茶，椅子上披着的外套，看起来没什么异样。可人呢？里间的床铺一丝褶皱也没有，就像从没有人躺过。洗手间洁净如初，花洒安静地悬垂，就像从没有淋浴过。关键是，那只盘子也不知去向，连同包装纸和塑料袋。倪依查看了下垃圾箱，里面空空如也。

鲍局就此失踪。倪依又气又恨。他吃了自己的馅饼都不知会一声。他就这样打发了她，连同她的希冀和情感——她有希冀和情感么？这真是一个未知数，倪依自己其实也不是很清楚。断没想到他会把她从另一个旋涡里拉出来，那个旋涡能让她吐血。都是劫数。眼下，倪依会散淡地想起翟志刚的妈，那个翻鼻孔的女人。她开始述说往事时神情里有喜乐。这个年龄的女人，已经没有什么能成为心事了，往事除外。她不会想到她轻描淡写的述说带给别人的打击是毁灭性的。“现在孩子都大了吧？告诉你也没啥。”除了两只鼻孔，倪依对她没留下任何印象，仿佛那不是个立体的人。

小宋过来串门，随手就把房门掩上了。倪依困惑地看着他行动诡秘。小宋曾是鲍局的司机，公车取消后，小宋还是当司机备着，随时听候差遣。因为眼界太高，至今还是光棍一根。出事那晚他就住在一楼，却对鲍局的行踪一无所知。小宋每每想起就悔恨，觉得是自己失职。这机关没人能入他的眼，他就崇拜鲍局。当然倪依除外，他把倪依当姐姐。

“姐夫发的朋友圈救了公安局，也救了鲍局。否则鲍局还不知要被泼多少污水。姐夫人脉广，圈友居然有刑警。也难怪，刑警的孩子也上学嘛。”

倪依奇怪地看着他，不知他想表达什么。黄柏发朋友圈破案的事沸沸扬扬，但倪依从不想查看。

“有人说鲍局是抑郁症，自杀。姐你信么？反正我不信。他除了吃安眠药，从没见他吃过抗抑郁的药……没有谁比我更清楚。每天都好好地上班，就那天抑郁了？鲍局也不一定是那晚出的事，他在办公室看文件，怎么会穿登山鞋？还有，他的车一直停放在车库里，是咋去的千佛寺？莫非是一路走着去的？”小宋拧着眉头，一脸沉重和愤懑。他不停地打着手势，似乎是想把心中的块垒掏出来。

倪依摆弄着一支笔，沉静得像座雕塑，她不想说什么。有一段时间鲍局总在夜晚给她打电话，引得黄柏偷偷去打电话清单。关键是，鲍局的那些话都没什么特别，就好像他突然想起了什么，要与人分享，不分享下一刻就忘了。那些事都是童年或青年时候的往事，包括与女同学的初恋。她是盘锦人，因为大米不能离开家乡。“她不知道世界上还有很多东西比盘锦大米好吃，这就是认知吧。”他说。他散漫说话的时候并没有什么目的，说完了也不道再见，仿佛听他倾诉的是根电线杆子，他想说就说，不想说则不说。白天却像没事人一样，从不带夜晚曾经交谈的痕迹。倪依仔细观察过，甚至觉得他应该就昨晚的话题做些解释。说真的，她有些受打扰。但没有。就像永远没有过昨晚。就像倪依真的是根电线杆子，与她说什么都是格式化。这让倪依多少有些不甘，感到不被尊重，或者……有一晚鲍局并不说话，他就在那端急促地呼吸。倪依从不问他有什么事，事实是，他当真什么事也没有。但有些信息倪依会捕捉到。比如，他很烦，话说出来没头没脑。或者有暧昧倾向，说带她去千佛寺，到那里扎帐篷过夜，里面安张水床。让倪依心如鹿撞。但倪依很少说什么，她在他面前永远是下属，她告诉自己要本分。倪依只是偶尔应一声，告诉他自己在听。

假如那一刻真的来临，你会跟他去山顶住水床么？有个声音一直在问倪依，倪依回答得模棱两可。是不能拒绝，不想拒绝还是不忍拒绝？天呀，你真的会跟一个男性领导单独去登山么？这已经超出了正常的工作范畴，出事情不是他的，是你的。

倪依甚至把这话写出来，提醒自己。

“你知道么，鲍局的葬礼很冷清，只有他妈妈一个人。这是殡仪馆的哥们儿亲口对我说的，他妈妈是个了不起的人，从始至终都没有哭，而是在他身边念经。他老婆和孩子都没出现，这事新鲜吧？”

“他们都在国外。”倪依言不由衷。

“回来很难么？”

倪依看着小宋，搓了搓自己的脸。她对鲍局的家人一无所知。鲍局的母亲念经，这倒有点意外。有一次，有个衣着讲究的女人来送汤药，下楼的时候随便拽住了一个人，说告诉鲍普汤药饭前喝。这个人就是倪依，她刚从外边开会回来。倪依把信息转告给鲍局，鲍局沉着脸一声不吭，然后把那包汤药用报纸裹了裹，直接投进了垃圾筐。倪依想去捡，鲍局气咻咻地说：“没事儿少找事儿。”倪依就把手缩了回来。倪依说：“人家好心好意送药来，为啥糟蹋呢？”鲍局说：“在她眼里别人都是病人——其实是她自己有病！”

倪依说：“是您爱人？”这话出口倪依很后悔。

鲍局皱着眉头看着窗外，没再理会倪依的话，但倪依看出了鲍局皱起的眉心里有份沉甸甸的认同。这是唯一的一次有关隐私的对话。鲍局家庭不幸福，倪依隐隐有些遗憾，还有些许安慰。她是正常女人，这没什么好解释的。小宋眼里汪了泪水，说鲍局可怜，死得不明不白。若不是什么动物扯下一只鞋子让姐夫发现，也许永远都不会有人发现他，最后，连骨头渣子都不会留下。“还是你们跟鲍局有缘分，姐夫的照片拍得那么清楚，听说公安局要表彰他。”

“别说了！”倪依突然喝了一声。

小宋吓了一跳。他手足无措地站起身，惊慌地往外走。他从没见过倪依这一面，她的面孔丧起来，眼泡和眼睑都是虚肿的，像个煞神。

小宋走到门口，悠悠说了句：“鲍局对咱不错，做人不能没有良心。”

6

黄柏似乎改变了生活节奏，他经常很晚才回来。他过去晚回来的时候也有，他应酬多。别小看一个教务主任，这确实是一个有能量的角色。过去黄柏话里话外露出过得意，让倪依嗤之以鼻。黄柏提回家来的礼物，倪依从来不看。黄柏总是讪讪的，跟她没话找话说。黄柏爱叨叨，只要见到倪依，大事小事从来都事无巨细，不管倪依爱不爱听。不知从哪天开始，黄柏晚回来，不再叨叨。或者只说一声："你怎么还不睡?"

倪依扔出一句："这才几点?"

不管几点，黄柏洗澡进小北屋。台灯浊黄的光线打在门板上，倪依欠起身子能看见黄柏的一只手，举着手机。小北屋的网络信号不好，他总要敞着门。黄柏是一个热爱手机的人，里面有他的寄托。

倪依希望他叨叨的时候黄柏却变成了哑巴。客厅的沙发总是空荡荡的，尘埃长了翅膀在空中飞。他最少去了三次公安局，接电话的时候倪依都听到了。回家见了倪依，却跟没事人一样。倪依心里冷笑，猜度这是为什么。他怀疑自己和鲍局。他从来不明说，但他怀疑。不只是打电话清单，有次倪依跟鲍局出差，他居然检查她的行李箱。就为了赌气，倪依戴了鲍局送的挂件。随便包在一张餐巾纸里，就像刚从外面的小摊上买来的。鲍局只说了一句"适合你戴"。那可真是送得随意收得也随意。倪依握在手里，就是握住一团餐巾纸的感觉。她回房间就戴上了。她不想他失望。回家坐黄柏对面，黄柏瞥了一眼，不问哪来的。什么也不问。黄柏是一个注意细节的人，倪依身上所有的细节都逃不过他的眼。越不问越戴。倪依颠着腿装悠闲，既负气又悲伤。黄柏哼了声，眼望别处。他心里有鬼！他一直在伪装！倪依总算明白了！厌恶很容易就能转化成仇恨，倪依揉着自己的腹部，那里充满了不良气体。“你跟鲍局到底有没有关系？”倪依问自己的时候有些心虚。她记得自己的暗暗希冀和心如鹿撞。如果鲍局不失踪，后来会不会发生些什么？

倪依沮丧，摇了摇头。她觉得自己走不出那一步。她过不了自己那道关。她不会跟上司发生恋情。这会让她瞧不起自己。可生出的那些情愫算什么？千佛寺的那条横向草径，鬼指根像千尾羽箭洞穿了她。那些个日子，那些个日子，想一想就心力交瘁啊。你渴望什么？现在想来是有冥冥之中这回事。原来鲍局就在千佛寺，躯体被蚂蚁蚕食。不行。倪依受不了了，她又要打摆子。她扯了条小被子裹住了自己，朝镜子瞥了一眼，她披散着头发，脸孔蜡黄，眼神惊恐而又绝望。鲍局永远看不见她这一面，他的眼里只能落下她的光鲜和优雅。即便他有再高档的镜头，又能看见什么！白天都忙，她和鲍局很少能单独说上话。夜晚的电话粥甚至是倪依的期待，不管说什么，倪依都暗生喜欢。那低沉的磁性的声音，即使冷若冰霜，也能让倪依听出甘冽。还有那些玉米馅饼，倪依从择菜到和面到下锅一条龙，唯恐火大焦煳，火小夹生，火候适中才能外焦里嫩。这又说明了什么？倪依指点着镜子中的自己，说那晚你虽然从鲍局的办公室里走了出来，可都想了些什么，难道你自己不知道？还是不能想。不知道那是最后一面。否则，是不是应该豁出去等他出来？你把鲍局当成什么人了！倪依大声说："你应该等鲍局出来，听他说点什么。也许，他就是想对你说点什么，让你送馅饼只是个借口——你让那个臆想出来的局面给吓跑了。你这个蠢货，为什么不等他出来！"可是，鲍局说了什么就不会失踪么？或者，他会告诉你他想失踪么？

不——可——能！

倪依"腾"地站起身，几步跨到了角落里的衣架旁，从包里摸手机。她想看看黄柏的朋友圈都发了些啥。关于那天，一只被动物咬烂了的顶级登山鞋和密密麻麻的蚂蚁横穿石板路，被不知多少人转发，早已传遍了坝城，没看见的大概只有倪依一个人。我不怕！我有密集恐惧症，可是我不怕！倪依哆嗦着翻手机，却找不到黄柏。每天都有许多留言。她忘了黄柏的昵称叫什么。平静下来想了想，记得是四个字，第一个字是……远。对，是"远"。"远山如黛"还是"远山呼唤"？调出"Y"字头，却找不到这个"远"字。无论如何也找不到。他肯定换昵称了。倪依的每根头发都在往起竖，她迅速退回来，地毯式搜索。他果真改了名字，叫“达摩面壁”。呸，你也配！

他把倪依屏蔽了。

倪依看不见他的朋友圈！

倪依一屁股坐了下来，慢慢往下溜，整个身体卡在了沙发和茶几中间。腿别成“之”字形。她很难受，怎么那么难受！可她不想解救自己。她想一头撞死完了。黄柏原来一直在屏蔽自己，那是种屈辱的材料和源泉，他原来一直这样恶劣地对待她！她不想流泪，她的泪囊已经空了。倪依止不住自嘲地笑了下。她想自己表面光鲜，人生却如此惨淡。一让再让，还是穷途末路。而这一切都缘于那个可怕的夜晚，在水库大坝，一个不良之人吓破了她的胆。而这一切，不过是个阴谋！倪依挣扎着往起坐。她得干点什么。她必须得干点什么。门外有扭动锁孔的声音，玄关换拖鞋的声音。黄柏的半个身子出现了，他没少喝，脸红得透亮，换拖鞋时身体摇晃了一下。没容他站稳，一只玻璃杯呼啸着飞了过来，正好击在了他的耳轮上面一点。玻璃杯落地炸裂的声音堪比小炸弹，碎片惊叫着四处奔逃。

黄柏一声也没吭就一头栽倒了。

7

“你怎么又来了，快去医院照顾黄柏。”

胖子沈局在爬楼梯的时候气喘吁吁，倪依站在高处等他。“有点活没干完。”

“工作上的事不用太操心，永远没有干完的时候。什么重要？家人的健康重要。”

胖子沈局终于踏上了平坦的楼道，走到了倪依的前边，显得自信多了。“医生说黄柏脑袋流了很多血。多危险！以后让他少喝点。”

听说黄柏住院，沈局第一时间去医院探望。这是他们第一次见面。两人谈了半天，话题却一直没有离开千佛寺。完全可以有理由说，沈局是因为千佛寺才去医院探望黄柏的。

倪依应了一声。喝多栽跟头的事，是黄柏自己说的。医生是他同学，奇怪地说缝合的伤口不像摔伤，倒像飞翔的利器擦皮而过。“再往下处一点，碰到颈动脉，你小子就没命了。”

那是寸把长的血口子，汩汩往外流血的时候倪依很冷酷。她拒绝对他施以援手，她就那样看着他，牙齿都是寒的。黄柏挣扎着用一条毛巾堵着伤口自己打车去了医院，顿了顿，倪依追了出去。医生给黄柏剃了阴阳头。倪依主张把头发剃光，被黄柏拒绝。

“我想尝尝剃阴阳头的滋味。”黄柏当着医生的面开玩笑。

站在自己的办公室门前，倪依说：“下午还有个材料……”

沈局说：“我让别人弄。”

倪依开了门，没想到沈局跟了进去，坐在长沙发上，宽大的腹部折叠下来，像堆积的一团不明物质。倪依有点恍惚，过去鲍局进来也坐这里，但鲍局的身形像竹竿一样清瘦，腰背很直，似从不弯腰的样儿。她坐在办公桌前的椅子上，看到的是他的侧脸，那只鼻子高耸笔挺，倪依经常把眼神打到那里，那是只悬胆鼻，葱白一样。倪依留意别人的鼻子就始于鲍局，一只好看的鼻子，是一张脸的体面。鲍局从不像沈局这样讲话，他会说：“材料你把关，办公室主任就是干这个的。”倪依没坐自己办公桌前那把椅子，这是最起码的礼貌。沙发对面有把椅子，倪依落寞地走了过去。沈局把所有的手指都像顶牛一样支在一起，但中指弯曲下去，用肥厚的指背彼此顶住，真是个奇怪的造型。

“鲍局的那间暗房，听说你有钥匙？”

"您的办公室我也有钥匙。"

"但我没暗房。"

"您想说什么?"

"我没别的意思。"

顿了顿，沈局问:"鲍局是个胆小的人?"

倪依摇了摇头，轻声说:"我不知道。"

沈局说:"我知道鲍局是摄影发烧友，那些镜头你看过吧? 据说让人叹为观止。"

倪依说:"我不懂。"

沈局说:"有些长枪短炮，照相时听说要用另一个人专门摁快门。你说鲍局是什么意思，他总嫌世界看不清楚么?"

倪依说:"他大概想看清楚。"

沈局说:"那是病! 你知道他花了多少公款么? 两千多万!"

倪依"噌"地站了起来，说这不可能! 鲍局的工资都花在了兴趣爱好上，地球人都知道! 他的生活很简朴，车改后普通干部都有买奥迪A6的，他只买了一辆小破车，8万块。这在行政局，大家有目共睹!

"这只是表象。你没见有个贪官整天骑自行车上班，却买套房子专门存放人民币。”

“这是两回事！”倪依语调激昂，有点不管不顾。

沈局摆了摆手，说你别激动。他有兴趣爱好不是一年两年的事。组织上查他也不是一天两天了，他肯定是有了察觉。大笔资金挪作他用，连防汛和春节慰问金都不放过，没有比他更能挖空心思的了。开始我也很吃惊，把行政局卖了都不见得值那么多钱，他从哪里抠了那么多！有一款镜头几百万，市场上根本买不到，商家只接受订单——这不是疯了么？他要这样的镜头有啥用，难道想看人的五脏六腑？那干脆买个X光机呗！也不知他从哪打探来的消息，这样的镜头据说全国也没几个。什么事成痴成癖也不好，他虽然人不在了，但违法犯罪的事实抹杀不了。我们行政局跟着吃挂落，来年得过紧日子了。所以组织上要求以他的案例为镜为鉴，开展警示教育，那些个镜头真是害人害己。

倪依心乱如麻。那间暗室有三个陈列柜，很多镜头都没有启用过。事实是，鲍局很忙，用于摄影的时间很少。她曾经问过鲍局为什么喜欢收藏这些，鲍局说，人总得有点寄托。

只是，倪依从没把这些与违法犯罪联系起来，她不懂那些镜头的价值。她问，鲍局到底是怎么死的？公安局有结果么？

沈局说这正是我要告诉你的。他生前吞了大量安眠药，那些药在胃里打团，都还没怎么消化。显见得是一把吞服的，求死之心强烈。他选择了千佛寺一个隐蔽的山洞，是不想让人发现，这个好理解。不好理解的是，他随身带了一个包，包里装的不是镜头，而是一个蓝花盘子。公安局以为是文物，经鉴定，那只是只普通的盘子——这又算什么癖好，你知道些情况么？

倪依惊了一下，想说这盘子是我的，那晚我去给他送了两个野菜馅饼，没想到从那天他就失踪了。她当然知道这话不能说，她不能给自己找麻烦，这样的麻烦她承受不起。这个蓝花盘子是成套买来的，有大有小，有深有浅。那是最大最深的一只盘子，有天倪依做饭，黄柏拿筷子拿碗，问了句："大盘子怎么少了一个？"

输了三天液，黄柏要求出院。他顶着一个阴阳头的脑袋很抢眼。他的医生同学姓郭，也是酒友。郭医生说，伤口边缘还有血肿，回家别洗澡，别做剧烈运动。郭医生挤了挤眼，神情甚是暧昧。倪依收拾东西，假装没看见，借故去了洗手间。洗手间就在病房里，倪依虚掩上了门，却把耳朵竖了起来。黄柏说，都是村里出来的，哪有那么娇气。郭医生小声说，你说实话，伤口究竟是怎么弄的？鬼都不会相信是摔的。黄柏也小声说，我不说，说了嫌丢人。郭医生说，你告诉我，我保证不说出去。黄柏说，你发誓。郭医生说，说出去我下半辈子没酒喝。黄柏笑了笑，说逗你玩呢。前两天摔了个玻璃杯，正好栽在玻璃碴子上。郭医生说，除非玻璃碴子能飞起来，这明显是击伤……而且与速度有关。你以为切割和扎伤是一回事？撒谎瞒不了明眼人。倪依想了想，走出去靠在门框边上，冷着面孔说，是我用玻璃杯砸的。他在微信上屏蔽了我，我一生气就把玻璃杯丢了过去。郭医生尴尬地说，都怪我多嘴——倪主任不会做那种事。黄柏屏蔽你也不会是故意的，我知道你们俩的感情。倪依说，你不知道。黄柏说，屏蔽一个人最少需要三个步骤，怎么可能不是故意？

倪依开车，黄柏坐副驾驶。车窗关得严严实实，车里比坟墓都要安静，两人都捂了一身汗。拐进小区，黄柏才想起开窗通风。大叶梧桐招招摇摇，叶子圆阔碧绿，小马路遍布浓荫。黄柏首先打破沉默。黄柏说："我不怪你，我是自找的。我们走到今天，责任在我，所以你如果想离婚，我同意。"倪依一下捂住嘴，哭声从指缝漾了出来。"这些话，你为什么不早说？"黄柏抹了一把脸，汗水和泪水都黏糊糊的。"现在说，我仍然心如刀绞。倪依，我知道你看不上我，可我舍不得你。”这话说出，黄柏哭了。倪依泊好车，却没有熄火，发动机仍在突突响。倪依说，我经常想这样一脚油门踩下去。黄柏说，你如果现在想踩，我不反对。倪依嚷：“你凭什么那么对我！葬送了我一辈子的幸福，你说，你凭什么?!”

黄柏说：“年轻的时候傻，做了傻事。那天去千佛寺，我一眼就看见了翟志刚的妈，所以没敢进那个屋子。我希望她没看见我，或者没认出我，可我也知道这不可能，我去他们家的次数太多了，饭都吃过不知多少次。我又寄希望于她忘了那些往事，或者忘了跟你提起。我在外面踌躇半天，想喊你出来。最后还是说服了自己。我想，听天由命吧。这种时候就该听天由命。该你知道的事，你迟早会知道。但我也一直心存侥幸，你跟她毕竟不认识……看见你站在小路中间的样子，我就知道完了。那天你周身冒着寒气，像在太阳底下裹了一层霜雪。知道我为什么提着一只鞋子下山么？当时那只鞋子爬满了蚂蚁，我费了好大的劲才清理干净。我就是想提给你看，化解和你之间可能有的尴尬，转移一下注意力……在提与不提之间，我犹豫了半天。那样一只来路不明的鞋子，我心里也有忌惮。最后还是想试一试，这万一能成为一个话题呢。所以你就知道我提着鞋子下山该有多忐忑，没想到那鞋子是鲍普的……倪依，凡事自有天注定，这不是天意是什么？好吧，我认了。只是有些事情我想告诉你。当年追你追得辛苦，但我从没想伤害你，计谋是翟志刚出的……我知道现在这样说有失厚道，可确实是他想出来的法子。不过我们有言在先，那就是吓唬你一下，但不能碰到你。那晚的事情无须我说，是你一辈子的梦魇。他不单下手，还下口。就因为他不信守承诺，我一辈子都不原谅他。当然，也一辈子都不原谅自己。”

黄柏垂下头，脑袋上醒目地打着“井”字结。纱布包头勒出的印子还在，倪依突然想，那一只杯子砸过去，万一砸死了黄柏，眼下会是什么局面？

倪依哆嗦了一下，身上起了一层冷痱子。

黄柏又说：“再就是微信这件事。我知道你不关心我都发些什么，你从来都不关心我。某天你突然想看，无非是想知道有关鲍普的消息。可我的微信里没有这些内容，屏蔽你是突然想起你的密集恐惧症，还是从千佛寺下来的时候，我发了几张有关蚂蚁的照片。那些蚂蚁，都是长着翅膀的大个儿飞蚁，你不知道有多恐怖，把一条路都挤满了。它们有去有回，就像赶赴一个集会。我九张连环拍都是那个场景，大好的风光，被这些蚂蚁弄得七荤八素。我就是怕你万一看见它们坏了心情，才把你屏蔽了。还是那句话，我知道你从不关心我的朋友圈，我就是怕你一不留神看见，我没别的意思。倪依，事情没你想的那么复杂，屏蔽你说明不了什么。如果你想知道有关鲍普的信息，那么我现在可以告诉你，公安从他的抽屉里搜出来许多抗抑郁的药，他是严格意义上的抑郁症患者。专家有种说法，他疯狂购物也是抑郁的表现之一，只是，你离他那样近，反而是雾里看花。社会上有许多关于他的传闻，可惜传不到你的耳朵里，你也从不给我机会说说他。倪依，你这辈子活得委屈，我知道，说一百遍对不起也没用。这件事你不要有负担，选择权和决定权都交给你，以后愿意怎么办，你说了算……”

有邻居从车前过，两人都微笑着打了招呼。邻居窝着身子往车里看，说黄柏怎么受伤了？难怪这两天没见你。黄柏只得下了车，接过邻居递过来的一支烟，看了眼倪依，从嘴边拿了下来，在手里捻了捻。黄柏说自己喝酒没出息，摔成了这样。邻居说，倪依怎么像哭过的？又看了眼黄柏脑袋上的伤，说没事儿吧？以后别喝了，别让倪依担心。黄柏应了声，邻居满意地走了，临走嘴里说，都说你俩是模范夫妻，还真是。

8

警示教育基地安排在了行政局。有一排房子一直空置，过去是想做健身房和餐厅包房的，八项规定出台，这些事情搁浅了。大圆桌子上都是灰尘，雕花椅子摆得七零八落，个个蓬头垢面。埙城不大，各类贪官却不少，但像鲍普这样典型和神秘的不多，因为人家都还好好活着，等候组织处理。解说词落到了倪依的头上，沈局说，宣传部弄了几稿，都没过关。主要领导说，鲍普是个很特殊的人物，要写出立体感，最好请熟悉他的人执笔。会议室里坐满了人，倪依坐在椅子上，满脸怆然。会议由胖子沈局主持，开门见山地说，这次会议就是为了整鲍普的材料，希望大家知无不言。这种发动群众的会已经是最后一个环节，之前若干个小范围或个别人的座谈已经进行了多轮，倪依一直是参与者和记录者。财务、人事、行政、后勤都各有说法，倪依很奇怪，对鲍普的民怨忽然有沸腾之势，过去却一点看不出。只有小宋紧咬牙关，什么也不肯说。公开场合大家还是拘谨，小宋却站了起来。倪依惊讶地看着他，猜度他会说些什么。

小宋面无表情，举着指头说，我说三件事：第一，北京一家酒店有鲍普的包房，那里曾经有个小姐等着他；第二，威海他有个干女儿，比他的儿子大六岁半；第三……小宋看看左右，突然说，我不在这里说，我要跟领导单独谈。

下班的时候，倪依故意敞着门，截住了路过的小宋。倪依逼视着他，说你要对自己说的话负责任。我最后一次问你，你说的那些，到底是真的还是假的？

小宋挑衅地看着她，嘲讽说："你希望是真的还是假的？"

倪依憋了一口气，决意不跟他计较。倪依问："你说的第三点指的是什么？"

小宋突然居高临下地笑了。他在倪依的肩上戳了一指头，开心地说："你放心，与倪主任无关。"

黄柏连续多天没回家，倪依心里隐隐地不安。倪依使劲想，居然想不起黄柏最后一次回家是哪一天。自从警示教育基地开始对外展出，每天都要接待十几、二十几批次参观的人。有的单位是上班前组织大家来，有的单位是下班后来，倪依每天忙得焦头烂额，像刚放手的陀螺，没有停歇的迹象。解说词她按照自己了解的本来面目写，原想只是交差，却博得了满堂彩。她对自己说，什么叫身不由己，这就是身不由己。可只有这种身不由己的状态，她才舒展些，好受些，她才会忘了一些事情和自己。办公室新来的大学生成了讲解员，一个劲地夸倪主任的解说词写得好，讲起来朗朗上口。能说清楚的地方明明白白，说不清楚的地方也不回避，呈现的是一个客观、真实、立体的形象。鲍局不是坏人，他只是一不小心走错了路。

倪依含笑看着这张充满胶原蛋白的脸，在心底的苦涩中，勉强接受了奉承。

警示墙上的照片是网上截图，鲍局正在会上讲话。穿着淡蓝色的短袖衫，微微皱着眉头，如果细看，能看出他眼底深处的犹疑和厌倦。当然，也只有倪依看得出。他是一个容易厌倦和犹疑的人，所以在人群中显得卓尔不群。下面就是那些大小镜头的图片，最大的一个镜头居然像榴弹炮，颜色也是绿莹莹的。想到这样一个家伙居然价值几百万，从遥远的德国邮寄过来，倪依心都是疼的。她的概念里，几万、十几万、几十万已经担当不起。如果当时知道价格这样昂贵，倪依会被吓晕的。

所以，倪依写解说词时，慢慢剥离了自己对这件事的情绪，也缓解了内心深处的隐痛。她想，她一点不了解他。再往深处想，她就笑得特别酸楚。眼泪溅出眼眶，把桌面上的玻璃板砸出坑来。她除了办理他交办的事务，其他一无所知。有时他频繁地以各种名目往外跑，倪依兢兢业业地替他开会，替他接待，替他处理应急事务和各种文件，该请示的、该传达的、该存档的，她就是他的眼睛和耳朵。他是有些魅惑的，倪依恨不得替他分担所有。还多亏自己守着底线，否则，现在情何以堪。

倪依不再难受，取而代之的是一种劫后余生的庆幸。

埙城几十家行政事业机关和百余家企业，走马灯似的过了一遍，行政局的院子里终于清静了。展厅的门上了锁，大学生讲解员也回到了自己的岗位上。大家绷紧的神经松弛了，过去这段时间，天天擦楼道、扫院子，甬路两侧摆了许多百日红。大家一放松，好多花就渴死了。小花盆扔进了垃圾箱，鲍局的脸上蒙了灰尘，眼里的游移和厌倦更深了。

终于可以休一天假。夏天来了，许多野菜就老了。但倪依还是采了一些，放到锅里煮，捞出来放到冷水里浸，忙活这些事，过去有种仪式感，而现在，却似在参禅礼佛，有些宁静致远。野菜绿得深厚，切碎拍些大蒜放进去，味道能让嘴里生津。她喜欢吃，而且吃得特别安适。尤其是，她已经许久没做了，都有了思念的成分。

可她的眉头一刻也没有舒展。她依然不明白他临走之前何以让她送两个馅饼。他是真的想吃，还是只吃个形式。他到底在想些什么，带走那只盘子是什么意思？或者，只能说，他是个病人。一切都从病人的角度去理解，就不会不可理喻。想不通的事情，就越发愿意想，就像遭遇了鬼打墙，能把人逼疯。好在倪依已经平和了，经过这样多的波折，她的感觉钝了，也能客观地反思走过的那几年，由鲍局，到黄柏，到行政局，到那道角门，倪依发现自己的感觉和取向出现了偏差，很多时候出现了本末倒置。

忽略了不该忽略的，却看重了不该看重的。

待馅饼从锅里铲出来，倪依发现碗架上的盘碗都是淡粉色，过去那套蓝花盘碗已不知去向。关键是，倪依不知道那些蓝花盘碗是什么时候被取代的。是最近还是早些时候？她生活里的谜团未免太多了。但无论如何，肯定与遗失的那个大个儿盘子有关。黄柏那段时间频繁出入公安局，见过那盘子的概率应该是百分之百。只是不知道他是如何应对的。黄柏此举是让她遗忘还是意在提醒，总之她生出了些愧疚。想到黄柏面对那只盘子的复杂心绪，她竟觉出了难以面对。

人生都没有回头路可走。

车里拉了桶装水去瓦岔庄，是她边吃饭边做出的决定。女儿黄各留言说，今年暑假她准备跟同学去甘肃做义工，问她是否同意。如果同意，请支持路费。如果不同意，也请支持路费。倪依有了无名火，说那里环境艰苦，为什么不回家好好休息？女儿说，家里环境也艰苦，你终日在外忙，回家连话都懒得说。我爸这个暑假也忙，听说要搞现代化教育试点……新官上任三把火，他不能烧得无声无息。倪依说，他哪来的新官上任？女儿说，妈你就少见多怪吧，连我爸当校长了都不知道。倪依沉默了。女儿说，我奶奶怎么样？你也好歹去看看。女儿的语气里充满了不太平，倪依脸色灰暗，内心九曲回肠。面对世事洞明的女儿，她经常觉得心有惴惴。

女儿从小就是个小间谍，能看穿很多事物的表象。所以早熟得有些不像话，这也是倪依格外警惕的原因。去瓦岔庄的路，有一段是堤坝的土疙瘩路，这是大洼深处的一个小村庄，到处都是盐碱地，路两旁的树灰头土脸，像干柴棒一样。黄柏在这片土地里长出来，格外不容易。堤坝下是座小土桥，通向一座叫小路庄的村子。倪依现在知道了，那个村子有个叫翟志刚的人，是黄柏的高中同学。很多年前两人在浊黄的灯光下的密谋，居然与自己有关。她没见过翟志刚本人，想必也跟他妈妈一样，长了个翻鼻孔和刷子一样的短睫毛。那种想杀人的心隐去了，眼下的倪依很平和，她相信了黄柏说的话。不管过去还是现在，黄柏都不会有伤害她的想法，往嘴里灌沙土，在胸脯上留齿痕，都不可能是黄柏的主意。她遥遥打量了那个村庄一眼，没有再看第二眼。脚下一踩油门，车子轰隆隆地朝前驶去。

公公前两年去世了，婆婆眼下也已是风烛残年。倪依在院门口停好车子，就看见人影一闪，堂屋的两扇门关上了。倪依心里咯噔一下，这是吃闭门羹了？一手摁着车子的后备厢，倪依自己跟自己运气。脑子里是女儿不满的声音：妈妈，给姥姥家买的油跟给奶奶家买的油不是一个牌子，差了很多钱，这是为什么？黄柏赶忙说，吃起来它们没分别。女儿坚持说，妈妈你回答。倪依说，它们都是油。女儿说，它们差了很多钱，给奶奶家买的油太便宜了，像水一样！

黄各那年读五年级。这样差别明显的事，以后再没发生过。

倪依搬着桶水进院子，堂屋的门适时地开了。老人花儿一样的笑脸映出来，嘴里说，我家倪依来了，我家倪依来了。老人让倪依把水放在堂屋，倪依坚持搬进卧室。饮水机上披着一件外套，一看就是随意挂上去的，两个肩膀成一条斜线。倪依抻开一看就明白了，水是新换的。

“黄柏昨儿打这儿路过放下的。”老人看着倪依，眼神闪烁，话说得怯生生。

倪依说：“我知道。我也打这里路过，顺便捎来两桶，您淘米也可以用。”

“不敢那么浪费。你们大老远地送过来，这是金水啊！”

老人不知怎样表达感激才好，但也有隐忧，两个人送水互不沟通，这也是大事。虽然倪依一再遮掩，可哪瞒得了老人的眼。她翻来覆去为黄柏道歉，说男人心粗，如果做了不好的事，让倪依多担待。

同以往一样，略在炕沿上坐一坐，只是出于礼貌。倪依起身告辞。下一站，她要回家看父亲，两座村庄并不远，但隔着一条河，是不一样的风景。婆婆像以往一样把她送到村外，只是她走得越来越慢，越来越慢。倪依不得不踩住刹车等她。她脸上的笑容越来越无助，越来越无奈。像风干的一张皮挂在脸上。在亲人中，如果说谁没给过倪依伤害，大概就是这个老人了。倪依停好车，下来了。老人赶紧加快了脚步，轰她说，快上车，快上车。倪依站定等她走近，说把这些水喝完，我们就不来送了。老人一下愣住了，朝前倒腾了半步，不再敢往前走，脸上错愕的神情惊慌而又忐忑。倪依说，我们不来送了，您跟我们进城。说完，倪依转身上了车。这话说出来需要勇气，但终于说出来了。老人像根干柴竖在马路中间，手扬起来，一上一下地晃。晃两下抹抹眼睛，像是被风沙眯住了。自打结婚，倪依从来没在这个家里留宿，总是仓促吃口饭就赴娘家，她跟这个家庭从来也没真正建立起感情。黄柏总是隐忍。现在知道了，黄柏一直都在为年轻时的过错买单，那只玻璃杯丢过去，就把往事一笔勾销了。倪依心有不甘，但又无可奈何。

生活就是这样。你还能要求生活怎样呢？

桑葚就要熟了，有些酸酸甜甜的很可口。父亲坐在桑树下，像入定的老僧一样。年轻时咳血的毛病彻底好了，不知是不是这些桑叶的功劳。嫂子在搬后备厢里的东西，一边搬一边查看商标。嫂子是一个胃口大的人，所以倪依回娘家从来不敢马虎。园子里有三棵桑树，倪依从桑树中穿过来，也在板凳上坐下了，就在父亲的对面。父亲睁开眉眼问：“你是谁？”倪依不答，往父亲的跟前移了移。父亲说：“是倪依啊，黄柏咋没来？”倪依说：“刚才您做梦了吧，梦见了啥？”父亲说，他很久不做梦了。“我没事儿，你该干啥干啥，别耽误工作。”当年他拉着母亲穿越半个城市找到学校，让校长劝劝倪依。“这么大的中国还搁不下你，你对得起组织的培养么？”现在他小脑萎缩，大概忘了还有组织这回事。当年如果能一走了之，眼下会是什么局面？可惜人生不能假设。你迈进一条河里，就只能依惯性和规律在这条河里游弋。说到底，一切都是自己的选择。很多事情看似偶然，其实都有迹可循。但有一点可以肯定，当年父母心心念念地留住倪依，是想自己有依靠。而现在，母亲去世，父亲大概连靠谁的想法都没有了。人生就是这么无常。

吃了晚饭，倪依去公园转了转。许久许久，她都没有这样闲适了。傍晚落了些小雨，空气里有一种潮湿的尘埃的气味。从小区大门口出去，倪依傍着路边的香花槐一直往东走，不知不觉就出了城。实验中学的大楼在夜色中格外醒目，身上披了许多霓虹灯。倪依在这里工作的时候，学校还只是几排小平房，她和黄柏住在靠前的两间屋子，里间是卧室兼客厅，外面是餐厅兼厨房。每家都有一个方方正正的院子，别人家种菜，倪依养野菜。倪依不是想与众不同，而是想与黄柏的想法相左。所谓格格不入这样的成语就是为倪依的婚姻打造的，外人看着他们一切都好，只有他们自己知道，两人有多少隔膜。

倪依做馅饼的手艺就是那时练就的，不再练习英语，大片的时间无法打发。倪依就是想做成一件事，因为她总也包不好一只馅饼。面软了硬了，水热了凉了。馅饼烙熟以后会裂缝，汤汁油汁全漏出来，或者薄厚不均匀，家属院的人都吃过她的半成品。倪依赌气地想，哪天老师当腻了就辞职，到街上去卖馅饼。

站在实验中学的大门前，倪依心跳了。那幢大楼伟岸卓越，是这座城市最好的建筑之一。她当然是有备而来，所以没有从那里无动于衷地路过，而是横穿马路来到了大门口。黄柏已经很久不回家了。栗色的角门有一道缝隙，倪依推了推，里面是锁着的。倪依敲了半天门，手上的动静越来越大，敲得指骨节都是痛的。一个老者不徐不疾地走过来，隔着门缝问她找谁。倪依想了想，转身走了。这个时候的辛酸才是真的辛酸，有夜色遮掩，倪依抽泣了两声。

倪依不知道，校长黄柏的桌子上有监视器，她的一举一动黄柏都看在了眼里。

9

下班在楼下遇见了隔壁的邻居。邻居说，听说倪依也升职了，你们的运气怎么那么好，介绍一下经验呗。倪依能做副处长，胖子沈局有多一半的功劳。他说他走过的地方也不少，没见过像倪依这样的女人，工作勤勉又尽职尽责，眼里只有工作。胖子沈局是厚道人，他觉得倪依也是厚道人。“就不该让肯干活的老实人吃亏。”他在会上公开这样说，私心里却是想表现自己有格局，都说新人不理旧人，做一把手不能那样狭隘。升职的好处就是，没有过去那么忙了，很多事情只需动动嘴。“黄柏还没下班？你们应该好好请请邻居，让大家沾沾喜气。”两人前后脚走进楼道，邻居想进门，被倪依拦住了。倪依给黄柏打电话，那边接通，倪依突然有些开不得口，眼里都是泪。黄柏一迭声地问：“咋了咋了？”邻居有些莫名其妙，伸过脖子说，我这是说着玩呢。黄柏，你忙你的，咱们有时间再聚。倪依这才转述了邻居的话，说大家想一起喝一杯。黄柏赶忙说，我这就回去。他从学校食堂兜了些熟食回来，又从附近饭店叫了菜，把楼上楼下的邻居都喊了过来，坐了满满一大桌。一场酒喝得翻天覆地。邻居们都交口称赞，说从来听不见黄柏和倪依吵嘴。男人说，天底下像倪依这样温柔的女人都少，黄柏真是好福气。女人说，你们听到过黄柏大声和倪依说过话吗？人家那才叫夫妻，相敬如宾。黄柏和倪依对视了一眼，脸上都现出了潮红。当然，邻居们都觉得他们这是喝酒喝出来的。黄柏手舞足蹈着送走客人，主动躺到了主卧的床上，他们已经分居多年了。

盘碗摞进洗碗池，倪依也躺在了床上，她知道黄柏在等她。借着酒意，倪依下决心谈透所有的事情，再不想背负什么。那种沉重经常压得她透不过气来。寻常人的寻常生活，不该背负那么沉重的过往。那种背负既无意思也无意义。过去的都过去吧！她用淡淡的语气说："你不用怀疑我，我和鲍局没什么。"

黄柏双手垫在后脑勺下，用更淡的语气说："我知道。"

倪依看了他一眼。

黄柏拍了拍她的手臂，说："我相信你。你不是那样的人。"

我不是哪样的人？倪依心里嘀咕。你打电话清单的时候会这样想么？当然，倪依不会说出来。她不能煞风景。倪依很庆幸丢了那个挂件。她也确实需要重新整理自己。

"那道角门……"倪依知道很多人眼里都有那道门，这样堂而皇之的事也只有鲍普干得出来。现在知道了，他是病人。

"不说了，我从没见你从那里出入过。你心里有分寸。"

还有什么可说的。

皮肤与皮肤接触就容易产生静电。开始是小面积摩擦，然后就开始走火。黑暗中的纠缠充满了汗腥和黏稠，两个人都觉得那种感觉很陌生。倪依这才发现，自己有多么焦渴。她不时能望见一些场景，在宇宙苍穹的浩瀚星河中，电光石火一样飞翔着一些物质，一些要素和元件聚集在她这个不会发光的球体周围，它们合起力来推动她，不惜付出生命的代价，让她与另一个球体重合、摩擦、碰撞。是不是这样？不是的，不是的，这一切都是巧合。他们经过了怎样的惊涛骇浪啊！好在抵达了，终于抵达了。他们没错失彼此。这样吧，就这样吧！倪依一直在无声地流泪，很难说眼泪意味着什么，那就什么也不意味吧！

进山的那条路，总有一种神秘的吸引。天气转凉，倪依经常会想重走一次，对以往是个交代。或者，也不是交代。再走一次，看还能发生什么。倪依这样想，是因为心底轻松。她终于做了个轻松的人。倪依觉得，自己已然脱胎换骨，心如清风明月那般澄澈。还有，她有点想念张居士。她曾经挡在倪依和王居士中间，隔开了两人的唇枪舌剑。她的悬胆鼻面向倪依，让倪依有扎进她怀里的冲动。想法林林总总，愿望若有若无，车停北山坡下，倪依紧了紧鞋带，上山了。再次走，其实有点犯怵了。夏天雨水多，草木格外繁茂。倪依要仔细分辨，才恍惚记得无数条“丫”字小路通向哪里。空气中散发着青草味、苔藓味、腐烂的蘑菇味和树木杂七杂八的各种气息。它们通通都长了年轮，只是肉眼看不到。倪依想，眼下我是活着的，而去年这个时候，哀莫大于心死。所以才渴望能有千尾羽箭洞穿身体。那种感觉真他妈痛苦。是什么拯救了我？肯定是冥冥之中有一股力量，那种力量倪依自己不想解释清楚，因为解释不清楚。那是一股神的力量，拯救她于万劫不复。那种感觉能让她心惊，但也感激涕零。倪依小心地避让酸枣棵子，从湿滑的地衣上迈了过去。有鸟儿清脆的叫声。野鸡扑棱着翅膀，在林间闪转腾挪。冷不丁就会有一朵艳丽的花撞眼睛，妖娆得像个暗示。粉红的、嫣紫的、鹅黄的，叫不上名字，它们活得寂寞，可也活得热烈啊！寂寞而热烈，是生命所能达到的极致。没想到很快就到了山顶，望得见山下那条横向草径，那道河谷，那两棵像点样子的树，一棵榆树，一棵五角枫，不动声色镶嵌在石缝里，叶子融入了周围的碧绿中，像个隐喻。眼下还望不见千佛寺的那幢房子，它们被高大的古树遮住了。它们当然是被遮住了，而不是像表象那样不存在。倪依在杂树的空当找到了下山的路。松树、柏树、玻璃树、鹅耳枥树，都长在阴面的山坡。阳面的山坡则尽是野葡萄藤、酸枣棵子、荆梢子和灰灰菜，也就是传说中的鬼指根。时令明显比第一次早，因为鬼指根还绿着。尽管虎视眈眈，却没能弹射出羽箭。也许，它们心中也有了忌惮。这真是一件好笑的事。倪依想，躺枪的事也不是那么容易发生的——除非你给它时间，还有机遇。

穿过横向草径，倪依坐到了大殿废弃的花岗岩石阶上。风飒飒吹过，掀动着一些浩渺的思绪，像烟雾一样难以聚拢，它们就那样泛泛地飘，指向不明。张居士携着一捆柴走过来时，倪依还以为自己出现了幻觉——怎么那么巧，她又出现了。她揉了揉眼睛，氤氲着水汽的光色中，确实有人负薪而来。倪依暗暗生出了笑，早早拿出了那个纸条，上写：张居士去城里买火烛，傍晚回。纸条夹在常用的一个本子里，总能翻见。来还纸条像当初拿走时一样可笑，但对于倪依来说，都必不可少。她需要这种煞有介事。张居士把柴放到地基上，郑重接过了，就像理所当然，丝毫也没有见了倪依的惊喜，或者，她觉得倪依就应该等在这里，她早料到了。接着，她摸自己的衣兜，打开一个帕子，她拎起条棕绳，是当初倪依丢弃的挂件。“这种奇楠沉香的老料很稀有，放到水里就下沉，你没试过?”那时她这样说。

“一片万钱。”

倪依心里“咚”地一撞，眼前便有些倾斜。一些混合了焦苦味道的感觉瞬间弥漫了口腔，倪依不知所措。眼前的人塌着眼皮，注意力在那尊菩萨上，眼神像花儿慢慢盛开，内里都是情愫。菩萨略微一侧身，倪依看见了上扬的嘴角，似是有话，却从张居士嘴里说了出来。“别人请都请不到，你怎么还……丢了呢？”“还”字磕绊了一下，嘴唇在不经意地抖，她皱起了眉心。

倪依惶恐得像个做了错事的孩子，却挡不住心底的好奇：“怎么在您手里？”问完心下一片寥落。

“即便是别人送的，也该用心收着。”她说。

“不是……”倪依舌头打结，慌忙中不知怎样解释才好。不是送的，抑或不是丢的？都说不出口。

她抖了抖，用两手挣开，给倪依挂在脖子上，又用掌心抚了下菩萨的脸。“当初它值得挂在这里，现在也值得。你不要心有挂碍。既然收下了，就不要丢掉。既然想丢掉，当初就不该收下。你说呢？”

倪依张口结舌。张居士把头埋在倪依的胸前，她的脸跟菩萨的脸离得很近，像是彼此确认和辨认。倪依看见的是她长着柔软头发的后脑，那些头发似乎更白了。

“您都知道什么？”倪依轻声问，似乎怕惊扰了她。

“我是觉得可惜。”她语气平淡，“遇到这样好的东西是福气，人得对得起自己。”她去抱那捆柴，嘴里说：“菩萨没有错，他不该遭人遗弃。”这话有点重，倪依听出了话外之音。她蹒跚朝瓦屋方向走，说：“我要去念经了。”

倪依就像遭了雷击，眼前一片迷蒙。她想起了小宋的话，说鲍局的妈妈是个了不起的人，从始至终都没有哭，而是在他身旁念经。那只悬胆鼻就像灵光乍现，敷住了也生着悬胆鼻的另一张脸孔。

“阿姨！”倪依失声地叫。

“请叫我张居士。”她没再回头。

10

一场山雨突兀而至，瞬间就把衣服打湿了。初秋的雨水有点凉，但很适合涤荡。倪依在风中佯装狂舞，像眼前的那些树木。旋转时，棕绳荡了起来，倪依才想起胸前有菩萨。她握在手里，脸朝向天，任由雨水泼洒。风雨也有累了的时候，间歇，倪依耳边传来了木鱼声和诵经的声音。她目测了一下距离，要说绝无可能听到，但倪依就是觉得自己听到了。

若生众心。忆佛念佛。现前当来。必定见佛……

心是什么，心在哪里？

倪依没有告诉张居士，她也在读《楞严经》。那么长的经文，世尊只在开端问了阿难一句话：心在哪里？并没有问他心是什么。

心是什么阿难不会知道，倪依更不知道。这一桩事情在佛法里面叫深密，而非秘密。太深了。不是凡人能够了悟，所以称之为深密。

你以为你有一颗心，你其实不知道心是什么。

云朵裂开了一条缝，一束光倏地刺下来，止住了树木狂舞。倪依也收了神通，湿衣贴在身上，有些凉，但倪依不觉得。不远处有个土坡，倪依搭一眼，听到了黄柏的声音："瞧啊，这里有块石碑！"他像小孩子一样雀跃，摘了眼镜远看近看，模糊的地方用手去摩挲。然后，又拿出了湿纸巾，从上到下清理尘埃。"草、隶、篆，三种书法形式同时出现在一块碑上。千像佑唐寺创建……天啊，这是块唐碑！"

湿纸巾跟地皮一个颜色，但团在一起，还是当初丢下时的位置。石碑被雨水冲洗得一尘不染，倪依围着转，背面，是一个大大的"佛"字。不是颜体也不是隶书，边角笔画都圆润，像一张佛的脸。倪依伸手去摸，内心生出温润的暖意。

身上不湿的东西只有一包纸巾。倪依抽出来擦手擦脸擦手机，然后给那个"佛"字拍了一张照片，传给了黄柏。

2021年6月17日改毕

会飞的父亲

1

父亲有一米七五的身高，你如果在他身后叫一声“老王”，他会欢喜地拉着你半天不放，好像这世界只有他一个老王，好像人家叫他老王就是对他最高的奖赏。

不知从什么时候起，家人也叫他老王。儿子或儿媳，“老王”两个字顺嘴就会溜出来。开始，他接受这个称呼并不那么自如，后来就慢慢习惯了。

“云丫，你也叫我老王。”他笑眯眯地说。

这些年，我不止一次梦见他。奇怪的是，他总是影像模糊、飘忽不定。我觉得，连我这种存了一百种想法的人，也不能想象他到底活成了什么样。或者，他早已不成样子了。如果按年岁算，即便他有好的医疗、好的生活水准，也该走出这个地球了，更何况，这还只是我的痴心妄想。

王永利和王永全已经很多年不提他了。他们不提，我也不提。就像一个禁忌。我不提不是不想提，是怕不合时宜。我有过教训。父亲走失后的某一天，王永利破天荒地把王永全一家招呼过来吃了团圆饭。这顿团圆饭，是父亲梦寐以求的。父亲总在老大身后嘀咕，把老二一家叫过来，吃个团圆饭吧。他满面羞赧，像个明知是错也非说不可的孩子。老大置若罔闻。在老二家，父亲也这样说，老二也置若罔闻。两家没啥大矛盾，就是彼此不亲近。两个媳妇与生俱来的斗鸡眼，不可调和。母亲活过了七十二岁生日，她每天像受难的耶稣一样躺在床上。她的病我不忍细说，有一种痛叫生不如死，就是母亲这样。母亲去世后，父亲在两个儿子家轮换住，一个月搬一次家。有一次他悄悄问我，我能一直住在王永全家么？我斩钉截铁说不能。搬出老宅是王永利和张圣文两口子的主意，为防父亲搬回去，他们把房子卖了。他们是老大，家里的事他们说了算。他们给出的理由是，村里的空房越来越多，不会总有买主，过了这个村，就没那个店。把王永全和刘厚英两口子气得不行，他们说老大两口子没安好心。这样的日子过了五个月，父亲去了镇上的养老院。是他自己要求去的，他夹了铺盖自己走了去，去了就不回来。三个月以后，他在一个午夜自行消失了。我隐隐觉得这是父亲的阴谋，同他一起消失的还有屋里的一块门板。大家都说，他是骑着门板飞走了。父亲走失最初的那段时间，大家都觉得他早晚能回来。尤其到年节，院子里有响动，就有人跑出去看究竟。后来这种信心就消失殆尽了。他好不容易出去，大概不想回来了。我们都这样想。即使他走时已经年过八旬，我们依然这样想。从不想他已经不在了，或如何如何。也许就是因为父亲暂时缺位，王永利才有了责任和担当。王永全是铁道兵，退伍以后在村委找了事做。为了这顿饭，我特意从坝城买了肉肠回家。新蒸的肉肠热气腾腾，一家人都爱吃，父亲也爱吃。饭桌上容易触景生情，我说，这一家只有双星跟爷爷是一个属相。双星是王永利的孙子，上小学二年级。这话我已经很委婉了，张圣文还是撂下了脸。“我们家的虎跟老爷子的虎是一回事么？他是啥年头的虎，我们是啥年头的虎，天壤之别！”这成语用得真对。我沉默了。一屋子的人都沉默了。我受不了这个氛围，起身出去了。后来张圣文跟我解释，说她心里一直不好受。父亲是从她家去的养老院，倒好像是他们故意把老爷子弄丢的。我一提，她就觉得是罪过。她花说柳说，我一直没吭气。我不愿意探究她真实的想法，有啥用呢。“别说了。”舒了口气后我说，“以后都别提了。”

我对小深说，如果有一天我从这个家里消失，你们谁也别去找我。

“你消失不了。”他头也不回地盯着电视，他是我儿子，那年上高一，“你又不属虎。”

“这跟属相没关系。”

“咋没关系。”荧屏一闪，他把电视关了，想是觉得我是在隐晦提醒他，“老虎才想回归山林，耗子的任务是打洞。”

“啥意思？”

“山林才能给老虎自由。”

他起身离了座位，门帘一闪，在我面前消失了。

2

我经常随处去漫游。一年消耗在路上的时间超过了我所有正经做事的时间。我越来越觉得自己不正经，或不那么正经。这种感觉偷偷地小心地不让任何人知道。只要油箱加满油，我的小腿就开始紧绷，一脚油门踩到底的冲动我得百般遏制。这种感觉过去没有。十几年前，我骑木兰小摩托，再早蹬一辆凤凰大链套。开始是转周遭村庄，后来是转周遭的城镇。转周遭城镇的时候我喜欢在街头的小饭馆吃饭，隔窗看着某几个人围观电线杆上的寻人启事。那些启事有些是我贴的，有些是别人贴的。每个后来者，都自觉不遮挡前人的招贴。所以，电线杆就像纸糊的。不走在路上，不知道丢了那样多的人。也许他们早就自成了一个世界，过着不被打扰的生活。我经常这样想。蹬车的时候会觉得很飒。春或秋的季节，有风又不是很大，空气中有浓郁的栗花或节节草的气味。我为啥对它们印象深刻呢？为啥要忽略山刺玫、野菊花、野百合、格桑花的气味呢？是因为我曾在栗树底下乘凉，坐在节节草上歇脚。那时我这样想：我要是朵栗花就好了。我要是棵节节草就好了。兀自开花，兀自凋零，不为人知。我觉得，父亲就是这样想。这种感觉后来越来越强烈。遭遇很陡的一个上坡然后再下坡，从坡上俯冲时肋下自然就生出了翅膀。我梦见身上长出了洁白的羽毛，摸上去像骨骼一样润滑光凉，从一棵树梢飞到另一棵树梢，只在须臾之间。鸟除了觅食没有别的好想，谈情说爱除外。我有一个很好的网友在新疆，那里的沙漠很吸引我。当然，没有后来。我们不是鸟儿，飞不出固有的生活场域。估计他也这样想。再后来我突然想起自己是有驾驶本的人，然后又有了一辆二手车。开车的路上，看见哪里有老人聚堆我都过去坐一坐，从包里拿出父亲的照片，问："你们见过这个人么？"

"见过。"一个清瘦的老人说，"十几年前的电线杆子上都是他的照片，电视里经常播寻找他的广告。我记得他那张脸，眼睛像长在额头上。"父亲不过是有些吊眉吊眼，像舞台上上了装的演员。也许他知道这副脸孔不随众，我们兄妹三人都没能遗传。

其他老人也说见过。他们都坐在大大小小的石头上，膝盖抱在怀里，各色帽子遮住眉眼，只留出褐色的嘴唇和干瘪的两腮，像一组雕塑。

"你们喜欢远方么？"

他们都摇头。我就知道他们这辈子都不会丢。他们的儿女也不会满世界去找。

"我认识你。"一个老人的脖子上显眼地有块白癜风，手背和胳膊也斑驳地呈耀眼的银白色，"当年你就来过，也是在这里，跟我们聊了半天。你要找的人是不是叫老王？”

电视台的寻人广告就是这样播报的。当时他们也问起父亲的全名，我说，他只记得自己叫老王，还有，他属虎。

我惶惶地左右看了下，怀疑自己是不是也失忆了。这个石坝底下，左手是一条下坡道，通往农田。路基下一米深的地方是一处房舍，我恍惚记起当年这家在给孩子办满月酒，是这位老人的孙子。

“您孙子多大了？”

“总有十多岁了。我记不清了。那年村里一共出生了六个孩子，只有他抽羊角风，没有活下来。”

我一惊。

老人朝向天空呢喃：“老天收了我也好啊，可收的是一个孩子。”

“都是寿命。”清瘦的老人安慰说。

其他人一起点头。

我站起了身。我原本是蹲在老人跟前的。我习惯一条腿蹲下去，另一条腿的膝盖竖起来。我第一张照片就是这样的造型，十二岁，是小学毕业的合影照，我在第一排。这一排只有我是这样的蹲姿，英姿飒爽。这是父亲说的。我的那些女同学都撇着两条腿，做拉屎状。我牢牢记住了这个词，而且热爱了很多年。

“十几年前都找不到，现在根本不用找了。”长白癜风的老人说，为了表示轻飘，他特意扭了下头，一副云淡风轻样。

“该是去了他想去的地方。”清瘦的老人又说。

我蓦然记起他十几年前就是这样说。这话缓解了我内心不少焦虑。那时我经常整宿睡不好觉，人枯干得就像一把干柴。还不仅仅因为父亲走失，有天我上班的中途回家取东西，发现钟仁杰把一个女人带回了家。大红的高跟鞋放在玄关处，客厅却空无一人。后来我离开了那座房子，而且再没回去过。

“我今天打这里路过。”站起来后我对那些老人笑笑，为自己的记性差不好意思，“你们多保重啊！”

过了腊月二十三，张圣文几乎一天一个电话。有时我会故意让电话打不通，她就打给弥落。“告诉她今年一定要回家过年，都多久没回来了……啥也别买，家里啥也不缺。跟小深一起回来就行……要不，弥落你也来？”

我隔三岔五回家过年，弥落跟我回去过一次，就再也不去了，她不喜欢张圣文。当然，张圣文也不喜欢她。弥落是我捡来的半截孩子，只有不足一米的身高。有一段，她总在花店外的垃圾箱里翻找食物，偶尔也找到一朵花戴在头上。那天我去丢垃圾，弥落把撒落在外的残枝败叶用手捧着收进了垃圾箱。

我把她带到了鲜花店，在隔壁的饭店给她买了几个热腾腾的猪肉馅包子。我以为她精神有问题，或痴呆茶傻，但通过交谈我发现她不是，她逃婚从河北的山里跑了出来。是在领结婚证的路上跑掉的。

家里是后娘，从她十三岁就张罗把她嫁出去。有两次都差点嫁成了，她装傻，被人退了货。男人娶她这样的女人是为了繁衍后代，如果后代没了指望，他们自然就灰心了。弥落对我说，她第一次去那人家里吃饭把一碗鸡块倒进了口袋里，说要带回家去给后娘吃。另一回进人家里就翻柜子，看他们把钱藏在哪里。后娘知道她是故意的，但那两户人家不知道。后娘恨得要死。

“为啥不嫁？”

“他们都好大年纪。第一个是个瘸子，第二个是个瞎子。”

我从没跟她形成雇用关系，她是一点一点浸润进来的。开始只在外边找点事做，扫地、收垃圾、给顾客打帘子。帮客人搬花时她也偶尔进到门里，但从不在店里多停留。后来就不行了。我缺帮手，却找不到合适的人帮忙。那时小深刚上幼儿园，我每周必须出去两天找父亲。

“这一年这么快就过去了。”她叹息着说，“明年你还要去找吗？”

我站在那幅地图前，这是她花一块钱从小贩手里买来的，是省内地图。每次我给她发工资，她都会买各种零碎装饰到店里。她说老王肯定就在这个地图的某个角落，化装成了我不认识的模样，跟我捉迷藏。我同意她的观点。父亲就是一个玩心盛大的人，一辈子都活得心不在焉。想到他也许在哪里撞见了我，却破帽遮颜假装不认识，我悲从中来后又莞尔一笑。跑过的地方我都用铅笔画上记号，看见那些遍布的蝌蚪在上面浮游，我就想宣告：这些地方我都走过。

“过了年再说吧。”我隐忍地说。

我把电话打给张姐，跟她预订几斤肉肠。她家的肉肠是手工制作，我们已经吃了几十年。张姐说，节前的货已经订完了，只能等节后了。我说：“不行，你得想想办法。”张姐家门前的电线杆我每年都去贴广告，很多跑102国道的大货车司机都能看到。张姐说：“你话说得太晚了，做完这一批工人就放假了，毕竟人家也得过年。”“你想想办法。”我恳求，“你比我有办法。”我又说。“那好吧。”张姐终于松了口，她大概想到了我常年在路上奔波，有特殊用项，

“我拆兑一下试试。”

节前的几天都很忙，为祭奠亲人买束白菊花，成了越来越盛行的事。我也扎了一把，想顺便去看母亲。夏天，我带了一束紫菊，插了几棵在坟土上，万没想到的是，我秋天再去，那些紫菊都活了，开出了盛大的花朵，艳艳地朝向我。那一瞬间泪水滂沱，觉得那些花都转世了，在向我传递什么。

“那个人又来了。”弥落朝我努了下嘴，我没有朝那里看。最近他来得有点勤，有时候买束花，有时候什么也不买，只是这里那里看看。

弥落响亮地说：“钟先生，这里有新来的小葵花和四季梅，您买一束回家过年吧！”

3

父亲也许就在天上飞，跟着我的车。再早，跟着我的木兰摩托或凤凰大链套。风和天上的云彩知道我们有关联。那扇门板已经糟朽了，被风雨侵蚀成了古铜色，有颗粒状的粉尘随风落到我的眼睑处，我能感觉出分量。

养老院是我的出发地。我把自行车或木兰摩托放到门外，穿越长长的走廊找到116房间，那扇崭新的木门嘎吱响，我从来不用邀请就自行推开。老崔腿脚不好，耳朵还背，他的床靠西墙，父亲的床靠东墙。那里的被褥放了三个月，被清理了。但迟迟没有新人搬进来。乡下有养老需求的人很多，但能住进来的很少，所以这家养老院总是显得寥落。每月千八百块钱对许多家庭也是沉重的负担。老崔比父亲小三岁，我跟他对话左右邻居都听得见。“老王没回来。”他说，“他那腿脚该走到外国去了。”

“他不会去外国。”

“他说早晚有一天要去远处。”

“他去不了外国。”

“他想去远处。”

“您没问他去远处干啥?”

“他说去远处唱大鼓，能挣不少钱。他尽说不着调的话。”

我心里黯淡了一下，“他有没有提过我?”

“提了。”老崔说，“咋能不提呢。”老崔又说。

“他跟您还说过啥?”我转移话题，不让他为难。

“借那门板用一用，用完了会还回来。”

“他要门板干啥？”

“骑着走，轻快些。”

然后，老崔神秘地说：“他确实会飞，一眨眼的工夫他和门板就都不见了。”

“您记错了。”我说，“我上次来您不是这样说的，您没说一眨眼。”

“他就是会飞，否则怎么出那道大铁门？”

警察调取了监控录像，确实看见了午夜一团模糊的影像从大铁门的上方飞了出去。养老院的方院长认定那就是我的父亲。门板背在了背上，就像肋下生出了翅膀。图像放大再放大，漆黑的夜色中那不过是一团缥缈的物体，说是一团低空掠过的云彩也可以。

“有人看见过飞几米高的云彩么？”方院长很激动。

我心里涌了一下，没说站山巅上云彩都是在脚下飞的。

张圣文跟方院长打了一架。要说打架这件事，全家人加在一起也抵不过张圣文有战斗力。她又哭又叫又闹，说院方对老人监管不到位，大门形同虚设，居然能在午夜随便出入，这哪里是养老院，分明是坑人院！老人虽然八十多了，但身板像小伙子一样壮实，这要有个三长两短，简直让人没法活！方院长急得口吐白沫，她把大铁门关得严丝合缝给张圣文看，说晚上都上锁，谁都休想钻出去。

老王走失是早有预谋，他今天不走明天也会走，我们错就错在不该接收他。

“院里二十多位老人，没有一个是自己来的。我一直也没闹明白，他有儿有女，身体又那样好，为啥来养老院？”

张圣文愣了一下，气焰自动熄灭了。这样的事，闹到哪里也是不了了之。最后张圣文跟院方达成了怎样的协议我不得而知。刘厚英也不知道。她跟张圣文的性格正好相反，在场面上从不多说话。

“你觉得一个八十多岁的老人会背着门板飞出去么？”我在王永全的耳边小声问。

王永全看了我一眼，似乎是在责怪我不该把这话问出口。

“凡事都有可能。”我自嘲，想起了哪部电影中的这句经典台词。

那时正是春天，外面的柳叶鹅黄，柳絮会从隔断墙源源不断飘进院子里，裹挟着粉白的桃花或杏花的气息，有蜜蜂在院里院外窜来窜去。那些老人只能在院子里眼巴巴地看一些摇动的树梢，他们出不了那道铁门。

“在哪里看还不都一样。”方院长有时会跟我说起父亲的执拗，“偏是他非要出去。实在没办法，在别人午睡的时候给他放一小会儿风，让服务员跟着他沿着路的一侧在街上走一个来回。他死活不回来。服务员威胁他，要是再不回去就不让你回去了，你家走吧。”方院长推了推鼻梁上的眼镜，说我父亲就怕让他回家。“要是老人都像他那样提要求，院方根本没法满足。我们一共才三个服务员，这是养老院，不是溜达院。”

“他那么喜欢到外边去，为啥执意要来养老院呢?”方院长镜片后的两眼盯紧我，好像这事本身就有玄机。

“他有病。他没病的时候不这样。”

最后一次来看父亲我陪他在院子里转了转。楼房后边是一个大院落，有几件简单的健身器材，中间是盘成中国结的甬路，光滑而又平展，有时他们在这里搞智力游戏，看谁能用最短的时间从起点走到终点。父亲不肯参与，他说他不喜欢这种小孩子的勾当。“一棵树也没有。”父亲朝前后左右胡乱指，“栽一棵树也好啊。”我问他吃得怎么样，他不回答。我说给他带来了肉肠和别的食物，食堂的饭菜不可口，就自己垫补一下。父亲朝远处望，吧唧一下嘴说：“栽一棵树也好啊!”

“栽啥树好?”

“栽啥树都好。”

“家里院墙内外都是树，”我小心地看了他一眼，“要不，咱回家?”

父亲奇怪地看了我一眼，不耐烦地说:“你是谁?”潜台词是:为啥要跟我说这话?

我立时心虚了。那个属于父亲的院子已经属于别人了。

“我是老王。”他忽而又高兴了，拍着自己的胸脯说,“我属虎。”

“我就知道你会买肉肠回来，你大哥这两天又馋得站不住脚了。”张圣文这话是夸张，她喜欢说夸张的话。打开后备厢，肉肠原本装在两个袋子，被张圣文一胡噜，就捡进了一个袋子。

“那个是给二哥的……”我后悔没放在更隐蔽的地方,“今年话说晚了，人家都卖没了，老板娘从亲戚家拆兑出来几斤……”我赶忙解释。

“把他们叫过来，一起吃。”张圣文信誓旦旦。

我无奈地看着张圣文，她从不听别人说什么。

“别嫌我嘴碎，长兄如父，老嫂比母。爹妈不在了，这个家我不操持谁操持?”

但王永全和刘厚英并没有过来吃饭，他们说家里还有别的事。“一叫他们过来吃饭就磨叽，推三挡四，世界上都找不出那么别扭的人!”他们也的确从不回请王永利和张圣文，从本质上来说，他们不想与他们有关联。这就是真实的兄弟关系。从刘厚英嫁过来张圣文就满腹牢骚，起初说她苶，配不上王永全。后来又说她奸，一肚子鬼算盘。其实我知道这局面是怎么形成的，刘厚英开始嫁过来时，早餐她给人端屋里，像老妈子一样。但有一样，她说婆婆坏话刘厚英永远不吭气。我就佩服刘厚英这样的人，用我妈的话说，叫“吃得重担得沉”，那意思有点像四两能拨千斤。

所谓家务事就是这些鸡毛蒜皮，日积月累攒到一块，就是碗大的疙瘩。

“小深咋没来?”

“他看店呢。”

“弥落呢?”

“她一个人忙不过来。”

“做生意哪在乎这一天半天，过年咋也该放几天假。你要是有自己的家，我就不这样操心了……还没合适的?”

我吸了吸鼻子，空气中一股子柴火味，也许是肉肠带来的。我不想说我有车有店有孩儿，我不是没家的人。但这话说出来会招致她更多的话，我只能闭嘴。

“男人家有那点事不算毛病，都啥时代了，别那么老封建。他想回来就让他回来，不冲别人，冲小深。”

“呸。”我推开后门吐了口唾沫。

“老王家的人就是犟。”她提高了些声音，“钟仁杰有啥不好？人家挣得比你还多！”

“我没挣到钱。”我说。

“把店扔给别人，挣多少也到不了你手里！”她恨铁不成钢的样，“在这一点上，钟仁杰比你强，人家兢兢业业，从不当甩手掌柜。”

“我没当甩手掌柜。”

“你一年看几天店？”她陡然提高了声音。

活人怕念叨。钟仁杰恰在这个时候打来电话，给哥嫂拜年。他总是礼数周全。张圣文说：“我们都挺好，你也好吧？这一年也挣够本了，快好好歇几天，来年也好精神抖擞，更上一层楼……云丫在我这里呢，要不你们说说话？”

“够个屁本。”我一掌推开了递过来的手机。这两年最难的是餐饮，一年有半年不开张，在疫情时代远没有花店生意好，他也就能糊弄张圣文。张圣文忙不迭地说：“她现在有点不方便，咱们今天先到这儿，回头再联系……好好待小深，自己的孩子自己疼，老了谁也指望不上，还得至亲骨肉……”

王永利坐在炕沿上，沉默的样子越来越像父亲，话说得却越来越像张圣文。他说今年的肉肠没去年的好吃，去年的不如前年的好吃。总之，一年不如一年。“肉肠还是那些配方，你们可能也吃腻了。”我塌着眼皮小声说，“大嫂总说你们多么爱吃。其实除了父母，别人爱吃都是假的。”

“我就是比喻一下。”他不耐烦，“钟仁杰没去店里找你？”

“我跟他没关系了。”

“小深也是他的孩子。”

“小深跟他有关系，我跟他没关系。”

“你这是什么话！”他恼了。

这些车轱辘话，每次见面都说。每次说气氛都不好，他觉得，我不听他的话就是不尊重他。这种想法他们夫妻互相影响，结果就是，彼此说话越来越不客气，也越来越让人焦虑和厌烦。张圣文端上来一桌热气腾腾的饭菜，在那些盘碗里都摆出了造型。她先拍照，发完快手发抖音，叽叽嘎嘎笑得人头皮发麻。弄完了才发现没有倒红酒，“瞧我这记性，没酒不成席，这么好的饭菜咋能不喝两口呢。”

她扭着身子去拿红酒。我对王永利说：“我的事不用你管。”

我终于说出了这句话。

到王永全家略坐了坐，我就开车出来了。刘厚英往我车里装碗肉、饹馇盒、黏豆包。我一再说不要，她非装不可。王永全袖着手站着，说你做生意没空做饭……比妈的手艺不差。我一下呆住了。我从小就跟王永全感情好。后来不开心也是因为父亲。父亲不愿意跟王永利住，赖在他家不走。我说你就不能行行好，遂了咱爸的意？

他说这不是我的事。是张圣文的事。她同意么？

我知道她不同意。她是一个把脸面看得比天都大的人。父亲不去她家住，她死都不依。父亲去她家住，她一天到晚没个好脸色。这些我都能想象。所以我更愿意王永全看在父亲病了的分上担起这份责任。不是你想养，是父亲不愿意走。或者，你多养几个月，养到父亲想走的那一天，不行么？

“不行。”他斩钉截铁，他媳妇也斩钉截铁。

我也想把父亲接到城里来，可他不在我家住。“我有两个儿子，哪有住闺女家的道理。”他这样说，也这样做。有一次，他来城里瞧病，我勉强留下了他。夜里两点他就在客厅走溜，转天一大早，楼下的就找上门来……他们都是讲道理的人，可他们的道理都是让人绝望的道理。想起那些道理，我就绝望。

张圣文说父母在，你回家先看父母。父母不在，你得先来家看大哥。我们虽是平头百姓，可岁数在这儿。

王永全在村委做事，张圣文才有平头百姓的自称。话里话外夹枪带棒，那样一种难受能让人地老天荒。

那个时候父亲开始在两家轮官马。每次该去王永利家，他就像个孩子一样往门后躲。民间有俗语："养儿不养俩，养俩轮官马。"就是指父亲这种状况。这种情景产生民谚，就知道"官马"得尝多少凉薄。宁可不养俩儿也不愿意被当作官马轮，就知道"官马"有多不甘愿。

起因是，父亲经常做有违常规的事。天气冷了，他在屋里的地上用玉米骨头笼火。刚把火点着，就被王永利发现了。"堂屋里有炉子，院子里有煤，咋不知道把火生在炉子里?"

父亲可怜巴巴看着他的大儿子，清鼻涕从人中顺流而下。他两只大手张开来，想让儿子摸摸手有多凉。没人摸他的手，就像他听不懂火应该生在炉膛里一样。

他们先给房子找了买主，然后把父亲搬离了老宅。父亲一边走一边回头看，哭着说你妈还在里边住着呢。

"装的。"王永利对我说。

"他拿钱去给儿子买房了。"王永全对我说，"他急等钱用。"

4

罕村离镇政府三里地。这是过去的说法。因为调直了乡村公路，现在好像比三里地要多些。路两边是整齐的麦田，小麦呈一片褐黄色，这是它们蛰伏的一种姿态和手段，然后在时令对的节气，齐鸦鸦呈现一种墨绿昭告世人。生命在固有的规则中像游龙般潜行，对得起所有的巴望。只是，人生太过漫长，麻烦多种多样，你不知道前边等着你的是什么，那个叫命运的东西，比命运本身无常。

高空中突然出现了一只风筝。蓝白格的羽翼优雅地舒展开，就像刻意留在对焦的镜头中。我按下车窗望向它，没有多么大的风，不知道它何以飞得那样高。看不见丝线，看不见扯动丝线的人，它处在一种恣意的忘我里，既是炫耀，也是倨傲。

我把车停在路旁的柳树下，车头朝向西。这里是一个小镇的建制，路南是中学、乡政府、卫生院，路北是老供销社、养老院和贸易货栈。老供销社曾经繁华，贸易货栈从建起就堆放垃圾，如今那些建筑彻底死了。之所以把供销社加个“老”字，是因为我在这里上学时它就是座老建筑。砖瓦结构，有飞起的屋檐和雕刻的神兽，廊下黝黑的柱子有一搂粗。我的钱包里装着散碎银两，经常挺着腰板在里面出入，同学们都知道我是有钱人。那些零钱就是父亲给的。有一天，下课以后从校园跑出来，就看见父亲在供销社的台阶上坐着，就为了给我五块钱，让我买好吃的。我买了一毛钱的山楂片，是为了化整为零，这样鼓起来的钱包会让人有信心。父亲不当家，他手里难得有钱。只要手里有钱，他就会给我。后来我才知道这五块钱是他割草赚来的。手里没焐热，就给我送来了。那些零用钱让我的少年时光充盈而欢愉，只是夹杂了很多母亲对他的不满。她骂父亲往往捎上我，骂我也会捎上父亲。我俩分别坐在前后门槛上，看上去根本不属于一个阵营。我小，但知道跟他同属一个阵营是得不偿失的事。因为我无论对他怎样，他都会对我好。养老院的双扇铁门紧闭着，旁边的白底黑字木牌脱了铆钉，斜倚在水泥墙上。我给它扶了扶正，才过来敲大门。半天没有声响，我用力推了推，大门纹丝不动。

“你找谁？”有个骑车人从这里过，用脚滑着地停下车，跟我打招呼。

“方院长……还在这里工作么？”

“早不在了。”他说，“养老院都解散了。”

我知道养老院解散了。我上次来，这里就一个看门人。现在，连看门人也没有了。

“养老院……为啥解散?”我问。

“没人来养老，又老出意外事故……乡下对这事儿还是缺乏认识，其实就是一个字：穷。”

他骑车飞也似的走了。

我呆呆地看着他的背影，不明白他为啥要停下说这几句话。不知他说的意外事故指的是哪些。在我的意识中，当然包括父亲飞走这回事。十几年过去了，因为匪夷所思，还有人记得。“瞧，他们家的人，大儿子、二儿子、老闺女，一个一个都像老王。”其实我们长得一点不像他，这是在被人刻意强化身份标识。围观的人指指点点，好像我们真的与众不同，下一刻也能飞走。“老王是个什么样的人？腿脚出奇地快，只要门口有人出入，他都能像小贼一样钻出去，看门的都发现不了。”

这不是真的。

“他总想逃跑。有一次我发现他大步朝洼地里走，方院长带人在后边追，他走路的速度比骑车的速度还快。”

“他为啥住养老院?”

“搁不得呗。家里有两儿一女，还让老人住养老院。早起两眼一睁看见的都是外人，甭说他受不了，搁我我也受不了。”

“他向往自由!”突然有个女孩尖声说。

我浑身一震，循声望去，几个服务员站在廊下的柱子前，表情木然。我有些怀疑这声音的来处，这声音没有惊扰任何人。我只想赶快离开这里，因为父亲可能还没走远。张圣文的撒泼搅乱了所有人的想法，让人误以为院方把父亲藏了起来。后来我想，张圣文也许是故意转移方向，她习惯扰乱视听。“不把人交出来，今天我就死在这儿，我说到做到!”她坐在地上歇斯底里，鼻涕一把眼泪一把。王永利一副气糊涂了的样，脸色通红，挓挲着两只手不知该干点什么。王永全两口子也不知该干点什么。我也不知该干点什么了，我们都像热锅里的蚂蚁。

“世界这么大，你都去过哪儿?”父亲坐我身边这样问，“人生不长，干点喜欢干的。”他说这话时唯恐母亲听到，声音小得像蚊子，“在工厂上班有意思么?”

没有哪句话让母亲喜欢。用母亲的话说，他生来就是不着调的人，说不出着调的话，做不出着调的事。这一点特别随祖上的根儿。从年轻到年老，他出走的次数真是数不胜数。就算出去赶大集，他也能在外晃悠一整天。我们家从来也不像别人家一样爹不回来不开饭，他在家里总显得可有可无。他说话时的样子尤其让人警惕，我盯看了他一眼，担心他会丢下母亲不管。母亲在床上躺着，形容枯槁。我说哪里都没去过。能去哪里呢！我边说得轻描淡写，边用眼睛的余光打量他，猜度过去的事情在他脑子里留下多少印迹。我年轻的时候也喜欢到处游荡，穷游到过很多地方。有次从敦煌回来，把最后几枚硬币丢进下水道，我几个同学都这样干。这些话题过去反复说起过，是他的记性越来越差了。

他一副懵懂样，我就放心了。我第一份工作是在工厂上班，拴人，挣钱还少。孩子也小，钟仁杰像天底下的某类男人一样不靠谱，我有时回家诉委屈。“不用吊在一棵树上。”他凑近了我，像在面授机宜，“世界上的路有千万条，不是只有一条路可走。”“你走过几条?”我反问。“你不用在乎眼下好不好，要往长远里看，天无绝人之路。”没人重视他的话，他说的那些总显得大而无当。直到有一天，工厂面对分流，母亲让我死也要留在工厂，父亲叹息着说：“人挪活，树挪死。人这一辈子，不能死炕头埋炕脚。”

母亲猛熊一样扑上去，与他抓挠在一起。母亲恨他这些旁逸斜出的想法，岂止不着调，简直是害人。就是现在，想起当时的情景我还是会感伤。明知道厂里没有前途还要死守，所有人都觉得应该这样。我第一次告诉自己，就听父亲这一回。

厂子搞了两次减员增效，第三次就把自己搞死了。钟仁杰串联一帮工友搞进京上访，火车鸣了汽笛，却久久没有启动。原来火车司机接到了指令，上访者不下火车，他就不放下制动闸。

“都是我们连累了他。”母亲有一天突然这样说。她咳了一声，气若游丝，“否则他该走到天边上了。”

“去天边干啥?”

母亲不回答我，径自寥落地说:“下辈子，他爱干啥就让他干啥吧。”

街上空无一人，只有风在巡视，从西到东。那两扇斑驳的酱紫色铁门威严地矗立，不容我越雷池。我没有父亲那样的本领，能从高高的顶端一飞而过。我仰头朝上看，那只风筝飞了过来，就在我头顶的上空，翅膀一高一低地扇动。这回我看清了，是只蜻蜓。我心头一凛，大声招呼道:“喂!”风筝似乎有感应，翻了个身，朝我视线之外飘移。其实它没飘多远，只是从低空拉高了，似乎是要隐遁。身形竖了起来，除了那一点蓝白格，我看不出它原来的形状。

我沿着路边逆风走，踩着父亲蹒跚的脚印。路上落满了柳树细碎的枝条，在脚下发出清脆的咔嚓声。杏树和碧桃都在冬眠，它们在春天依次灿烂，也依次落进过父亲的眼里。我用父亲的眼光看，就发现它们像小孩一样会在风中跳舞。“真好看。”他发出的气声就在料峭的空气里回荡，毛茸茸地摩擦我的耳轮。他病了以后胆子变小了，说话越来越爱虚着声音，仿佛那些话都存在喉咙里，需要母亲反复喊，那些话才肯出来。“他就不像个属虎的人！”我问属虎的人什么样，映出的却是父亲怯生生的脸：“张圣文又生气了？”

“就是不长记性！”大概又犯了什么错，张圣文在电话里气得连哭带嚷。每当父亲犯了错，她都会给我打电话。有一次居然是因为父亲从厕所出来一边走一边系裤子。

“我让他系好裤子再出来，让你说，这有什么不对吗？”

5

十字路口是一道河堤，南北走向。母亲就住在河套地里，只有一米见方的地方。这里是撂荒地，村里人口不多，但一辈一辈的人埋下来，到处都显得拥挤。下了河堤就是荒草甸子，比庄稼密实雄壮。它们都有齐胸高，虽说经过了一冬的西北风，枝叶残落，但挺着坚硬的骨骼，愈发显得精壮。我小心地分开它们，来到母亲瘦小的房子前，那些菊花的残骸还在，枯萎成了焦土色，像一张张受难的脸。我拨开它们，把一束崭新的白菊花放上去，那张脸立刻就转圜了。

插了一炷香。小心地用冻土块护卫住，不让它歪斜。

香烟袅袅，我双手合十闭上了眼。

“还疼么?”

“不疼了。这地方挺好的。”

这样的话我每次来都问。每次都能听到母亲绵软的回答。

可天气冷，屋子的四壁都结了冰霜。这样想，我就狠狠打了个哆嗦，恨不得把周围的干草都披挂上去。很多老人不抗冻，对冬天的畏惧就像蜕了壳的蝉，根本没有对春天的念想。太阳眩晕样地乜斜着眼，像是喝多了酒，散发的光芒有限。我把棉外套裹紧了些，缓缓蹲下身去。“我去看他了。”我说。我每次去看老王都会来这里知会一声。说去看不准确，其实就是想知道他回来没有。已经数不清有多少次，我进到养老院就直奔116房间，看门的都认识我。有时能碰到方院长，有时不会。有时能见到老崔，有时见不到。某一次，我还问了那几个服务员："老王失踪那天，是你说他向往自由么?"她们都惶惶地摇头，拒绝承认，好像我在那话里面包藏了祸心。靠东墙的床上曾经有张军绿色的垫子，那是我买的，上面钉着许多褐色的菱形皮垫。那时我还骑大链套或小木兰，从这里走是种执念。无数次想去了也白去，坝城离这里二十多公里，骑大链套至少得一个小时零四十分钟，骑木兰也要一个小时，这些我都仔细统计过。放在一天里，这些时间都是白费。但最终还是要来。人的执念很可怕，我的执念就是来源于父亲。就像有一条无形的绳索在牵引，出了坝城，就觉得只有向南一条路可走。耳边呼呼生着风，风都鼓励我朝南走。在罕村村头再向西，面对一大片辽阔的庄稼地，穿过去，就是养老院。进到养老院有时说句话，有时啥也不说。说不说都没啥大紧，都改变不了什么。我在里面穿行的速度比风还快，甚至心虚地怕见到方院长和老崔，以及那几个服务员。我只想看那床铺一眼，看父亲是不是靠墙坐着。说来也怪，自打父亲走，那个床再没安顿过别人。

"越来越没年味了，你那个时候年节还有鞭炮响，今年王永利家连'福'字都没贴。"我把一块冻土抓到手里，一点一点捏碎。鸡蛋大的土块，只有中间颜色深些，那点潮气毛茸茸的，里面藏着一颗草籽，像黑暗中的老鼠眼睛。

“王永全家也没贴。王永利有时自己写春联，上了年纪手就懒了，毛笔都该找不着了。”

“王永全懒得赶集，村委的事也忙，他们家除了扫房年年也没有节日氛围。”

母亲活着时不喜欢年过成这样，“这哪像过日子人家！”她怒气冲冲地说，脸黑得就像灶王爷。她这个婆婆当得艰难，无论她说什么，刘厚英金口不开，张圣文我行我素，偏她是喜好管事的。有一年，嫌人家门口素净，她到镇上买了春联。刚给王永利家贴上去，就被张圣文撕掉了。气得母亲坐街边石头上哭。给老二家买的春联也没去贴，后来不知所踪。

“你管他们干啥呢。”父亲像吃了苦瓜一样咧着嘴，满脸的无奈。他手足无措地站在离母亲几步远的地方劝她回家。“我们把年过热闹，不跟他们热闹一样？”他低声下气地劝说，身形也跟着向下一顿一顿，人都矮下了半截。母亲抡兜失火地跳起来回家了。父亲晚上开始糊纸灯笼，用铁丝做框架，用木板做灯碗，里面栽上蜡烛，红通通地满院子辉煌。一条街的人都过来看稀奇，说这老房子就像龙宫一样，说我妈披了一身红光从屋子里出来，就像龙母。

也不知我妈满不满意。她出来进去沉着脸，看也不看那些灯笼。但那些灯笼一直挂到正月十五。

她心里满意嘴里也不说。很多年后我才明白这个道理。

“您还记得吗？有一年他让窗棂开满了萝卜花。半截萝卜用线绳吊着拴窗棂上，萝卜依靠自身的养分长出长长的茎，关键是，我们谁也不知道他提前把萝卜藏在了哪里。过年的时候吊在窗棂上，一夜开满了小黄花。初一来拜年的挤了一屋子，外面冰天雪地，我们屋里就像春天，大家都说只有我们家才有过年的样子。”

我不知母亲的记忆里都有什么。如果按时下的观点，她该是负面思维的人。几乎没听她说起过高兴的事，许是这一生受的苦太多了，养成了性格中偏狭的成分。这种性格让她一生都不快乐。

“你快乐吗？”父亲有一回这样问我。

我不知该摇头还是点头。那时我刚认识钟仁杰不久，每次回家他都陪我一起回来。母亲和张圣文都欢天喜地。家里有老姑娘，永远是她们的心头大患。但不知怎么回事，我总是打不起精神。

“一个人也可以很快乐。”他说得漫不经心。

我心里忽然一阵剧跳，似乎破解了什么密码。又一转念，似乎也没什么密码好破解。我像他一样不合时宜罢了。我四周看了一眼，一只鸟落在离我不远的草地上，东啄一下西啄一下，啄一下看我一眼。我甚至看见了它的小鼻孔，在寒气中喷出些许暖意。我晃了一下手，把它轰走了。

“现在闹疫情……哦，你那个时候只有鸡才闹疫情……”我想开个玩笑，却被冷风噎了一下。想起七只母鸡死在堂屋门口的情景，大人像吊丧，只有小孩子欢天喜地。家家飘着炖母鸡的香味，那可真是好日子。“张圣文被憋得不行，疫情刚放开就往城里跑，骑个电动小摩托，王永利也不管她。有一天被车剐了一下，险些出大事。”我想说她去找钟仁杰，她进城没别的事，就是找钟仁杰，蹭他一顿饭，跟他说说闲话。想想还是算了。她活着，如果我不死，就不可能离婚。“我十五岁嫁过来，啥苦没吃过，啥罪没受过，不也熬过来了?”她们那代女人都讲究熬，熬过来了，熬死了，都是生命本身。她不想这世界有许多路可走，这一点跟父亲截然不同。我此刻才觉出那种不同的意义。天底下到处都是路的感觉，就是父亲传导给我的。

这里是河湾处，河里的冰发出脆裂声。原来是有人在上边走，冰上也是条路，通往河对岸。母亲走的时候也是这样的季节，天空灰白，雪似下不下。我使劲想父亲那天在干什么，却怎么也想不出。很多时候他太容易被忽略。他大个子，壮壮实实，却总是被忽略。对，我曾在堂屋撞了他一下，那时正要抬母亲往外走，我把沿路的椅子火速往一边拉。手肘撞到他时，才注意到他有一张张皇的脸。

就一个镜头。

父亲自打娶了母亲，家里才成了过日子人家。这话让我的耳朵起了茧子。听多了，有时我会揣摩，初嫁过来母亲就像只小小鸟，她自己则形容就像只小鸡子，腰都不敢伸。那时父亲成年不着家，他就像个陌生人。他挣回钱来总是交给奶奶，一文都不剩。在他眼里，母亲也是陌生人。后来情形改变是因为奶奶生病，或爷爷戒烟。爷爷抽了很多年大烟，抽得远近闻名。奶奶好赌，手里有仨瓜俩枣就在家坐不住，这在三里五村也有名。也或者她长了几岁，有了勇气和资本，敢在烟袋落下之前把脑袋拉楞开。但好日子没有几年，奶奶就得了噎膈，吃不下东西，最后喝水都困难。“你不知道孩子没人拉巴有多难……将来你生孩子，没人管我管！”她大剌剌地说。我以为她真能管，我生小深正好赶上王永全生二胎，她一副肠子就扑了过去，根本就忘了女儿也在坐月子这回事。“那个哭巴精日夜不停歇，根本离不开人。我每天睁眼闭眼都是他在哭，忙得根本没闲工夫。”她解释理由，从来不隐藏每得一个王姓孙子的喜悦。结果，她得了一溜孙子，一家三个。我很不理解她观念中那种传宗接代的感觉和意识，就像她扮演的是父亲的角色。父亲隔三岔五来看我，穿一件雪花呢大衣，走进病房先呵呵地笑，人家都以为他是老干部。我因为剖宫产，伤口迟迟不愈合。“谁让你那么大岁数才结婚，三十多我都要抱孙子了。”这话说得没错，略微夸张些而已。事实是母亲抱孙子那年只四十一岁。“有啥好处呢？”我幽幽地怼了句。“总比你个光杆司令强。你老了小深才多大。”她振振有词。谁都没想到她走得那样早，她总说自己应该能借些寿，因为姥爷三十岁就去世了。如果没有疾病，这世界该有多祥和美好啊。

……果真这样么？

母亲告诉我，她不想嫁给父亲，是姥姥跟人合谋把她嫁了。姥姥独自去相亲，从北往南走，父亲从南往北走，约到了叫王家浅的这个地方，这里出一种叫心里美的萝卜，媒婆就是这村的，是父亲的姑姑。姥姥盯着眼前这个白净的高身量后生，穿的长衫被风刮起来一角，露出一双沿着雪白边的新布鞋。姥姥心中的欢喜漾到脸上，自己的心咚咚直跳。姥姥问他多大？他说二十。姥姥满意地点点头。只比女儿大五岁，不算大。身子有些弱，但才刚二十，还没摔打出来呢。媒婆在一旁花言巧语，说娘家在罕村算一号，祖祖辈辈吃香喝辣。后来我妈用一句俗语形容："有钱顾嘴，麻绳系腿。"意思就是瞻前不顾后，奶奶爱赌，爷爷爱抽，三里五村找不出这样的人家。但当时姥姥被名叫王大方的青年迷住了，不单应下亲事，还应下了迎娶的日期。母亲哭了三天，她十五岁，下边有三个弟弟。母亲说这家里我走了谁干活？姥姥说你走了才会有人来干活。姥姥是精明人，不单打女儿的主意，还打女儿婆家的主意。嫁女儿挣些聘礼，大秋忙月再把姑爷和亲家公拐了来，这得几全齐美！但凡事都有意外，希望多大失望多大。先是媒婆瞒了她，王家哪里算一号，就是个破落户，吃了上顿没下顿。然后是父亲瞒了她，他不是二十岁，而是二十五岁。那就不是大五岁，而是大十岁。再有就是命运欺哄了她，等到大秋忙月，女儿不单拐不来姑爷，自己也分不开身回娘家。后来姥姥形容自己是赔了夫人又折兵，那时我都听得懂人话了。每年正月初四，王永利骑车把姥姥接来住闺女家，大家睡在一铺大炕上，父亲就在炕脚躺着，嘿嘿地乐。

如烟往事消散，大炕上欢声笑语。姥姥跟父亲谈得来，他们之间有说不完的话。

"我以后不会再去养老院了，那里关门了。"想了想，我又说，"门板还回去也没了用处，他不会再去那里了。"

6

我出来之前就打算好了。去养老院看一眼，是最后一眼。然后就死了这份心。其实这份心早死了，只是我让它存了一线希望。就像一眼泉，只剩最后一滴水。有这一滴水，那泉就是润的。“而眼下……”那里的情景我不忍说出来，母亲已经拧紧了眉头。每有不如意，她就把眉头蹙成蒜疙瘩，让人跟着心里紧张。年轻时的炮仗脾气，到老了收敛了些。除了心底守着顽固，轻易不表露出来。但心里的话都明白地写在脸上：我就知道你不愿意来看我，如果不去养老院，你根本不会来。你们爷俩从来都是一条心。母亲促狭起来就像少女，她总是不失时机地表达对我的不满。

“我有空就来看您。”我抽噎了一下，干涩地说。

这些年我跑得太累了，有时候骑着车都能做梦。梦中闯到了羊群里，睁眼看，它们果然把我包围了，睁着湿润的眼睛朝我咩咩地叫。我试着想说句话，却发不出声音。直到那些羊走远，我才像还魂一样喊出了声，那些羊一只回头的也没有，仿佛它们只是我眼前的背景。钟仁杰从一开始就反对我满世界跑。他说你不是找人，你就是想跑，你爸也这样，你们一辈一辈地遗传。这话一听就是从张圣文嘴里流出来的。但跟从钟仁杰嘴里出来不一样，格外伤人。我心里"腾"地一跳，羞愧得无地自容。我问自己你是这样的么？我张口结舌。这个时候我特别像父亲。羞愧，总是羞愧。工资七扣八扣，拿回来不够孩子的奶粉钱。我从来不伸手跟他要钱。父亲空手归来的时候也是这样，端着饭碗蹲在灶坑旁，连饭桌都不敢面对。母亲数落他，别人都能挣钱，你连个钱皮都挣不来，死废物一个。我们知道母亲说的是气话。即使是气话，父亲也听进去了。一家人都大大咧咧吃饭，没人注意父亲的脸呈一种草木灰色。那天，父亲把小猪卖丢了，是队里的小猪。一个女人说，她男人在不远处，钱在男人手里，她去拿。抱着小猪悠悠地走了，她再没回来。卖树苗，人家挣钱他也没挣着，人家一还价，他就露出底数。出河工，人家都按时回家了，他过了几天才回来。说去看看远处的村庄什么样，然后，越走越远。这样那样的事，总是发生在父亲身上。他编的筐、织的席、编的篓都要多丑有多丑，背出去我们都嫌丢人。但有一样，他会唱大鼓。每有社员聚齐，就有人说："老王，来一段！"

父亲脸上都是笑，好像他一生就等着这一刻。他起身端站好，唱：

倾覆社稷力难禁

一力难扶枉伤心

可怜孝母忠君将

国破家亡玉石焚……

大家都说不好听，换一段。他又唱：

风尘寄迹叹飘蓬，

高怀德失时落魄似困虎蛰龙。

遭不幸已经结发妻亡故，

在膝下只有盘头女桂英……

都说这样的段子不吉利，再换一段。父亲又唱：

义振纲常秉精忠

老臣肝胆玉壶冰

铮铮铁骨亡国恨

耿耿丹心照帝宫……

还有人不满意，说这是为封建王朝唱赞歌。父亲只得又换了一段：

大厦将倾势堪伤

天心何苦助贼强

英雄空有诛贼志

独力难支枉断肠……

队长走了过来，说老王，你这些唱词早过时了，就不会唱段革命的？大家也起哄，说老王不会唱革命的，从没听他唱过革命的。父亲用手掌抹了抹嘴，脸上是讨好的笑。他凝心聚力，终于唱出了口：

万展红旗迎风飘

凯歌阵阵入云霄

全国人民齐奋进

共产主义早来到……

这下大家不闹了，都静下来听。他唱大鼓的样子认真到极致，仿佛面对的是台下万千观众。神情、身段、动作，都有章法。只是唱完他叹息着说了句：“这哪叫鼓词。”他觉得，远没有那些老鼓词唱着带劲，只是队里那样多的人，他没有一个知音。

每逢到这个时候，听众里一个我们家的人也没有。母亲不愿听，也影响到了王永利和王永全，仿佛这是个不名誉的事。真的，比看人家游街强不了多少。还有个说法，就像看耍猴的。这种印象日益深入，谁若提“大鼓”两个字，就像被人掌了脸，我们羞臊得恨不得找个地缝钻进去。后来，他适应革命形势，曾经自己编曲目，配合各种宣传。批林批孔、反击翻案风、大干快上、男女平等、计划生育，他捉个铅笔头写节目。这样的举动在家里也不受待见。我曾经看他在杂物间写，那里有个水泥柜，屋顶上都是蜘蛛网，空气中是一股呛鼻子的霉味。马灯昏暗的灯光从他脑顶的墙上俯射下来，把他的脸照成了古铜色，脸上有一层神圣的光。但马灯烧油，母亲隔一会儿就喊一声，岑寂的夜里都是母亲关于节省的唠叨。有一回，他从城里买了只鼓回家，讪笑着刚进家门，母亲就骤然冷了脸，二话不说，找了把斧子把鼓劈了。

他是跟瞎子大伯长大的，瞎子就是唱大鼓书的。原本说好是过继，可大伯在他十九岁那年去世了。我上初中时去同学家，同学的母亲吃惊地说你是罕村王大方的女儿？你爸扮上装唱大鼓，好看又好听，一点也不像干庄稼活的，真是糟蹋呀。

我没看过父亲扮上装唱大鼓的样子，这成了我此生最遗憾的事。我不是没机会，是不敢看。至于为什么不敢，时至今日我仍想不明白。我在学校是宣传队队员，排了一个表演唱叫《红缨枪》。我至今都记得歌词、曲调和动作，曾代表公社到城里会演。“红缨枪，五尺长，红小兵，肩上扛……”那是一个大舞台，我们的节目准备充分，就栽在了舞台过大上。乐队把过门拉完了，我们还在舞台的一角，不敢往中间走。大礼堂一眼望不到边，底下黑乎乎一片，全是人。每一个人都是一份压力。乐队又拉一遍前奏，我们仍在边角打转转。情急之下老师冲上台去，把排在第一的我提溜到了舞台中央，身后的小伙伴才像羊屎豆一样勉强跟了上来，但仍没过半场。我们在台上瘸着腿跳舞，觉得这样就是在做舞蹈动作。台下一阵一阵地哄笑，我们甚至听不见胡琴声，红缨枪在空中啪啪地撞架，台上乱成了一锅粥。一个节目不知怎样就演完了。从台上下来，我就像踩在云朵上，褂子都汗湿了。刚回到观众席，就听报幕员说接下来是大鼓书《计划生育就是好》，创作表演者，王大方。“创作”两个字尤为重要，报幕员特意加重了语气。

也许就是受了报幕员的感染，场面立时安静了。或者，是我的脑子安静了，人变得又空洞又愚蠢，耳朵里都是被什么堵住了的呜咽声，根本听不见别的。仿佛是，我刚才受了惊吓，然后，更大的惊吓又来了。在这之前我不知道会演还有父亲。名字报出来，我就开始把腰弯成了弓，拼命往前排椅子底下扎。但仍觉得场内所有的目光都刺向我，他们都在不怀好意地笑。那样一个强大的阵容，根本就不是我小小的年龄能够承受的。我的心蜷缩成了一团，身体一会儿像抽筋一样僵硬，一会儿像风吹落叶一样发抖，脊背上的冷汗顺垄沟流。那种没脸见人的难堪，一辈子再没经见过。空寂的礼堂突然响起了掌声，有人在叫好，父亲干净的声音抵达了礼堂的上空，形成了立体环绕。后边有个老师模样的人说:“人家不愧是专业演员，声音太美了!”

有个同学尖声说:“他是王云丫的爸!”

整个节目期间我再没敢抬头。我恨不得变成小鸡子，把自己缩进鸡蛋壳里。回来的路上老师说:“听说你爸是东北鼓王，今天一见果然名不虚传。那形象、那台风、那嗓音，救了整场演出，可惜你们都不随他。”我的脸烧得厉害，觉得他是在变相批评我。今天演砸了，我作为排在第一个的人，至少得负一半的责任。但“东北鼓王”这样的称呼我是第一次听说，不管他是什么“王”，他首先是王大方，我父亲。仅凭这一点，他就完蛋了。

我和父亲之间形成了别扭局面。他每次把目光投向我，我都不自觉地闪避。他也许有和我交流的欲望，但我没有，一点也没有，想到在礼堂的一幕内心就卷曲。还特别怕父亲问我：“你听见我唱了么？我唱得怎么样？”长时间不问，我又疑心他在台上看到了我弓着身子的样子，这让我心里越发难受，觉得自己像坏人，做了不名誉的事。有一天我妈不知想起了啥，问起我进城演出的情况，我回答得潦草而又不耐烦。我妈悄声问：“你爸那天是不是也去了？”我平静地说：“我出去解手了，没看见他。”我很长时间才走出那件事的阴影，以后再不想提。父亲自编的曲目讲的是一户人家重男轻女的故事，风趣幽默包袱不断，中间有一段数板，其中有这样几句：

我今年二三十，
结婚整三年。
生了孩子两个，
都是花木兰。
这两个孩子真让人喜欢，

可就是有女没有男。

生了二女不算完，

全家都把男孩盼。

为此我和爱人一商量，

再生他一胎试试看……

后来成了县里的保留节目，在各种场合表演。

我结婚那年，有一天突然心血来潮也想学一曲大鼓，问父亲要一首鼓词。他摇头苦笑说不记得了。他扯扯嘴角，似乎有胆汁汩汩流出。那些伤痛和难堪大概成了他体内活的生物，他不愿去碰触。我想起了小时候的那场演出，他受欢迎和赞美，我是知道的，但我把这些信息贪污了。即便母亲问起，我也没说实话。时至今日我仍理不清自己何以至此，来自家人的伤害大概是伤害构成的主要成分。

“我还是会去找你。”我望着灰蒙蒙的天空说。说来也怪，我话音未落，“嗖”地过来一阵风，就像在呼应我，就像父亲骑着门板从我头顶掠过。我惊惧地看着那股风的去处，发现它在一棵杨树的树梢停住了，那里挂着一个白色塑料袋。

袅袅香烟明明灭灭，特别像觑着的一只眼，与树梢对视。等它燃尽了，我起身往停车的地方走，才想起给母亲吃的肉肠忘在了车上。我每次来都会给母亲带一份，我不记得她还有什么别的癖好。她的一生，就是苦哈哈的一生，吃馊粥烂饭的一生。“若是给你爸带，你一准忘不了。”她促狭的语调裹在风中，就像是十五岁未嫁人的年纪。但这不是真的。我记性越来越差，怀疑父亲的病是不是已经传给了我。

我去车里把肉肠拿了过来。感觉那风还在树梢上停留。

7

小雪在若隐若现地飘。路上人少车少，每逢这个时候，我就会产生错觉。有人知道我此时奔在路上吗？骑大链套或小木兰的时候也是这样，走到偏远的地方，晨起晚归，路上经常空无一人。我也要使很大的劲才会想起自己是谁，为啥来到这里。有时候，我甚至感谢父亲给了我一个想当然的理由。因为我经常怀疑自己的目的到底是什么。钟仁杰或张圣文的声音会无缘无故地在空中响起：“她就是爱往外跑，跟老王一样，遗传。”我有些难过，已经不羞愧了。后来连难过也消失了。没了父亲，他们都是跟我不相干的人。那天走到了邻县，穿过一片小树林，突然撞见了一大片花海。那是百十亩矢车菊，像火焰一样跳荡。我“啊”地发出了一声叫，一屁股跌坐在垄背上。我想，父亲如果撞见这片花海也会这样，把膝盖搂到胸前，在花丛中狠狠打个瞌睡。鼻孔里都是花粉的香味，与蜜蜂的嗡嗡声合到一处，简直要把天灵盖顶起。我梦见自己变成了一束花，被人种到了地里，而后长成了一棵花树，盛开得蓬蓬勃勃。父亲看着我笑。

短暂的令人眩晕的幸福经常突如其来，这都是父亲送我的礼物。有一次，我在河岸边遇到一个小姑娘，她瘸着腿吃力地往上走，小脸抹得花瓜一样，看样子是累坏了。我停下木兰摩托把她抱了上来。她去河边喝水了，腮帮子上都是喝水留下的污渍，村庄还在很远的地方。“妈妈。”她在我怀里迟疑地喊了声，然后又坚定地望着我，“妈妈!”

“你几岁?”

“五岁?”

“叫啥名?”

“珍珍。”

“出来是找妈妈的?”

她用袖子抹眼睛，眼圈红红的，鼻子一抽一抽的，尽是委屈。

我在村头把珍珍交给了来找她的奶奶，珍珍抱着我的腿，说啥也不放我走。“妈妈，妈妈。”她喊。奶奶说，这不是妈妈。珍珍努力仰头看我的脸，迟疑地把手松开了。

“她妈妈死了。”奶奶说，“这孩子是个实心眼，有人告诉她妈妈在远处，我一不留神她就往外跑。”

我大致算了算珍珍的年龄，现在已经是大姑娘了。应该接受了妈妈离去的现实。我不接受是因为事情不确定，父亲除了记性差，走的时候一切都很好。

何况，他是骑着门板飞走的，说早晚有一天还回来。

叮当一声，有微信过来。沙漠里的昆虫：“嗨，虎年吉祥！”

“我赌你在开车。”

“又去找父亲了？”

我看见流浪的老人都要喊一声，“老王！”有一回，我居然看见一位老人背着门板……

“好吧，祝你们吉祥。”

我谨守交通法规，没有回复他。但心底漾了一下，鼻子就酸了。我认识他已经八年了，但没见过面。有一次我问他，沙漠里的昆虫是什么。“是一种纳米布沙漠甲虫。”他说，“属昆虫纲，翅亚纲，鞘翅目。在干旱的沙漠中掌握了一种独特的获取水的方法，它们的翅膀上有一种超级亲水纹理，同时还有一种超级防水凹槽，可以从外界的风中吸取水蒸气。当亲水区的水珠越聚越多时，就会沿弓形后背滚落到嘴中。这使它们成为自给自足的甲虫。”

“你也自给自足。”我说。

“所以我就是超级甲虫。”他很得意，“你呢？”

“腹足纲，蜗牛科，软体动物。”我说，“有触角两对，大的一对顶端有眼，分水生和陆生。我是水生。”

“为什么不是陆生？”

“总得有点技能呀。”我说。

我认识他的时候他做导游，后来注册了自己的旅游公司。我知道的就是这些。他也仅知道我开花店，丢失了父亲，每年要拿出许多时间在路上奔跑。我的昵称是“水边的蜗牛”。我们就是天地之间的两个符号，能走得长远，也许就缘于从没见过面。但感觉中他像亲人，八年了，看见流浪的老人还要过去询问。缘于我当年说过的一句话：“他也许会去新疆。”

“你为啥不来新疆寻找？”

“也许有一天会的。”

这个想法一直在，但一直停留在“想法”这个层面。不是缺少勇气，是缺少动力。

有关父亲的事，我从不对人说起。但沙漠里的昆虫除外。很多个不眠之夜，他听我讲述有关父亲的种种，那些伤痛和难堪，我只肯说给陌生人。然后听他一声喟叹，他从来也不说你别找了，你找不到这样的话。王永利和王永全断断续续找了有一年，张圣文打开始就说找不到，她觉得父亲是离家出走。我其实同意她的看法，但我不能说我同意。离家出走也不是不找的理由。

“找啥找，早就不在了。”后来，王永全这样说，王永利也这样说。

他们的观点也没法反驳，但这仍然不是不找的理由。或者，这种寻找不是父亲需要，而是我需要。

我说清楚了么？

小腿一紧，脚下的油门踩到了家。车子发出刺耳的轰鸣，就像豪横的一声啸叫。红灯有效阻止了我的任性行为，一脚刹车踩下去，我跟车子都剧烈地朝前倾了一下。

从罕村到坝城只用了二十几分钟。雪越下越大，路上逐渐变得白茫茫。在雪花的缝隙隐约能窥见世界的样貌，它们都短暂地在视野间出现，又迅疾消失。就像我的车一样，在别人的眼睛里也是一闪而过。世界就是这样组成的。我们互不相干，但都是有机成分。我逐渐松弛了小腿，对撞进眼睛的第一栋高楼泛起温情。它只有四层，外表包着白瓷砖，像一个方头方脑的大面包，但对于年幼时的我，就是高楼大厦，把脖子仰到最大限度才能看到楼顶。父亲背着我踏上一级一级台阶，在卖布的柜台前停住了。“你喜欢哪个?”他歪着头问我。那些戳起来的花布捆都很亮眼，它们挤挤挨挨地站在木格子里，等着我挑选。我都喜欢啊。这个，那个。我胡乱指了一通。父亲说:“就要那个红花的吧，四尺。”售货员把红花布“啪”地放柜台上，用手一扯，那布捆就自动翻滚，然后捏住一角，用木尺一下一下量。“好了，四尺?”父亲迟疑了一下，又说，“四尺半吧。”

我永远都记得售货员刺啦刺啦撕布的声音，红的绒毛飞扬起来，像精灵在跳舞。撕下的红花布用尺子抽打着对折好，被草纸包成个圆筒，用牛皮筋捆起来，结出小提篮一样的麻花扣，倏地扔过来。他就喜欢看我穿花衣裳，两眼能笑成太阳花。这是我第一次进城，一路枕在布捆上，在他的后背上一会儿睡一会儿醒。

“今天看的啥戏?”

“《谢瑶环》。”

“里面讲的啥?”

“精忠报国。”

“对,《谢瑶环》也讲精忠报国。”

他朝上颠了我一下,两只手在我的屁股下勒紧了些。我那年大概有六岁,就那么心安理得地趴在他背上,两只脚随意地耷拉着,两只手绳子样环住他的脖颈。看戏的时候则骑在他的肩膀上,人流涌动时,他用两只胳膊肘做支架,护卫住我。我们一早出来看戏,我妈不同意。他讪笑着一个劲央求,说我们看看就回,看看就回。我妈别过脸去,终于禁不住他磨,“快去快回!”队里有辆“突突”响着的拖拉机,上边都是女人和孩子。他高大的身材坐在车斗里很突兀,但脸上像蒙了光彩,都是遂了心愿的如意和满足。我理解,不单自己能进城看戏,还能带上我,他就是人生赢家。戏散场了,大家都往城外走,我们往城里走。一条街又一条街,一个巷子又一个巷子,每个门楼他都仔细看。我不知道他在看什么,但我愿意趴在背上跟着他。最后一站我们才走进百货大楼,从大楼里出来的时候他说:“云丫穿上花袄会更漂亮,就像新疆小姑娘。”我便一心想我更漂亮的样子，像墙上年画里的女孩，脑后编着许多小辫子，跟一个骑毛驴的老爷爷，从遥远的新疆去北京送鸡蛋。“我没看见鸡蛋。”“都在褡裢里装着，没画在画上。”没画上他是咋知道的？我一直都想不通。那张年画在我家东墙上贴了很多年，画里画外的内容都被我们琢磨遍了。骑驴的老头和扎满头辫子的姑娘陪着我长到十多岁，后来不知去向。那天我们一直走到大半夜，一边谈论《谢瑶环》，一边谈论新疆的辫子姑娘。我始终记得那个叫来俊臣的人，后来被武则天斩首了。他怕我睡着了，就起劲找话说。戏里的故事我不感兴趣，我对梳满头辫子的小姑娘感兴趣。“新疆在哪呢？”我迷糊着问。“新疆是世界上最远的地方，比东北还远。”他谈起了年轻时在东北，角角落落都走遍了，结交了很多人，遇到过很多稀奇古怪的事。奇怪的是，他一句也没谈大鼓。我对东北不感兴趣，我对新疆感兴趣。后来我才知道比新疆更远的地方还有很多。但父亲不这样看。“新疆在地球边上，多走一步，就迈到地球的背面去了。我们将来争取去那里。”他憧憬着说。我问去那里干啥。他说那是一个好地方，好地方都应该去看一看，才不枉活一回。

等一个红灯时，雪花像在绽放一样舞动出了情致。我回复沙漠里的昆虫：“你的感觉真好，我的确在开车。而且，这里在下雪，每一朵雪花都很迷人。”

我没说别的。

母亲总说钱要花在刀刃上。比如，明天家里没盐了，或者给王永利说个媳妇。可父亲觉得凡是他花钱的地方，都是在刀刃上，哪怕给我买花衣裳。后来我才知道，买完红花布他一分也没剩，那是我妈让他捎条绒布的钱，给一家人做鞋面子用。

“我又没做别的用项。”父亲为难地辩解，意思是他没有乱花钱。

“这日子没法过了。王大方，我跟你拼了！”讲不通母亲就动武，一头撞过来时父亲没有防备，一下靠到了身后的门板上。灯火忽闪了一下，也被吓了一跳。母亲抖落开她以为是黑条绒的红花布，用力摔在炕上。花布遮住了我的脸，一股子机器的油污味扑鼻，我赶紧团起来躲到了被子深处。母亲的声音像母狼在啸叫，父亲只是一味地说：“我忘了，我忘了。”

我不知道别人家的父母都是怎样搭配的，我们家，那叫一言难尽。从打我记事起，印象深的就是母亲扯着喉咙叫。她活过的这几十年，经常掰着指头数，一条街，没有比她更难的女人，没有比她更苦的女人，没有比她更穷的女人。母亲的意思是，家底不行，父亲又没本事。母亲痛说这些时，父亲永远不搭腔。你不知他在想些什么。仿佛母亲说的这些与他没有瓜葛。父亲成亲三天就走了，他去东北赶场，那里有他大伯打下的基业。一个村一个村地唱大鼓，在哪个村唱，就吃住在哪个村。村里总会把最暖的炕、最干净的被褥腾出来，安顿他。冰天雪地的日子，他是村里最受欢迎的人。

他还差点被人招了女婿。村里有个财主，全家都迷他的大鼓，想把女儿许给他。我说：“你在东北享福得了，回来干啥？”

“我家在这儿啊。”父亲说得认真，让你觉得他只认真理这一条线。

半年以后，父亲回来时长了满脸大胡子，母亲不认识他，问他找谁。父亲说：“你是不是书香？”父亲也有点不认识母亲，他觉得母亲太过干瘦，比成亲的时候更像孩子。他给母亲买了件葱心绿的旗袍，让母亲换上。结果母亲烧火时蹲不下身，让奶奶骂了一顿。

那旗袍只上身这一次，后来被耗子嗑了。母亲说，耗子也喜欢漂亮衣物。

我觉得，那可能是父母之间最好的一段时光。父亲不单能挣钱，还买礼物，几十年后母亲说给我听，还藏不住笑意。嘴里说父亲蠢，给庄户女人买旗袍，让村里人笑掉大牙。但话里话外透着那么一点别人不能企及的骄傲。我特别遗憾那旗袍没有留下来，哪怕是被耗子嗑烂后的一块布片呢。父亲一辈子都是不合时宜的人。我感觉，他就在东北合时宜。返乡时，把自己的东西寄存在某一处，有人盼星星盼月亮地等他回去，然后他便从那家唱起。合作化以后村里不放他出去，母亲就把他锁屋里。他急得用脑袋撞墙，撞得眉骨开裂，血顺着眼角往下淌。母亲在外问："你还走不走？"他如果说走，母亲就坚决不开那把锁。"我想拉屎了，我不走行了吧？"他没拧过母亲和那个时代，屈服了。他的心不在焉也许就是那时坐下的病，但在岁月更迭中，他身体越来越壮硕，总以身体好著称。

"你爸一辈子没打过我，也没骂过我。"母亲的满足有她自己的角度。在罕村，打老婆是家常便饭。气性大的，有投河跳井的。大多数被打以后该干啥干啥，越挨打越起劲干活。前一分钟还在号，后一分钟遇见了人，抹把脸就笑。"三天不打，上房揭瓦。"男人都振振有词。

父亲在家总抢着干活，做饭、洗衣服、缝鞋补袜，都是别人家男人不干的活计。这些，他都干得比母亲还好。可这些活计不算功劳，连母亲的眼也不入。母亲生气的时候就大声嚷："咋不干点爷们儿该干的！"

谁的一生都是一生。看雪花飘得那样自在，我心想，做一片雪花也挺好的。

8

千果花店就在鼓楼后边的一条胡同边上，这里叫柴家胡同。花店开在两间老房子里，日间也要开灯照明。天空晦暗便显得灯光温暖，檐下吊着的两只红灯笼也添了情致。穿鼓楼而过，弥落一眼就看见了我的车。她跑出来指挥我把车靠墙根停下，拉开车门迫不及待地说:“你都知道了吧?”

“哦。”我说。

她的红棉服敞着怀，露出了里边白色的高领衫，人因焦灼而显得紧巴。她的头发总是自己照着镜子剪，长短不齐。她的脸其实很耐看，长着精致的五官。可她总嫌自己矮,“脸再怎么好看人也是个残废。”她自暴自弃地说。但我知道她偷偷买贵的化妆品，我假装不知道。

进到店里，顿觉空空如也。那些装切花的瓶瓶罐罐都空了，一枝玫瑰都不剩，一枝菊花都不剩，几盆镇店的盆景也不见了踪影。

小叶紫檀、三角梅、黄杨木、五针松……墙角就剩几棵发财树和几盆大叶子绿萝，都一副蠢相。那盆小叶紫檀跟了我几十年，是我从云南千辛万苦带回来的。我蹲下了身子。两手托着腮。脑子里轰隆隆地响，心也跟着“突突突”地跳。我非常害怕那颗心会从胸腔里蹦出来，它经常活跃得有些过分，我得小心地把它拢在怀里。逢到这个时候，我的嘴唇就一点一点变得青紫，面目都跟着狰狞。弥落担心地看着我，窘迫地说：“他说按标价走货，回头再结账……我说盆景是镇店用的，不出售。菊花不能用在饭店开业时，可小深说……”

帘子突然被掀开了，一个披着满头风雪的男孩子闯了进来。“有玫瑰么？”

我和弥落几乎同时说：“卖没了。”

男孩子朝里瞥了眼，“是不是要关张了？”

“不是。”我困难地站起了身，走过去解释，“遇见了大客户，今天给搬空了。”

“还是进货太少。”他有些遗憾地埋怨，“这附近就一家花店吧？”

“等明年吧。”我说。

“小深不让我找你，他说他会自己跟你讲……”弥落急于把情况告诉我，惶惑地跟在我身后，把男孩子送了出去，“来的是辆皮卡，是他同学的车。若是钟先生来，如果不是一手交钱一手交货，我豁出命去也不会让他搬那些东西。”

我摆了摆手，不想听这些。

我强制着不让自己打摆子。看了眼手机，小深留了很多言。我在停车前看了一些。他说他搬过去住爸爸家了，那里离紫玫瑰饭庄近，可以帮些忙。“反正你那里也不需要我。”他赌气似的说。过去叫饭店，现在叫饭庄，这就是上档升级。赶在节前重新开业，年夜饭都订满了。小深说：“花从外边买也是买，干脆都从千果花店搬过去，反正快过年了，你也不会有多少生意，这是一举两得的事。切花送给今晚来就餐的食客，我爸说，你跟弥落也来，大家热闹一下。”

后边有简短的一句话，是钟仁杰的声音：“来吧，吃个团圆饭！”

“我们去么？”弥落问。

“你说呢？”

“……我熬了红枣山药粥，过一会儿就好了。”

我在空旷的屋里转了一圈，又转了一圈。即便紫玫瑰饭庄开业也用不了这许多花。搬空这里是小深的主意，我了解他。我站到了那张省内地图前，这能让我骤然起伏的心脏减缓一下强度。它贴在北墙上，下边是一个简陋的小吧台。记事本里有几笔没收回来的款子，眼下这笔最大的账，却不能记一笔，因为没必要。地图被我标得密密麻麻，从近到远，从西到东。有时我从外面回来弥落会提醒：“还没画圈呢。”这些地名我越看越陌生，就好像没从那里走过。我突然有些紧张，反复看，那个找妈妈的女孩，树下坐着的老人，火焰似的矢车菊，路上撞见的一群羊……都在地图上浮现，记忆逐渐清晰明朗。“你就应该阻止他。”我终于定了心神，“花店是我们的，不是小深的。”

她有些意外地看我。

“对，是我们的。”我坚定了些。

“你在也不一定能阻止。”她小声咕哝。

“抢不过他就报警！”我突然拔高了声音，吓了弥落一跳。她孩子似的埋下了头，长短不齐的头发都从耳轮滑到了脸上。我一米六的身高，在她面前就像个巨人。就像被硌了一下，心突然就有些疼。命运就是这样吊诡，它让每个人都有痛点。活着成了一件隐忍的事，这没奈何。小深的痛点是，他越来越觉得单亲家庭对他是种伤害。尤其是，钟仁杰的第三次婚姻瓦解，让他看见了曙光。备考的那几个月，他每天去饭店吃小灶，人是禁不住诱惑的，何况他还是个孩子。“你们为什么不能在一起，我们都有一个完整的家，不好么?”“你们不为我着想，也该为自己着想了。”小深的话越来越尖刻，他觉得自己长大了，有参与处理家庭事务的权利。我懒得跟他探讨。他五岁的时候我跟钟仁杰离婚，钟仁杰并未参与到他的成长中来。小深对离婚有异议，也是最近两年才有的事。他的执拗反映到这件事情上来，经常让我沮丧。我无论说什么，只要不复婚，就都是错的。这越来越成了标准。弥落说得对，我阻止不了小深，也不会阻止。说报警的话，根本就是扯淡。除了眼睁睁看着他搬空千果花店我做不来任何事。弥落总是怕小深，生着法子讨好他，可小深并不正眼看她。难道我就不怕小深么？就如此刻，我完全可以接通手机骂他一顿，让他把东西怎么搬走的怎么送回来。但我不会那样做，说穿了，也是不敢。我很清楚，我即使那样做了也是枉然，除了加深与他的矛盾没有任何益处。小深希望我去找钟仁杰结账，这才是根本。我宁可不要那些切花和盆景，也不会去找他。这也是根本。

小深的变化好像是从上高中开始的。不，上初中的时候已经有了端倪。“你能不能让她走?”他第一次跟我说这话眼神躲闪。我吃惊地问为什么。“她多难看啊!”他说。我说弥落好看。“小姨哪里难看了？”小深说：“外面的人都叫她冬瓜，说你们家有个冬瓜。”有一次，他跟弥落起争执，小深说她人不人鬼不鬼，让我拍了一巴掌。从小到大我没动过他一根手指头。

“从上幼儿园她就开始接送你，亲小姨都不能做到那样。”

“同学都以为她是亲小姨，我的脸让她丢尽了！”

我愕然，忽略了小深已经开始要脸这回事。他经常偷拿一枝玫瑰装书包里，去送女同学。

那些个日子就在不远处。骑大链套和小木兰的日子，我总是说走就走。花店和孩子都扔给弥落。有时我能看见她接小深回来。夕阳的斜晖里，他们走在鼓楼北的国槐大街上，小手牵着小手。她比小深高不了多少，但成年人的体态总能吸引别人好奇的目光。有人还会调戏她，突然摸一把她的屁股。我从没想过这对小深会构成伤害，意识到这一点，我心中充满苦涩。小时候他跟弥落亲，遇到事情先喊小姨然后再喊我。他跟弥落的感情随年龄增长递减，除了虚荣心，大概还有一些实际的算计。

“难怪这些年花店不赚钱，瞧你雇的那人。”

“她不是我雇的。”我说，“她是家里人。”

“你难道要养她一辈子？”

“不是我养她，是她在支撑花店。”

“你不好好做生意，天天跑外面干什么?”小深突然变得怒不可遏。

“你说我跑外面干什么?”我吃惊地看着他。

“你根本就是爱往外跑。”他气咻咻的样子，“打着找人的旗号……找了这些年，你都找着什么了?”

我沉默。这话不是他的，是钟仁杰的，我听得出。他当年出轨也抱怨是因为我出去找人而忽略了他的情感需求，这样的理由不单是他的，也是张圣文的。我面对他们经常有一种无力感，其实我还知道他们的潜台词:“人找回来又能怎样……”之后的局面尽可以脑补，没有哪个场景适宜一个年老的病人。也就是说，我即便千辛万苦把人找回来也无处安顿。我备受打击以致不甘心到疯狂就是在那个时段，玄关处的那双红色高跟鞋，像剜不去的病灶开出的腐败花朵，给了我最后的决心和最好的理由。

“我们离婚吧。”我对钟仁杰说。

“家里的存款给你，我要房子。”他冷酷地说。

“孩子呢?”

“随你便。”

“如果要房子就必须要孩子……”这话在我脑子里浮现，是想试一下他的底线。但到底我没有说出来。我是当妈的，有这样的想法都是罪过。

没想到小深会说出这样的话，父亲看见他吊起的眉梢会笑成八字，这是他五岁之前的事。我一直觉得过了青春期会好些，现在上了大一，他离我的期望越来越远了。

只是……我找着什么了吗？除了父亲，好像什么都找着了。否则，我怎么活过那些岁月？

父亲有过一次长时间的出走，把公社人武部都惊动了。一个披着军大衣的人来我家，腰里插着盒子枪，把前院后院侦查了个遍。“家里最近都发生了啥事？”他问母亲。母亲说，大儿子说了媳妇，要八身半彩礼。涤纶、涤卡、冲服呢、条绒、大绒、栽绒、哔叽、华达呢各一块面料。“家里给得起吗？”他问。母亲面露羞赧。就是因为给不起，才应这门亲事。若给得起，就寻别的亲事了。在这之前，王永利已经黄了四个媳妇，他二十五岁，有些黄怕了。那些女的都嫌我家穷，嫌父亲不会过日子。老王称呼的前边还有个“傻”字。一提傻老王，全村人都知道指的是他。王永利对王永全说：“我说不上媳妇了。我得打一辈子光棍了。等着瞧吧，你也说不上媳妇，你也会打一辈子光棍。我们这样的人家，没有谁愿意嫁过来，我们会断子绝孙的。”他在西屋哭唧唧地说这话，正好被父亲听到了。父亲黑着的脸上倏然落下泪来，那泪珠像黑豆一样圆滚滚。我拿着毽子正好从堂屋穿过，也听见了王永利的话，觉得他有些矫情，说不上媳妇不说就是了，值当哭唧唧？我在父亲面前怔了片刻，跑前院去踢毽子了。

转天早上父亲迟迟不回来。母亲说，他拉个屎也没完没了，天生的懒驴上磨屎尿多。太阳抹亮了窗子他仍不回来，母亲去茅房找，去后园子找，又去河边找，哪里都没有。几天以后他仍不去队里上工，就成了头号新闻。有的说王大方逃跑了，像电影里的逃兵一样，有的说王大方寻短见了，像那些畏罪自杀的。我在上学路上就有人拦住问：“村西的坑塘边上有一只鞋，是你爸的么？”我放学赶紧往西坑跑，边跑边想父亲脚上鞋的模样。四周走遍了，也没找见那鞋。坑塘的边缘结着白色的浮冰，中间是一汪深绿色的水，漂着褐色的柳树叶子。我脚下有只死麻雀，半个身子被嵌到了冰里。灰色的嘴巴张开着，像在淌涎水。太阳从头顶射下来，脚下有一丝融化的印记。我踢了一脚死麻雀，嘴里说了句“真让人操心”，回家了。

父亲出走时还没进腊月，回来时麦苗都绿了。父亲胡子满脸破衣烂衫的样子半夜回家，把我们都惊着了。母亲的错愕和父亲的讪笑都是经典表情。母亲第一句话是："你咋邋遢成这样?"这几个月我家一直是闷闷的，很少谈论他。没人相信他自杀之类的话。他没有消息就是最好的消息。他就是出去溜达了，忘了回家。他以往经常这样，只不过这次时间久些。他对家以及家对他似乎都没那么紧要。他不在家饭桌上也就少只碗，母亲贴饼子要少放半瓢面，相比他挣的那些工分，好像也没多少损失。母亲提起来会骂两句，说他就愿意往远处跑，也不知远处有啥勾他的魂。父亲把布兜子往炕上一倒，那些揉皱的纸币和钢镚一起滚了出来，小山似的一堆。父亲一扒拉，两个大钢镚骨碌滚过来，就被我捂到了手心里。母亲瞥了一眼，我以为她会呵斥。显然，她把呵斥都忘了。她被这样多的钱震慑住了。她从没见过这样多的钱，而忽略了被我捂住的那两个。母亲问他哪来的，他说去东北挣了一些，又讨回了一些旧债，就凑这么多，给王永利娶媳妇用。话没说完，就一头栽在了炕上，鼾声像打雷一样响。我妈菩萨一样坐炕沿上一动不动，盯着那钱，一直到天亮。

9

放上棋盘桌，弥落摆碗摆筷，热气腾腾的砂锅端了上来，还有两个凉拌小菜。门外的雪景已经有了模样，鼓楼成了凹凸有致的模型，在路灯的光影里，恍若天上之物。天空呈灰白的颜色，一片混沌。雪粉飞飞扬扬，落在唇边被我舔进了嘴里，沁凉沁凉的甜。我在银杏树下站了会儿，听见了雪粉彼此摩擦的沙沙声，听见了街灯挤眉弄眼的咔咔声。这个声音很轻微，整座城市大概只有我一个人能听到。街道成了一条雪路，路面抬高了不少，平展展的，一个脚印也没有。谁会成为第一个踩上去的人呢？想象中雪窝没过脚踝，有人在深一脚浅一脚地朝这边走。我蹙起眉毛看，那里果然走着一个人，背上背着孩子。我们刚看了出戏，那出戏叫《谢瑶环》，讲的是武则天杀来俊臣的故事。那些锣鼓声被我们带了出来，和着脚步声一起“哐哐哐”“嚓嚓嚓”。那白花花的无遮拦原来是一胡同阳光，“你长大了会记得这里。看，这里有个木牌。”木牌钉在灰色的墙体上，上面的四个字我认得一个“家”字，还认识一个“同”字。父亲往上颠了我一下，说：“柴家胡同，这里叫柴家胡同。”那时的墙很矮，各家的花树从院子里探出头来，垂柳甩动着长胡须，在微风里拂漾。我说：“这里真好看。”父亲说：“对，到处都是风景。”

“养老院没风景。”父亲的烦躁挂在脸上，与在家里的卑微格外不同，“一棵树也没有。”我陪他在后院里转，那里是水泥砌起来的中国结，周围有几个零星的健身器材。父亲看着它们眼里尽是不屑。“你为啥要到这里来？”我的意思是，既然不喜欢，又何必来住养老院。父亲不回答我，他看别处，目光收回时嘴里说：“你妈去哪了？”

我猜，他未必不知道我妈去哪了，是故意用这种方式转换话题。他坏死了那么多脑细胞，但潜意识中保护自己的功能残存。他来住养老院两个儿子都不同意。王永利气急败坏地给我打电话，让我劝劝他。“我在这里住不了了。”他私密样地对我说，“他们一宿一宿折腾，不让我睡觉。”“怎么折腾？”我问。“有人学狼叫。”他说，“就是想赶我走。”我问谁学狼叫。他说：“你问问他们就知道了。”他随手一指。屋里只有王永利和张圣文我们四个人。

“装的，他就是装的。”王永利说。

我看了一眼张圣文。她一副世事洞明的样，似乎连这样的话都不屑说。

我也有些狐疑。他记性差，但似乎不该这样糊涂。他的糊涂也许就是装的。他想走，便调动一切力量和办法。否则，以他在家里一贯逆来顺受的性格，怎么可能冲破阻力做这样的决定？此刻站在雪地里，我叹了口气，王永利也许是对的。我们都小瞧他了。他先走出了第一步，然后又走出了第二步。这都是他提前谋划好的。他也许就是出去行走，而不是走失。想到他在外边天大地大的样子，我也羡慕啊！

我去车里拿了碗肉和饹馇盒，这都是刘厚英的杰作，王永全说她比我妈的手艺不差。我们家的男人就这么奇怪，王永利也这样夸张圣文。碗肉和饹馇盒在微波炉里转热了，端上了桌。总觉得缺点啥，想了想，又拿出一瓶红酒。

红酒是从新疆寄过来的。发货地是楼兰酒庄。“丝绸路上的酒庄传奇”，因为这句话，我迟迟不舍得开瓶。

“弥落，我们许个愿吧。”

“来年生意要好些。”

“争取找个人嫁了吧。”我开启瓶盖。

“你嫁了我再嫁。”

“我不嫁了。”

“我也不嫁了。”

其实我们都嫁不出去。这些话年年说，只是说说而已。这个世界越来越不缺单身女人，来买花的女人多是单身。用弥落的话说，不单身的女人都去菜市场了，她们都忙着给家人做菜。浊黄的灯光让人显得古旧，脸上汪出亘古的冷清。是缺了小深的缘故。他从小就在店里进进出出，帮着打帘子、搬花、结账。不知啥时就厌倦了。他长了满脸疙瘩，那些疙瘩连成片，有紫黑色的头，起劲往皮肉深处扩充，直抵牙帮骨。药也不知吃了多少，一点作用不起。我突然寒噤了一下，感觉那些疙瘩有些扎心，都似长给我看的。“我们这里是家么?”他说，“我们是不是一辈子都要住在租来的房子里?”“这有什么不好么?”我无辜的样子不是装的。这样想，我就真的觉得我像父亲。我确实已经习惯了租住，而不觉得愧对小深。“全班没有一个人像我这样!”他简直是在吼，毛发奓起来，像只发狂的刺猬。他留了那样多的言我一条也没回。我不知道怎么回。我给弥落倒了一满杯，也给自己的酒杯倒满。弥落兀自喝了一大口，呛出了眼泪。

“好喝?”

“好喝。”

我也喝了一口。来自沙漠的红酒甘洌香甜。也许，是我心里太过酸涩。

“我没地方可去啊。”弥落突然抽噎了一下。

“你想去哪？”

“没想去哪。”她有些不好意思。

“你哪也不用去。”我说，“柴家胡同多好，离鼓楼这样近，早晚能听见风铃声。这一条胡同都是切花爱好者，我们没开花店之前，他们从来也没有插花的习惯。有个老阿姨前几天还说，你们可别搬走啊，没有鲜花的日子没法过了。还有，这里住的都是老干部，他们买花从来不讨价还价。常说的一句话是，千果的花好看，大老远地运来，怎么卖那么便宜？零头不用找了。”

“你为啥不回钟先生那里？”

“不为啥。”我说，“不是好马不吃回头草那样简单。”我挡住了她想说的话，“人不是非要回到某处不可，日子是往前走的。不是么？”

“他最近越来越勤，这周来了三次。如果你不在，他总是这样问，小深妈呢？就像你们还是一家人。”

“这不说明什么。”我说，“肯定是小深让他来的。”

“我知道。”弥落叹息样的说，“他又结了两次婚，一次比一次不如意。如果能生一儿半女，他也不会缠磨小深，也就不会找你。他这是年龄大了，也荒唐够了，要给自己找退路了。”

我点着弥落的脑袋，说你这小脑袋瓜，未免想得太多了。

“他的紫玫瑰饭庄着实做得不错。”弥落犹疑地望着我，“大家都说他家的招牌菜好吃。”

“你想说什么？”

弥落赶紧摇头。

酒杯喝干又斟满，眼前逐渐迷离。弥落像个布娃娃坐在我对面，如果不站起来，她真是个好看的女人。我知道她今天很受伤，她人小，心却重。哪件事做不好，会难受好几天。“这不怪你。”我看了眼空荡荡的花店，说来年我们再进新货，那些老货不要也罢。这么多年，从没像今年这样让人踏实，不让那些存货所累，可以过一个干净的年。否则，卖不掉的货总是让人挂念。

长出一口气，弥落说：“你会去找他结账么？”

“我们各自说一个秘密吧。”我觊觎样的看弥落，“你有秘密吗？”

弥落突然窘了一下，直通通地说：“小弟来找过我，说爸没了，后娘瘫痪了，想让我回去伺候。‘姐你就回去照顾照顾吧。’他说得可怜巴巴。他要外出打工，家里没人不行。就在外边的白果树底下，我把口袋里的钱都掏给了他，让他赶紧走。我说你不要再来找我了，那里我永远都不会回去了。”

她总是把银杏叫白果。目光闪烁地看我，似是怕我责怪。

我把弥落的杯子倒满。弥落脸上已经有了明显的酒意。我感觉我比她的酒意还深，因为眼前有了重影，手里的酒瓶来回摇晃，对准杯口有些难——也没有那样困难，是手在下意识地抖。“我从来也没觉得爱过他，就是在厂里好歹认识了，好歹结了婚。觉得自己年龄大了，不结婚对不起家里人……就想那样将就着过下去了，可是不行。就是过不下去。我爸清楚这一点，他有一次来我家，正碰上钟仁杰西装革履地出去。我爸问他干啥去，他说跳舞。”

“他身材是不错。”弥落说。

“年轻的时候荒唐。”我说，“很多人都有荒唐的时候。但有人能忍，是因为气味对。有人不能忍，是气味不对。那天我爸看出了端倪，一顿饭都没有吃好。他落寞地看着窗外，眼里都是心事。那时我们俩在一个厂里上班，厂里效益不好，业余生活却丰富。我知道他跟谁好。但他的舞伴总换，我觉得他不会太出格。”

“他现在还会跳舞吗?”弥落的眼眉挑了一下。

“当年跳舞都疯狂，把家跳散的就不止一对。还有我认识的一个人，在书店当营业员，为了不让丈夫出去跳舞，每晚在他的饭里下药，当时是轰动的新闻。”

“舞厅我没进去过。”弥落落寞地说，“我只看过广场舞。”

我笑了笑。

“那些交谊舞我也喜欢。如果有一个好舞伴牵起你的手，真是非常享受。就因为他特别喜欢，就变成了我特别憎恶。还有，他只要回家来，就把电视开到最大声，只要有舞曲，手脚就闲不住。这也让我嫌恶。一个大男人，手脚整天抽风样的摆动，换谁谁也受不了。”

“没想到他干成了一番事业。”弥落说，“这不会有人想到。”弥落塌下眼皮嘀咕，“所以年轻时候的错不算错。你说呢?”

“嘁。”我不屑。那不过是个糊口的营生，算哪门子事业。饭店改叫饭庄，以后还可能叫酒楼。他是这样的人，崇尚所有高大上的称谓。但都改变不了餐饮店的性质。弥落觉得那是事业，多少有些搞笑。我默默喝了一口酒，心底发出了一声冷笑。这些话我从前没对人讲过，以后也不会了。

弥落也默默吞了一口酒，她的皮肤像紫葡萄一样流光溢彩，仿佛那些酒从毛孔里渗了出来。

“男人其实就那样。”弥落夹起一块肉放嘴里，仿佛多有见识一样。

“还有，他对那件事情要求高。”我沉浸在自己的意识里，觉得天地都在摇摆。往事像电影一帧一帧地闪过，屈辱的感觉居然还能回来。我使劲摇了下头，想晃掉那些不愉快。听说我和张圣文是姑嫂，他就总伺机来看表姐，把我妈拿捏得死死的。他那时喜欢戴大墨镜，留两撇小黑胡，身上是一种廉价香水味。“你十个加在一起也抵不上钟仁杰，别觉得自己怪不错。”我妈的打击让我无地自容。“一个老姑娘，死了祖坟都进不去，你不为我着想，也得为自己着想。”这话在我脑子里晃了一下，就溜得无影无踪。在我妈的意识里，只要我不出嫁，不嫁给张圣文的表弟，岂止我万劫不复，她也万劫不复。

“你明年还会出去找人么?”弥落幽幽地看着我。

我又喝了一大口酒，腮帮子鼓了起来，倒换着一点一点往下咽。我知道酒不是这样的喝法，是我想这样喝。牵起嘴角笑一下变成件困难的事，舌头明显不受使唤。

“你觉得呢?”我在想象中瞪着猩红的眼球。

“你其实知道你找不到。”

我看着弥落。

“很多年前你就知道。”

“那我为啥还要去找?”我朝空中呼出一口酒气。

“找不到是找不到。”弥落吸了一下鼻子，就像我们同时在做深呼吸，“还要去找是还要去找。”

10

张圣文扛着一把三股杈风风火火回家来，叉子往院子里一扔，叉腰喊：“老王，你给我说清楚!”

我妈正在堂屋烧火做饭，提着烧火棍就出去了。“咋了?”她问。

张圣文哭叫着说自己没脸见人了。原来队里的女人说闲话，说她是老王坐牢换来的。她已经结婚两年了，家里像颗夜明珠一样捧着她。可人是有这毛病的，越被捧着越不知道斤两，我就总有一种要被她踩到地底下的感觉。

她要了八身半彩礼，是队里最值钱的媳妇，难说这不被人嫉妒。便有人编派王大方穷皮一个，漫说八身半，他家一身半也拿不起。眼看王永利要娶不起媳妇，王大方铤而走险，去东北偷了一个供销社，他在前边跑，警察在后边追。他把钱物藏在了一个地方，迎着向警察走去。他大概还使了些手段，给警察兜里塞了些东西。警察便没有没收赃物，还少判了他刑期。

我妈比张圣文还要风风火火，她冲到了大门口，嘴里不干不净地骂，手里的烧火棍抡起来，像风火轮一样旋转。看热闹的人堵到了我家门口，抱着胳膊嘻嘻地笑。我妈丢了烧火棍，也叉腰喊："王大方，你给我说清楚，那些钱到底咋来的！"

我妈虚张声势，其实她怕我爸出来。如果我爸说那些钱是唱大鼓挣来的，那是要她命的事。所以院子里的人都心情复杂。张圣文鼻涕一把眼泪一把，说王家是一群骗子，合伙把她骗了来，把她一个清白人家的姑娘糟蹋了。她不怎么看得上王永利，总是吆五喝六地跟他讲话。我妈背后说王永利骨头软，但当着张圣文的面，跟王永利一样也只会说迎合的话。

父亲把脑袋扎到了被垛里，对外边充耳不闻。他就是有这本事，即使处在风暴中心，也能自我形成屏障。他在东北怎么挣的钱，从来不提。我妈也不让他提。我有一个奇怪的感觉，他即使是去偷供销社，也比唱大鼓来得体面。不知这算什么心理，挣钱是一个摆不上台面的事。就像他在县城的大礼堂演出那样受欢迎，我也不敢看一样。照时下的观点，我们都不是心理健康的人，我们都是有病的人。张圣文蹲在那里哭，我妈站在那里叫，天上飘来锅盖大的一块云彩，把院子整个蒙住了。没人耐心瞅月朦胧鸟朦胧的场景，大家四散了。王永全是高中生，他蹲灶坑旁烧火，边烧火边看书，把一锅水烧干了。锅被烧得通红，锅盖冒起黑烟他才发现。王永利一晃一晃走过去，拉起张圣文。他起先一直猫在自己的屋子里，不敢，或不愿面对院子里的局面。张圣文两眼肿胀得像两颗水蜜桃，在王永利的手里打嘟噜，嘴里不住地说："我没脸活了，没脸活了。"

家里从此冰火两重天。只有我和王永全轻松些。我们俩读小说、看画报、抄手抄本，他抄一段我抄一段。背《红楼梦》里的判词，他背一段，我背一段。他喜欢"质本洁来还洁去"，我喜欢"一番风雨路三千"。后来他去当铁道兵，当兵期间娶了刘厚英，刘厚英一分彩礼也没要。她要一分彩礼王永全就不答应这门亲事，这身军装是好大的倚仗！张圣文很长时间不理父亲，有一次，父亲在外给人唱了一段大鼓，张圣文说他丢人。父亲问我哪丢人了？张圣文抄起一个香脂瓶子砸了过去，父亲头一歪，瓶子擦着父亲的耳郭飞了过去，击到了墙上。从此，那墙上总有拳头大的一个坑。

那坑在墙上待了很多年，我们谁从那里出入都会朝上看一眼。似乎也没谁指摘张圣文，直到那房子翻修。张圣文的儿子们就睡在坑的下边，后来一个一个长大了。

日子过得提心吊胆。我每天放学回家，习惯在门外听动静，家里如果有人吵，我就去找同学玩。天黑了，估摸该吃饭了再回家。

雪把广场铺得厚实均匀，凸起的地方是喷泉外围一个圆环造型，像老天的一个杰作，把平展展的广场变得立体。我和弥落踉跄地跑出花店，城市都睡了，只有我们还醒着。城市也知道要过年了，路边的灯杆上挂了许多红灯笼，树木光秃的枝杈间挂着彩带。我们“啪嗒啪嗒”踩着雪，车辙里的雪是光滑的，趔趄的时候可以发出肆无忌惮的惊叫。

空气中弥漫着葡萄酒紫红色的香气，我和弥落就像会移动的两只酒瓶，让这一条街都醉醺醺的。这是城市的主干道，那些国槐古老而健硕。国槐的空当栽着蓝白格的灯杆，路灯不时挤眼睛，它好像也喝醉了。我们平时在店里忙碌，很少有心情看街景。每天忙碌到深夜，疲乏得风景撞上眼睛也看不见。从花店到广场大概只有五十米，穿过鼓楼下的那条横向街，我起身一跃，把自己放倒了。

“这哪里是冬天啊。”我嘴里咕哝，“连空气都是热的。”

“连雪都是热的。”我感觉到它们在我的嘴里燃烧得“毕毕剥剥”。我嚼了两下，吞咽了，嘴里又满满含进去一大口。“你也吃。”我对弥落说，“没有比雪更好吃的东西了。”肠胃咕噜一下，夹道欢迎雪。我咯咯笑了，“弥落，你还傻站着干什么？”

弥落在我身边躺下了，两手垫到脑后，脸朝向天。而我脸埋进雪里，心脏跟着广场一道起伏。埙城是座古城，许多大事都在这里发生。春秋时无终子国在这里建都，安禄山起兵叛唐在鼓楼隔壁的庙里誓师，清军入关三次屠城。地心里响着“咣当咣当”的锣鼓声，一队旌旗穿城而过。脑子里倏地闪过一些影像，纳米布沙漠甲虫什么样？

“我喝多了。”我想告诉他，“都赖你的酒。”

我不知道他长什么样，也从来不想知道。就像他不知道水边的蜗牛什么样一样。我们都有一个迷人的外壳。

我也不准备告诉弥落，残存的意识里，这是一件属于自己的秘密。

父亲已经离我很远了，从时间算，他或许已经走到地球边上了。那里的路从没人走过，撞进眼里的都是风景。父亲走得很艰辛，但一定走得很快乐。那样一种大自在、大自由天下几人能有！我不是想找到他，而是想追上他的脚步。告诉他，我找你不是为了找到你，我哪舍得让你回到过去！你一辈子总是面临困窘、难堪、轻贱、冷漠，我找到你是想告诉你，我其实是站在你这边的，因为我就是你！从骨子里，只有我像你！

只是我羞于承认。

眼睛突然就湿了。父亲骑着门板从天空掠过，“哐哐哐”地带着风声。我陡然翻过了身，天上乌涂一片，像是把鸡蛋打散了。

“你相信人会飞么？”

“不相信。”

“老王会。”我戏谑地望着混沌的天空，嘴角牵起甜蜜的笑意。“他真的会飞，我一直相信他会飞。否则他出门为啥要带一块门板呢？”

“你谈过恋爱吗？”弥落细声问我。

我倏地起了鸡皮疙瘩。她不提我都忘了。

“也不知恋爱是啥滋味。”她叹息说。

脑子里映出几张年轻的脸，他们都曾经跟我有过或深或浅的交往，但都无一例外地擦肩而过。照事后的眼光看，他们都强过钟仁杰，但年轻的时候有年轻时候的想法。

“你想恋爱了？”我问。

“你不想？”

我叹了口气。

“你是不愿意想。”弥落说，“你总觉得有比谈恋爱更重要的事，其实，那件事已经不重要了。”

我抓起一把雪盖到了弥落的脸上。弥落猫一样地不动弹。过了良久，那只猫说：“活着到底是为了什么？”

我的脑子突然清醒了一下。弥落抢着说：“活着就是为了走在寻找的路上。”

我们俩哈哈大笑。

我整个春节都打不起精神，打起的精神都是强装的。每天睁开眼睛先给小深发消息：“今天过来吃饭吗？”他开始回：“不了。”后来就不回了。他不回我也给他发。

“我炸了你爱吃的藕盒。”

“啥时返校？我给你订火车票。”

“你搬走那些花和盆景我不怪你，能装饰你爸的饭店也挺好的。”

我都要低三下四了。

但小深不再回复我。我去紫玫瑰饭庄找了他两次，都没看见他们父子。按时间算，他该返校了。“东北冷，我给你买了条棉毛裤，是你过来拿还是我送过去？”水波不兴，就像石子投进了大海里。有一天，我突然发现他把我拉黑了。

我这才有些慌。给钟仁杰打电话，许久没人接听。再拨过去，我听了一段《铃儿响叮当》的彩铃，把手机挂掉了。后来钟仁杰发来短信，只有三个字：“不方便。”

11

我看着银行卡里的一串数字，是我存了很久准备用于小深的，学费、生活费、购置衣物的费用，年初年尾每年都要手忙脚乱一阵。看来他今年不需要了。我想，我从幼儿园管到现在，他是该有别的办法了。

有一天，长水二哥来到了店里。他高高的个子，背有些驼，若是直起来，他跟门框一样高。他说二嫂要过七十大寿，他特意进城买一束花。二哥笑眯眯地说："你二嫂说一辈子没人给她送过花，我说这回保证让你百分百满意。"罕村来的都是稀客，我喊弥落沏茶倒水，弥落却没有应。我把茶碗摆到廊下，抻了把椅子过去，让二哥歇脚。过去，他家跟我家老宅只隔一条过道，我回家经常过去串门。他养了许多长毛兔，剪下的兔毛装进塑料袋，像收了一袋子白云。后来他搬到了前街儿子那里。再后来又搬了回来，我却没了去老宅的理由，所以很多年没见他了。

连二哥都想起买花了，让我有点唏嘘。

"知道我当年为啥搬走么？"二哥粉红的牙龈露出来，不笑也似笑。他是出了名的好脾气，一辈子没跟谁红过脸，"你妈一到夜里就叫。那不是叫，简直是号。因为疼，不疼的时候也闹，她是被病煎熬的。我们两口子都被闹出了神经官能症，一到夜里就犯惊息（失眠）。后来觉得总这样下去不是办法，我们总不能让你妈不闹吧，她是病人。后来我们才跟儿子商量，去他那里躲了几年。"

我端着茶壶的手抖了一下，这话题就像是不相干，已经过去太久，可分明妥妥地扎心。隔了过道他和二嫂都睡不好觉，父亲那几年是怎么熬过来的？似乎从没想过。他的记忆力就是那个时候开始衰退的，我经常担心他丢下母亲一个人出去逍遥。事实证明这样的事情从没发生过。“你爸越来越会做饭了，小鱼炸得又酥又脆。”母亲满意地向我表示。这一辈子，他让母亲满意的时候太少了。

“再活一回，他想干啥就让他干啥，想走多远就让他走多远。”母亲手背搭在额头，望着屋顶痴痴地说。“骨碌”一下，眼角淌下了泪珠。

我呆呆地看着。她越来越小的模样像个婴孩，很少有不发牢骚的时候。我以为她这话是含了怨气，所以轻易不敢接话茬。

“总嫌我吃得少，早晨吃俩鸡蛋还嫌少。你以为我是母鸡么？”母亲瞟了父亲一眼，神情简直是在撒娇，“谁都没有你爸煮的鸡蛋好吃，蛋黄熟了，却是软的。”

话说多了，我才弄懂母亲的意思。她确实是对父亲满意了。

“你爸把你妈伺候得好。我啥时过去串门，啥时灶里冒着烟。他用大锅烧水。我问烧水干啥用，他说给你大婶子擦身子。我说一天擦一回？他说一天要擦两三回，用热水敷一敷，血脉容易流通。这一点，儿女都做不到啊。”二哥感叹。

我脸有些发烧，这些事情他从没跟我说起过。我每次回家都是来去匆匆，要接送孩子，要照顾生意，连停靠一下的时间都没有。

“你知道他是什么时候开始生病的么?”二哥喝了一口水，唇边显眼地粘着茶叶末子，“当时是夏天，我早起光着膀子在门口刷牙，见你爸端了个盆子从大河堤上下来了。我问大叔这么早干啥去了？他说倒便盆。我说便盆应该倒猪圈里。您倒哪了？他想了想才指着大河的方向说我倒猪圈了。我说猪圈不在那边。他有些着急，说刚才是在那边，我就是倒猪圈里了。后来反常的事情多了，人家前脚栽树，他后脚拔了栽到自家园子。问他为啥拔人家的树，他说没空赶集，你们都有空赶集，他可怜巴巴地说。他一辈子不占别人便宜，所以那时候大家就知道他病了，也没人跟他一般见识，把树苗拔走拉倒。后来我把院子里长出来的小树送给他栽。紫花槐、香椿树、桑树、木槿、榆树、柳树，都是蘖根生或落籽长出来的，还没筷子粗。他像扎篱笆一样栽得密密麻麻，每天都浇水。转年苗木都活了，我又帮他移栽了一下，告诉他这些都能长成大树，要够间隔。你猜不着他说了句啥，他说，啥时能打副门板?”

“我说，再过十年二十年，别说打门板，打家具都行。”

“他为啥想打门板?”

“我没问。他总说不靠谱的话，听着就是了。”

“也许他那时就觉得骑着门板能飞。”我转过身去跟自己咕哝。

我给二哥的碗里添满了水。当年王永利气急败坏跟我说，爸去偷拔人家的树，栽自家园子里，把他们气坏了，觉得爸这样做很丢脸。“也不跟我说，家里买不起几棵树苗吗?”我隐隐觉得哪里不对，可我不习惯发表意见。我发表意见会招来更多的责难，我怕父亲受委屈。那些树后来有的开了花，有的结了果。我偶尔回家只负责看一看。对，我还吃过香椿和桑葚。桑树、椿树都爱长，一年就有拳头粗。桑树叶子上长灰色的野蚕，吐雪白的丝。没人知道父亲与门板能构成关系，当年的那些信息早就像风一样消散了。

“他不是个寻常人。”二哥叹息了一声，“他能飞大概是真的。”

我感激地冲二哥笑了下，“大家都说他废物。”

“他可不废物。他能做的事别人做不来。大叔的记性好，能背整本书。年轻的时候给人说书，挣了不少钱。在东北，大家都叫他‘鼓王’。”

“你听谁说的?”我吃惊地问，恍惚记得小时候有人提起过。

“他自己说的。”二哥吹了下茶碗里的浮沫，小心地喝了一口，“他跟我说，老二，我早晚会重操旧业，只要我这口气在，我就会重操旧业。我说，你给我唱两口。我是说笑话，没想到他真唱。词我记不住，但真是好听。他唱了足足有十多分钟，那样大的年纪，气力一点不减，词滚瓜烂熟。他说这些年他都没丢下功夫，那是吃饭的本领，早晚都会用得上。我说你去哪唱？现在的人不爱听大鼓了，还去东北？他摇摇头。说东北都走遍了，再去也没意思了。他想去新疆，那里的人没听过大鼓，一定欢迎他。我说，新疆可远了，你去不了。他诡秘地说，老二，我告诉你个事你别告诉别人。我说，啥？他说，我会飞，飞到新疆根本不在话下。”

我在二哥的对面坐下了。

“后来听说他去住养老院，我就觉得奇怪。他去新疆我不奇怪，但他去养老院我觉得奇怪。”

“他是自愿去的。”

“我知道他是自愿去的。如果不从老宅搬走，他也就不会去。是你哥他们太孝顺了。”二哥话说得饶有意味。

“但不耽搁他想去新疆。”二哥补充了一句。

我默想了一下，点了点头。这层窗户纸从没有人捅破过。卖掉老宅是怕父亲回去，这是王永利当初给我的理由。

我给王永全打了一个电话。平复了好久的情绪又有些激动。我原本想说父亲唱大鼓的事，想去新疆的事，这些你听说过么？话到嘴边又咽了下去。我发现，这些我有点不愿意与人分享，自己的哥哥也不行。“长水二哥来我店里买花，给二嫂过七十大寿。他说那些年是因为受不了妈的叫声才搬走的，你知道么？二哥都受不了，邻居都受不了，爸那些年是怎么受的，你想过么？”我激动得有些战栗，但话努力说得温柔。王永全静默了有十秒，说都过去了那么久，你怎么想起说这个。“有什么办法呢，如果你二嫂得了那种病，我不一样也得受着。”

我怔了一下，把电话挂了。

12

我坐在廊下的小木椅上，额头晒着温暖的春阳。杨树毛不知从哪里飞了来，在我脸上拂来拂去。紫豆丁从砖缝里钻了出来，不甘愿地开了朵小花。它就像个勇敢的小姑娘，开得不管不顾。我突然心疼了一下，想起了幼时墙上贴的年画，那个满头小辫子的姑娘面朝里，我一直企图看清她的面庞。父亲的注意力应该不在她身上。那个白胡子老人、那头驴，以及驴背上的褡裢，父亲说，他们从遥远的新疆来，现在也不知走到哪了。这好像是上辈子的事，与眼下没啥瓜葛。不远处的主干道“隆隆”过着车，间或有骑电动车的人一闪而过。柴家胡同却很安静，越往里越安静。这不是一条笔直的胡同，中间折叠了一下，被一户人家的房山遮挡了，那户人家是老坐地户，姓柴。从我这里看，似乎是胡同的尽头。不是。它只是错了一下位，胡同可以一直穿到城西去，我送花的时候经常走。灰色的水泥墙在我面前横亘，里面是一家行政机关的院子。那里的女人穿得都很体面，比我体面。但她们都没有一个会飞的父亲，能骑着门板飞翔。我的嘴角慢慢嵌出一丝笑，甚至感觉到唇边流着口水。我伸出舌头舔了下，舔在了甜丝丝的棉花糖上。那是我买给小深的，他才会走。我把他留在了卖糕点的店铺里，让他靠在柜台上，请售货员照看一下。巨大的棉花糖遮住了他的脸，我回望时，看见了他小小的脚指头，豆豆一样从塑料凉鞋里冒出来。我朝售货员笑了一下，那是一位中年女人，看我的目光充满了同情。我走出了气味馥郁的糕点店，拐到了隔壁的电影院，从一个窄小的玻璃门进入地下舞厅。那里的音乐震天响，彩色的条形灯光打在人身上，所有的人都光怪陆离。我穿过丛林一样的灯光来到了一对正在旋转的男女身边，大声说："你爸住院了！"他没有注意到我，热切地跟怀里的女人说着什么。待旋转过来时，我一把抓住了他的衣袖，用力朝外一扯，他把女人松开了，恼怒地说："你这是干什么！"

“你爸脑出血，住院了。你妈让我来找你。”

震耳欲聋的音乐突然卡住了，我嚷出的声音越发显得刺耳。所有红男绿女的目光都投向我，我像做了贼一样赶紧从舞厅溜了出来。

里面又开始轰鸣，脚下的水泥地都在抖动。

窸窸窣窣的一条裙子跑进了店里，是从我身边掠过去的。我惊了一下，本能地想站起身，脑子忽地一晕，心脏跟着就不规则地跳。我只得又坐下了。太阳的光影移了些，从我的额头移到了左肩胛。紫豆丁就开在我的左脚边，小小的花瓣朝向我，似在打招呼。“弥落。”我说。我用手背擦了擦嘴，这动作让我想起了老年人，只有七老八十的人才这样擦嘴。“我刚才好像做梦了，乱七八糟的。”我回头看向店里，那些红的黄的白的花朵在微微地晃，朝我探头探脑。“你吃了么？”弥落忽然跳了出来，紫色的裙摆飘起来，像盛开的紫豆丁。我说吃过了，在隔壁买了几个包子。弥落低头收拾桌子上的茶碗，我发现了她嘴唇上的残红、深色的眼影以及若隐若现的腮红。我困惑地看着她，不知啥时候她变了模样。

“你化妆了。”我说。

“你为啥化妆？”

“你化妆是给谁看的？”

这是心里话，却被我不知不觉说了出来。额头有些烫，跟着鼻子也堵塞。肯定刚才睡着的时候着风了。我注意到弥落的脸越发红了，眼神像蒲公英一样有影无形。“你去哪了？这么半天。”我努力想有多大工夫，好像二哥来之前就不见了踪影。这不是第一次了。她最近有点神出鬼没。

“你是不是恋爱了？”这话说出，我突然心跳了一下。

“人家就是出去吃个饭。”

她做了个鬼脸，心中的某些情绪欲盖弥彰。

“好吧，祝你心想事成。”我说。

向西，向西，向西。

我比父亲幸运，不用骑着门板也可以飞。车轮在马路上疾驰，我总要抑制一脚油门踩到家的冲动。弥落忽而亢奋，忽而沮丧。这让我觉得随时受不了。忧郁像春天的杨花一样会传染，我觉得自己都要抑郁了。那天她坐在花架子底下，一个人自言自语。“你说他会骗我么？”顿了顿，又说，“可我真的很爱他，真的很爱他。”

“他是可怜我吧。”

她像虫子一样咕哝，把头埋在胳膊里，头顶上是一盆瓜叶菊，上面长满了紫骨朵。

我悄悄从门口撤离，往柴家胡同深处走。午后的胡同明晃晃，像是聚集了太阳所有的光。弥落已经跟我干了十几年，从开始我收留她，到她给我挑起这个店，我已经离不开她了。何况我每周还要出去一两次，到处跑。弥落总是把生意、家、孩子打理得井井有条。所以无论小深什么态度我也不会赶她走，我对自己说，亲姐妹又如何。我甚至想，我们也许就这样下去了，一直到老。她过去什么都不瞒我，现在是还没到告诉我的时候，我这样想。走到老柴家门口，后门“吱扭”开了，柴女士拄着拐杖出来了。“是云丫呀，我正要去你店里买花。”“去吧。”我响声说，“弥落在店里，有啥要求跟她说。”她耳朵不好，我得确定能把声音送进她耳朵。我们第一次见面她就让我们叫她女士，她一辈子没结婚。柴女士年轻的时候是风云人物，这座城市都听她的。西行的决定就是在那一天做出的。我在城西走出了深幽的胡同，穿过一个自发形成的广场，登上了水库大坝。这座名叫“三八”的水库是女性的旗帜，前几年柴女士还年轻，经常到店里聊天。忆起她年轻的时候，吃不饱肚子，却可以几个月不回家。车上的泥土装得像小山一样，爬坡的时候根本看不见推车的人。人也是浑身泥土，就像是车的一部分。眼下水的闲适和光的色彩都在这一方区域，水里什么都有。青山、白云、佛塔、寺庙、僧侣，想什么有什么。

“我猜你此刻有些心神不宁，是不是在看水里的倒影？”

“我想去找你。”

“来吧。”

“来了也许就不走了。”

“新疆欢迎你。”

我在太阳地里笑了笑。不知这是一个怎样的人，就是觉得有趣。

“我去了新疆也不会找你。”我发自内心地说。

“好啊，那就在我隔壁开花店，卖不了的花统统插到我店里。”

玩笑开完了，心底也轻松了。我开始正视内心的蠢蠢欲动。我其实一直都想走一趟。晚走不如早走。也许沿路就是父亲看过的风景。也许父亲就等在某一处。也许新疆的土地上到处都是“咚咚”的鼓声。弥落需要调整，时间会给出答案。未来什么样，谁说都不算。弥落像个闯了祸的孩子，眼睛总围着我转。

“你啥时回来？”

“下一批货是订云南还是订海南？”

这些都不需要我回答，过去她也从来不问。

“小深跟我要钱了，我给还是不给？”

“不给。”我说，“让他跟我要。”

13

出了省界，心便开始飞翔。只要不想父亲，眼前便都是色彩。可如何会不想呢？有一回矛盾就是肉肠引起的。那年我刚参加工作，跟同事去看稀罕。那口老汤锅吊在两根铁柱中间，据说下面的炭火从来没熄过，已经百十年了。回家天已经黑了。陶瓷粥盆坐在桌子上，除了一碟咸菜，并无他物。两斤肉肠也只有四根。母亲说，快，给老大老二各送一根。我起身想去。母亲说，你累，让你爸去。父亲端了两根肉肠要走，被母亲拦下了。母亲又切了半根放到盘子里，说多给王永利家一截，他家孩子大了。母亲明里暗里偏向张圣文，不放过任何机会讨好她。母亲把余下的半截肉肠切得很精细，就像切宝物一样，装到一只大碗里。“你都挣钱了，以后咱家的日子就好过了。”她憧憬说。父亲很快就回来了，他刚进屋，张圣文也跟了进来。她在厨房踅了一圈，站在了饭桌前。张圣文说：“给我家半根肉肠是啥意思，我们吃不吃都行。”她眼睛左右撒目，让屋里的空气陡然变得难堪。一家人都怕张圣文生气，她生起气来不单没完没了，还容易节外生枝。父亲刚要说话，张圣文又说：“哪有送半根给人的道理，我还以为半路让谁给吃了。”

就是这样一件芝麻绿豆大的事，后来又衍生了许多故事。那些派生出去的枝节又混合了其他养分，酿成了大大小小的矛盾。矛盾的焦点都集中到了父亲头上。无法言说。真的是无法言说。就是现在，我也有种幻灭感。那些生出的是非让人无法下咽。那时特别奇怪，家家乌烟瘴气。真的，不独我们家。其实就缘于一个字：穷。但我们家好像极端些。后来导致了我年年回家买肉肠。母亲活着的时候督促我，他们的确都喜欢吃。为了买够斤两，我那个月甚至要节衣缩食。可那些肉肠并没有让家庭更祥和、更安宁，直到现在，那些肉肠已经变成了鸡肋，我还在买。这都是我的错，我如果从没买过，矛盾肯定就是另一种走向，父亲就不会背了难以启齿的污名。

我要说，一个人走在路上不是多恐怖的事。见到服务区一定要停一停。油表始终保持在合理区间。晚阳从正西的方向打过来，我就是迎着它走，我喜欢看着它越变越大，身后的距离就越来越远。除了弥落偶尔给我发个短信，没有任何人联络我。也许，我现在已经失踪了，像当年父亲那样，只是别人还不知道。这种感觉让人莫名轻松。

我临出来之前看了眼墙上的地图，那是弥落买的，上面有我圈的许多记号。邻县、邻市、邻省，我们曾经展开地毯式搜索，所有电视台在相同的时间段滚动播出寻人启事，但父亲一直在跟我们捉迷藏。

父亲的身份证在我手里。那种早年的老人身份证，信息是手写的，头像就像布告上的通缉人物，眉眼模糊。第一代身份证所有的照片都像通缉人物，不像第二代或第三代，人越照越俊。我把父亲的身份证和我自己的身份证都放在小包的夹层里。不放心，又拿出来看了一眼，惊奇地发现父亲的出生日期是1924年1月15日。当然这不是真的，我们每年八月节给他过生日。出于好奇，我打开了智能手机，又有了惊人发现：1924年是甲子鼠年。我愣了一下，再看父亲身份证，没错，那上面是父亲。只是，父亲属虎。如果万年历不错的话，父亲应该出生在1926年，那年才是丙寅虎年。

这是我出来之前的一个小插曲，拿起手机想打个电话，却发现没有听我掰扯的人。岁月经年，我不知道还有谁对这个感兴趣，就像掉进了时光隧道，一下让人变得哭的力气都没有。

有人擦着路边的栏杆走。起初我以为是个动物，凭常识，高速上不可能有行人。距离越来越近，我才发现是个流浪者。头戴一顶巴拿马帽，长长的头发披到了肩上。一根木棍前后各挑一个袋子，都鼓鼓囊囊。也许是缘于长途跋涉，他的腿严重地呈O字形，他坚韧不拔地往前走，每一步都似在踉跄。出于好奇我减缓了车速，居然听到了他在唱：

欲演慈祥仁爱君
旧事重提也伤神
满目干戈哭国破
一身云水叹无痕
天心有意绝贤主
蛰龙迹渺海天深
破衲头遁迹空门今古恨
苦坏了避难逃灾皇帝建文……

虽然他也会唱大鼓，但我知道他不是父亲。父亲不会走在路上，他一定是在云层里穿行，身边往来的都是鸟儿。

2022年5月17日10时13分

我所知道的马万春

1

你要说埙城有谁不认识马万春，连鬼都不信。

他其实很快就要退休了，不到一年。他每天都要说几句，我要退休了……哈。啥事他都能跟退休扯上关联。你上楼梯的时候没抬头，他就这样说一句，我要退休了……哈。好像你不抬头是故意的。当然他也就那么一说，不会有啥别的。跟着还有一句，像唱似的说，早就盼着了，可算熬到头了。他穿一双平底布鞋，一身休闲衣裤，背着手走路。头发也不染，像刚钻出林子的老神仙。可你要说他工作上想松口气，还真不是这样。他每天大早晨就来，很晚才走。办公室的小孩熬得眼都红了。可他不走，小孩也不敢走。当然，我也不走。我不走不是因为他需要我，完全是出于习惯。跟他这么多年，啥事都习惯了，习惯成自然。过去他不是这样的。他顶烦挑灯夜战、加班加点这勾当，说能力低的人才这样。那年头打牌、钓鱼、喝酒，单位管得稀散，但不耽误事儿。他心里有数，糊弄不了他。他想要啥资料，你若没准备，得，这辈子就别想翻身了。他要黑上谁，黑眼白眼不待见你，让你吃口饭能从后脊梁骨下去。我亲眼看见中层干部让他训得哇哇哭，他脸上还呵呵地笑，笑得人手脚都是麻的。

也有不怕他的。新进单位的小闺女、小小子，由着他摩挲，比爹妈都亲。就有人管他叫老爹，当着人也这么叫，一点不避嫌。也没嫌可避。他就像个亲老爹，由着孩子起腻。那都是些离家远的孩子，才考公务员，有这样那样的事求着他，他不单给行方便，而且行得大方。比如，人家想多休三天假，他说，三天够么？六天吧。这是对喜欢的人，他可真没脾气。但我跟他在一起，一直君是君臣是臣，从没开过半句玩笑。就是现在，我也一把年纪了，跟他说话也犯怵。说起来别人可能都不相信。马局对你多好啊，走哪带哪。是。对我好。我承认。可我跟他说话犯怵是真的……真不是瞎说。我们行政局，你们也知道，在埙城不大不小，介于一类局和二类局之间。埙城地方不大，有百十万人口。主街穿鼓楼而过，鼓楼是明代建筑。那天正为能不能披上夜景灯光请专家论证——要说这事儿不归我们局管。报方案的时候我特意说了句，应该归市容……或者文物局吧？马局长不搭腔，签完字说了句，还有行政局管不着的事？他一说，我就明白了。只要马局长不想管的事，没有推不掉的。只要他想管，没有抄不上手的。他在埙城，说话绝对好使，他说这里有行政，这里就有行政。有人说，古文物是不能安装灯具的，是为安全起见，过去的照明设备都得拆除。也有人说，天安门也是古文物，夜晚在长安街上不一样灯火璀璨？还有人说，天安门不仅是文物，它还是某种象征和佐证，所以它的保护或维修，不完全倚仗文物法。各种观点针锋相对，场面却相对宽容。大家都知道，这种会就那么回事，不过是走个形式。啥会不是走形式？过了十一点半，就有人频频看表，这些老同志，有点顾三不顾四。当然也许确实是饿了，他们已经习惯了到点儿吃饭。马局长审时度势，他看了下手表，说没想到时间过得这么快，我还没听够大家说话呢。为首的一位老同志说，马局长爱听，我们也爱说，就是这些老家伙不经饿。以后欢迎多组织这样的活动。另一位认真地问，我们今天提出的意见，你们会采纳么？这个时候我就站在马局长身边，等着他差遣。这位老同志的话马局长显然听见了，但更显然的是，他不想回答，他故意高声对我说，陈四宾，备酒了么？我今天跟老领导们好好喝一杯。

我看了眼他，那张国字脸上飘着言不由衷。我大声说，您忘了八项规定了吧？工作时间不许饮酒。

马万春拍了一下脑袋，抬头对大家说，瞧我这记性，把中央规定忘了。这么着，各位老领导放开量喝，我就不陪了，免得扫大家的兴。

为首的老同志问他午饭在哪吃，他说回家吃，中午正好还有一顿中药要服。老同志纷纷聚拢来，问他得了什么病需要吃中药。马局长说，也没啥大不了的，就是植物神经出了点问题。大家纷纷表示理解。植物神经出了问题按说不是大事，可若是往下发展，就不会是小事。养病如养虎，养虎为患哪。大家异口同声说，马局长快去吃药吧，不吃药植物神经指定好不了！

这些老同志黏黏糊糊出门，他们今天当了专家，领了信封，心里都美滋滋的。在别处，他们可没这待遇。下楼的时候有人扶着楼梯栏杆，横着走。马局长在后面送，一磴一磴地下台阶，脚伸出去，总要停一两秒，就像广场阅兵一样。老同志们一再挥手让他回，马局长坚持送到了楼下。这些人中有原副县级领导，他们的子女也有人当了现任领导，所以马局长召开这个会，不是开会本身那样简单。他凡事都要看出三丈以外，是个有远见的人。会议提前筹备时，也有人说，这些人中没有真正的专家。马局长拿着笔圈圈点点，头也不抬地说，埙城哪有真正的专家？这些老同志，都为埙城建设做出过贡献，不比专家重要？别人就不敢说什么了。于是规格和范围都没了准星，与其说是征求意见，不如说是一次老干部活动。马局长人缘好得没的说。待面包车关上了车门，马局长匆匆上了自己的车。

那是一辆柿红色的小型车，新买的。谁也不知道他为啥买这样小的款，买这样红的颜色。我琢磨，他是想讨吉利。从他本心来说，他是个迷信的人，我不止一次拉他去算命。有人退休了就想买好车，唯恐别人瞧不起。马局长不是。他的低调都在人们眼睛里，除非瞎子看不见。按说，我给他关的车门，他应该对我交代句话，或者看我一眼。可他只把肩膀对准我，脚底一踩油门，车“轰”地启动了。我心里忽悠了一下。我最近心里经常这样，忽悠忽悠的，特别难受。男人是不是也有更年期？我觉得，我好像是更年期提前了……按说马局长走了我也轻松了，那些老同志有专门的人照应。哪里有马局长哪里才有我。我不用去格外照应谁，这是规矩——过去也有人开玩笑，说马局长的司机用的年头忒久了，咋不换个年轻人？那时还没车改，马局长坐一辆假奔驰……为什么说车是假的，其实很多人都知道，那车是奔驰改装的，把车标换成了小铜人儿——埙城也就马局长敢这样捂着耳朵偷铃铛……马局长说，你问四宾愿意么？我当然说不愿意。年轻的时候不愿意，现在上了一把年纪，就更不愿意了。后来这辆车就不见了，去哪了，我也不知道。他的柿红色小车抹弯时直接朝我趄了下，我往旁边一跳，轧着了一只小鸡子。小鸡子是伙房耿师傅养的，说是快要下蛋了。食堂的大师傅不知道是咋回事，都爱养动物，过去养猫、养狗、养兔子，都让马局长清理了。这个大师傅是新来的，不知动了哪根筋，弄来两只小鸡子，说等下蛋的时候炒着吃。当时我对马局长说，我去跟耿师傅说一声吧，单位哪能养鸡呢，传出去也不好听啊。马局长没吭声，过了好半天，说了句，要下蛋呢，养着吧。

过去猫、狗、兔子都没养长过，马局长不喜欢养动物。他在会上说，这是行政机关，又不是饲养场，想养的回家养去。猫狗和兔子转天就都不见了，谁也不知道它们去了哪里。我们单位有一个大院落，栽种着许多藤本植物，葡萄、西葫芦、南瓜、猕猴桃，其实养两只鸡挺好的，下蛋的时候还能听见咯嗒咯嗒的叫声，给平淡的生活添点乐趣。食堂有源源不断的剩饭剩菜，喂养它们也挺方便的。

但前提是，马局长得让养。他如果面露不高兴，那些动物就都活不长。

在机关，大家都知道我是马局长的另外一张脸。我从别人的脸上看得出，我这张脸其实很有些分量。比如，我透着比别人人缘好，谁看见我都会先打招呼。比如，我说话比副局长还好使，那些司机都是鬼精猴，除了马局长谁都调遣不了他们，但我行。还比如，我妈去世的时候，大家都随礼金，一捏信封就知道，礼都不小。我心里明镜儿似的。凭我陈四宾何德何能，这不都是因为有马局长罩着。也有人纳闷，说你跟马局长是啥关系，他为啥对你这么好？从乡镇带到坝城，走一路带一路。过去也有人猜闷儿，说我们是表兄弟，说我是他叔伯小舅子。再不济也说我们是老乡。我过去跟谁也没坦白过，别人无论说什么，我都笑一笑，不解释，也不分辩。马局长就喜欢我不多话，他说谁要是从陈四宾嘴里掏出一句话，那得上老虎凳才行。

当然这是说笑话。马局长是一个喜欢说笑话的人，不了解他的人根本不知道。他整天虎着脸，见了神仙都难得笑一笑，那是没见着神仙——机关的人都怕他，副局长跟他汇报工作经常前言不搭后语，都是紧张闹的。他给人的印象是严肃，但他真是喜欢说笑话，他记性好，什么笑话从他嘴里说出来都分外好笑。您问他讲笑话的时候都是什么场合？其实我不说您也知道，小范围的时候，有领导在场，或者有女士在场。他有个小本子，专门记笑话。哪天吃饭要是有主要领导，他能把小本子翻半天。他是个有心人，干啥事都要做三手准备。

大家都知道我们待过的行政局、事业局。他经常自豪地说，我们是既干过行政，也干过事业。革命工作就这两样——再往前的事，就没人知道了。其实在大洼乡的时候我就跟着他。我念过小学三册书，第四册说啥也不念了。大洼乡的孩子其实都跟我差不多，读个小学毕业，或者初一初二就够了。考学也考不上，也不在乎啥毕业不毕业，用我爸的话说，认得男女厕所就行了。我爸那时在大洼乡当炊事员，经常夜里不回家。我爸说，乡里的干部经常搞夜战，有个干部肚子特别爱饿，需要吃消夜，所以他得在乡里候着，随时等着差遣。我妈那时特别不理解，说他爱吃消夜让他吃去，他又不多给你工资，你候着他干啥？我爸说老娘们儿家只看眼眉前一尺远，我不跟你说，我跟四宾说。我爸把我拉到西屋，说起叫马万春的这个小乡长，年龄不大，刚二十九岁，可是个人物。我问咋是个人物。我爸说，他虎背熊腰，一顿能吃四个荷包蛋。我爸说这些时就像掌握了什么把柄，脸上汗津津的，汪着油。我看着我爸，等着他往下说。吃四个荷包蛋不算本事，我也能吃。果然，我爸又说了一些事情，这些事情真的让我开眼了。

我爸说，这个马万春，虽说是个乡长，二把手，却比一把手还威风。俩乡干部打架，一把手劝了半天，人家不听。马万春往那里一站，打架的就自动偃旗息鼓了。还有一次，一把手去村里收征粮款，被老百姓给扣起来了。马万春骑着侉子去解救，刚到村头，老百姓就一个接一个地喊，马万春来了！马万春来了！老百姓就把人放了。我爸把我说得心痒，这是啥人啊，难道是小旋风柴进在世？我那时喜欢听评书，就喜欢叫柴进的这个白面相公。我恨不得立马就能认识马万春，我那年十八岁，还没听说过比马万春更牛的人。

那些干部夜战，其实不是干活，而是“扎金花”。我爸说，他经常看见他们贴了满脑袋纸条出来解手。他们不去厕所，就在厨房外面的靠山墙下，把那里尿得臊不可闻。我爸经常用水管子朝那里滋，那些水流顺着垄沟流进了韭菜畦，韭菜都长得旺绿旺绿。马万春玩牌从来不带彩，这也是我爸佩服他的原因。马万春有固定的牌友，司法一个，公安一个，组织一个。他们凑到一起，没大没小，啥话都说。但有一样，他们顶多能吃两个荷包蛋，而且跟马万春吃的不一样。这么说吧，马万春吃的跟一把手书记都不一样。这是个秘密，只有我爸一个人知道。那天我爸下乡去买鸡蛋，用两个大纸箱驮回来的。马万春拿起个鸡蛋看了看，是个带血的，很脏。我爸赶忙说，马乡长，我这就洗，洗干净了我才往锅里打，您放心，我绝不会把脏东西掉锅里。马万春摇了摇头，说我不是这个意思。老哥哥，他总叫我爸老哥哥。老哥哥，你知道这是啥蛋么，这是处女蛋，处女蛋大补，你听明白了吗？我爸起初是不明白，庄稼人不识字，哪知道啥是处女蛋。我爸使劲听，记住了“大补”两个字。然后问了别人，才知道处女蛋是个什么蛋。既然是大补，那就是他想吃呗。我爸就留了心，带血的鸡蛋都给他留着。那些年兴养鸡，我爸专门去养鸡场收血鸡蛋，秘密地。有个老板黑心，居然往上刷红油漆。我爸告诉了马万春，马万春说那个老板偷税，让公安把他绑了来，吊在树上打，直到他磕头求饶，马万春才让人放了他。

所以，在大洼乡，只有马万春和别人不一样。一把手和所有的小官小员都吃普通鸡蛋，马万春却吃处女蛋。跟着马万春真是长学问啊，在这之前我爸都不知道母鸡下蛋还分类别，没文化，就跟聋子瞎子差不多。处女蛋春天好淘换，到了夏天，我爸就到河边遛王八。那玩意也大补，王八蛋吃多了拉不出屎，我爸就用王八血做汤，一顿只做一小盅。都是马万春教的。天上地下的事儿没有他不知道的，要不咋叫人佩服呢。

我爸那年才四十五岁，要不是犯了脑溢血，说不定也能熬到退休拿工资。那天夜里他没去送夜宵，马万春出来想看看情况，见那门虚掩着。马万春一脚踹开了房门，见我爸穿着白大褂倚着灶台躺着，人像面条那样软。马万春立马开车把我爸送到了医院，晚去一分钟，人也许就活不回来了。进到医院院子，我爸在马万春的背上吐，红汤绿沫，臭不可闻。可人家马万春一点不嫌脏，还在抢救室协助医生抢救。跟您这么说吧，马万春一直拉着我爸的手，跟他说这说那。可我爸一直没睁眉眼。后来马万春想起了一个问题，说老哥哥，你给我说的事儿我记着呢。从今天起，四宾就是我儿子，我一定在乡里给他安排个位置。对，明天就让他到乡政府上班。这话说完，我爸突然把眼睁开了，医生护士都鼓掌，说马万春人仗义。后来，他还上了县里的小广播。乡里有广播员，专门播好人好事。各乡镇都有转播台，大洼乡的高音喇叭绑在电线杆子上，好几个村庄都能听见。我现在都记得小广播的内容，说他从死亡线上把厨房的大师傅抢救了回来。说病人在他后背上吐，在抢救室，他一直拉着患者的手，愣是把他从阎王爷那里拽了回来。

当然没提给我安排工作的事。

我爸人回来了，魂却没有回来。他终日在炕上躺着，一躺就是三年。把我妈也躺烦了，悄悄跟我抱怨说，知道是这么个结果，当初不如不抢救了。

我说，不抢救马乡长能上小广播？我能到乡政府上班？

我妈想了想，是这道理。也就不抱怨了。

2

我是三个月以后上班的。我爸躺在炕上，吃饭说话都费力，可他每天就说一句话，找马乡长。看见我，他的眼珠就不会转，盯着我就说这一句话。嘴巴一张一合，话说不完整，可我知道他是这意思。我就知道我爸做病了。我对我妈说，照这样下去不是事儿，我爸死都合不上眼。我妈说，要不你去找？说真的我不敢去找，我倒是认识他，可担心他不认识我，见了他我也不知道该咋说。那一晚我和我妈坐门槛子上发愁。我妈瘦得都成了干柴棒子，她整夜睡不好觉。我跟我妈说，脑袋掉了碗大的疤，要不我去试试，毕竟他答应过我爸。我妈说，去也白去，你以为你爸是谁，就是一个做饭的。我没听我妈的，找村里的养鸡户买鸡蛋，专门去买带血的，还好当时是春天。我也想好了，见了他我啥也不说，就说我爸让我来送鸡蛋。至于其他的事，听天由命。

我是午后去的。十二点多一些就到了。午前怕人家忙，午后怕人家睡，我是计算好时间的。我把这些告诉马万春的时候，他很高兴，说这是谁教你的？我说，这哪用教，我都多大了，连这点事都不懂。我打听好他房间的位置，就在一棵树后躲着。他一直在餐厅喝酒，一点多才喝完。送走客人，他刚回到房间，我就进去了。他是个小个子，发福了，脖子吞脸脸吞脖子，这是形容一个人胖。大篮子足足装了十五斤鸡蛋，个个带血。为了让血显眼，我杀了一只鸡，用小毛刷照葫芦画瓢。这样就是做DNA也不怕。当然，那时候还没听说过有DNA这回事。我跟着他几十年，对天发誓，骗他就那一回。我把篮子放到桌子上，他回身看见了我，说哎哎哎，你是谁，你咋进来了？我把白毛巾从篮子上拿开，他一看这些鸡蛋，眼圈就红了。

你爸爸……好人哪！他说。

他问我爸咋样了。我说挺好的，就是这段想您，整天嚷嚷着要来看您。他来不了，我代表他来。他问鸡蛋是你爸让送来的？我脑瓜一转，说是我自己买的，没告诉我爸。他问为啥不告诉，我说，他起不来，怕他着急。他胡噜一下我头发，说好小子，还是个孝顺儿子。你爸就是个聪明人，你不比你爸差。好了，把鸡蛋拿回去吧。

我一下就急了，说没别的意思，就是单纯过来看看您。

他说我也没别的意思，我已经不喜欢吃鸡蛋了，让你爸喂的，看见鸡蛋就想起鸡屎味。

他呵呵地笑。

我说，那您现在喜欢吃什么？

他坐椅子上剔牙，他是黑牙根，一排牙齿里出外进。我当时心想，这样的牙齿准好剔。他说，我现在喜欢吃什么，你明天来了就知道了。

我心里突地一跳，难道他想让我来上班？世界上没有那么容易的事吧？

他“噗”地啐了口血沫子，他的牙龈出血了。他张大嘴往里捅了捅，说我欠你爸的。我从没欠过任何人，但我欠陈大招的。你回去对你爸说，我马万春说话算数，你明天就来上班吧！

我转天才知道，他当书记了。送走的那些人，就是组织部门来宣布班子的。后来他说你小子来得是时候，差一天，也许就不是这个结局了。

我这个人仗义，吐唾沫是钉儿，答应下的事儿必须办。他经常这样解释。

后来也有人偷着告诉我，我爸得病绝非偶然。他血压高，总跟他们熬夜，又要早起做早餐，整天睡眠不足。不是三天两天这样，是成年累月这样。按说是在单位出的事，应该算工伤。我说啥工伤啊，他自己的脑血管薄脆，怪不得别人。我把这话学给马万春听，是想让他放宽心，我不会用我爸的病要挟。都过去了那么久，还说啥啊。马万春果然很高兴。他说难得你这么想，你像你爸一样是个明白人。他问我这话是谁说的。我没预备告状，支吾了一下才告诉他，是农技站的刘站长。老刘第二天就卷铺盖卷回家了。他五十多了，一直熬着还想能转正呢。

这件事我跟谁也没敢说，我是觉得这事有点始料不及。我没想到事情的结局是这样，本质上我是想向马书记表明个态度，我不想开除老刘。这件事，让我一辈子恨不得缝上嘴。没人的时候我狠狠打了自己俩嘴巴。

老刘显然心知肚明。我这样出卖他是不仁不义。有一次在供销社遇见我，嘴里哼哼着围着我转了三圈，眼神恶狠狠，像是要吃人。我预备着他给我一拳。他打我我也不还手，我欠他的。他家里有个孩子是残疾，大姑娘二十多了，还不会走路。可他哼哼完了就走了。一年不见，他头发都白了，脸上的皱纹深了，背也驼了。他大概也知道我的身份变了，我给马万春书记当司机了。

我第一份工作是在计划生育小分队。马书记把我领过去，对计生委的主任说，这是陈大招师傅的儿子，你叫啥来着？我说我叫陈四宾。他说这名好，一听就是吃官饭的命。计生委主任是女的，毕恭毕敬，给他上了一支烟。马万春又说，陈大招师傅现在还在炕上躺着，他是对大河洼有功的人，炸小河虾谁也没有他炸得好吃。你们都没少吃吧？大家都说，没少吃。还有人说一顿买两份，吃一份，留一份。这话也不知道是真是假，马万春听着很受用。他懒洋洋地吸了一口烟，觑着眼睛说，四宾先在计生委跟你们干，他不会的你们多教教。主任赶紧说，马书记放心吧，这小伙子我一看就是个机灵鬼，准保错不了。计生小分队二十几个人，我一直是那个拾尖拔上的，有啥好事也落不下我。年底评劳模，就我和主任两个人，得了好几百块奖金。我转手就把奖金给了马万春。吃水不忘挖井人，幸福全靠毛主席。我知道盐打哪咸醋打哪酸。马万春觑着眼睛看我，他习惯觑着眼。他说，给了我不后悔？我说不后悔。他说，不自己留几个？我说，整天下乡吃大队，我工资都没处花去。他说，你说说送给我是啥目的。我说，能有啥目的，侄儿孝顺您啊。再说，要不是您给我当靠山，我能得奖金？

怎么也想不到，他把钱一张一张码好，卷成一个卷，塞进了我的兜里。他说，你有这心就够了，我不要你的钱。你还有病爹得吃药，还要盖房娶媳妇，用钱的地方多着呢。

我说啥也不要。他打了我的手，喝了声：“听我的！”我就不再动了，眼睛潮乎乎的。难怪我爸佩服他，说他仗义，现在，连我也开始佩服他了。

他说，有什么事情跟我说。

我问，您是指什么事情？

他说，老刘那样的事情。

我就知道了。他怕别人背后说小话。本质上，他是听不得别人说小话的人，他对人不放心。

每天跟着计生小分队跑东庄串西庄，我都觉得是上了天堂了。我十六岁就在窑地搬砖，为多挣两毛钱，我总是多搬两块，让烧烫的红砖顶着下巴。我来搬砖不是目的，我爸说，你先干着，争取表现好了让老板提携你。我说，搬砖有啥好提携的？我爸说，提携的机会多着呢。比如当会计，当保管，或在窑上学些手艺。老板还有个闺女跟你同龄，要让他招个女婿，我们家就改门风了。我爸是一个有梦想的人，走一步看三步，他在村里与众不同。他厨师的手艺就是为大河洼乡政府准备的，说那里的人嘴馋，好手艺准能卖个好价钱，没想到就真干进了乡政府。而且有他在前边铺路，我才能在这里找到饭碗。

计生小分队进庄，那真跟鬼子进村一样。鸡飞狗跳，育龄妇女东躲西藏，恨不得上天入地。大喇叭一天到晚嚷嚷，喊育龄妇女做检查。那些小媳妇扭扭捏捏，从检查室出来，边系裤腰带边甩大辫子，脸红得像刚下蛋的母鸡，低着头匆匆往外跑。中年女人脸大，一进院子就高门大嗓地连骂带卷。说老娘连功能都没了，还检查啥？她们故意到院子里系裤腰带，那是一段布拉条，蓝的，或红的，上面尽是褶皱。往左边一甩，右边一甩，在腰上挽一下，使劲一勒，松弛的皮肉耷拉下来，像围个肉皮裙一样往下淌。小分队里女人居多，她们都在一线。我跟主任负责后勤保障。通常是，提前让村里有准备，多少人的饭，吃米还是吃面，会有讲究。主任爱吃炖猪头，用烧化的沥青拔毛，眼窝耳穴之类的细小地方用镊子，归我拔，主任说我的眼神好。捉大肚子，或牵牛扒房之类的事我就得冲锋在前了，谁让我是男的呢。有一次，我们得到情报，一个计划外怀孕妇女一直在外藏躲，这天终于回家了。主任让我带人捉拿，我们凌晨四点就把房子包围了，前门后门前窗后窗围了个风雨不透。我踹开门进去，堂屋黑咕隆咚，我不管，径直去了西屋。在门框附近摸灯绳，一拉屋里就亮了。被窝在炕上摊着，怀孕妇女却不在。我把手伸进被窝一摸，里面是热的，这跟母鸡抱窝是一个道理。我就知道她赶在我进来之前逃脱了，但她走不远。我环视这间屋子，只有一只小躺柜，下面用砖顶着。后窗用塑料布绷得严严实实。我突然掀开了柜盖，一股霉气味，这是好久没有晾晒了。里面的被褥满满当当，上面敷一层塑料布，根本不可能藏人。我一挥手，去了东屋。这家只有一个光棍子公公，这些事先我们都了解。

按常理，她不可能在公公屋里藏身。可谁知道呢，那些孕妇比敌人都狡猾，关键时刻什么都干得出来。东屋跟西屋的格局一样，柁木是弯的，被白灰包着。上面吊着一个笼筐，被铁钩子钩着。一摊子被窝就在柁木底下，炕头堆着粮食。老汉探出半个身子朝我们挥手，说私闯民宅，你们还有没有王法？把我们逗得笑，他知道王法却不知道国法，不知道国法是“只生一个好，政府来养老”吗？被子摊得有点大，脚底下鼓鼓囊囊。我一步上前，把被子抻开了。老汉两条光腿出现了，同时出现的还有大肚子孕妇，原来她只穿着大花裤衩和小布衫，藏到了公公的被窝里，羞得满脸通红。这件事让我们笑了好几天，也给我在小分队赢了不少分。谁会想到儿媳妇会藏到公公被窝里呢，偏是让我看出来了。

这年底，我又当了先进，在县里的大礼堂演讲，书记、县长就在台上坐着，都用欣赏的眼光看我。演讲的材料是秘书写的，马书记亲自把关。第一稿，他嫌内容不生动，添加了很多作料，说我在工作实践中练就了火眼金睛，打谁面前一过，就知道谁在搞超生。我在乡里试讲的时候有点讲不下去，念别的地方慷慨激昂，念到这儿声音自然就塌了。马书记坐在前排，全神贯注地看我，此刻站起身来说，四宾是一个实在人，说不得假话，说你的眼睛比B超还厉害是有点为难你。张秘书，再改一改吧。于是马书记动嘴，张秘书动手，又把稿子写了一遍。这次用了马书记的亲身经历。他过去在山区搞计生，爱用武装部的望远镜从山坡上往下看，有一次就照见了一个大肚子。不管三七二十一，先逮着人再说。结果，那人是一个小老太，六十多了，肚子大是因为在得浮肿病。把这件事搁在我身上，就变成了我自己掏钱买望远镜，大河洼没有山，我就坐在用砖垒的水塔上，监视过往的育龄妇女，把计生事业当成自己家的事来干。那天的现场成了我一个人的演讲会，场下总有人鼓掌，不时有笑声，书记和县长都过来跟我握手，都握的时间很长。我看见人群里坐着的马万春纹丝不动，既不鼓掌也不笑。我知道他紧张，甚至比我还紧张。私下我们交流，几个演讲者的稿子都是自己写的，唯有我这个，马书记亲自上阵。他是一个干啥都想干好的人，他太想给别人留下好印象。

四宾，给我当司机吧。

好。

愿意吗?

愿意。

要说实话。

说实话也愿意。

当司机可没前途。

我的前途都是您给的，跟着您干就是前途。

那好，我跟你联系个地方拿本子。一周以后，争取能跑车上路。

我二话没说，就跟计生委辞了。大家都很羡慕我，说在领导身边工作，进步会更快。我回家跟我爸说了，我爸却叹口气，吧唧两下嘴，把头歪到了一边。从屋里出来，我妈正起身刷锅，我蹲下给她烧火。我往屋里指了指，问他叹气是啥意思。我妈却不避讳，说你爸觉得人干两样最没出息，一个是给人家抡马勺，就是做饭，一个是给人家抬轿子，就是开车。你爸不同意你干这个。

我到屋檐下蹲了半天，屁股抵着倒扣着的咸菜缸，后来我就坐了上去。天慢慢黑透了，有蝙蝠从椽子中间飞出来，在院子里盘旋时，就是个黑点。飞得越高，黑点越小。我觉得我们家的人也就是那只蝙蝠，趁夜黑飞一圈，打点食吃。我们不是百灵鸟，也不是老鹰，我们没啥资本，是我爸想多了。

不过我爸说的也有点道理。这两样是手艺，都是一般的人干的。我爸想让我不一般。他是一个有想法的人，否则哪会深更半夜候着给人做消夜。

我在计生小分队干了大半年，多少有了些眼界。我知道世界上还有很多职业是好职业，比如，当书记、当乡长，哪怕当个副的。还有当县委书记、当县长，哪怕工作在他们身边。我能想到的就是这些。想光宗耀祖就得当官，当大官。可宰相门前七品官，咱得有个当宰相的爹才行啊！我进了屋，拉亮了灯。我爸头朝里躺着，自打从医院出来，他就没换过地方。他不想头朝外，脸朝着窗他说不舒服。他的脸越来越灰，印堂越来越暗，颧骨像坟包一样凸出来，整个人就有了末日景象。我说爸，咱不能人心不足蛇吞象，我才几天不搬砖了？沉默了半晌，我爸点了点头，虚弱地朝我晃了下大拇指，那大拇指还左右摆了下。我看得出，他竖得不情愿。我知道他想些什么，他是无可奈何了。就在这天晚上，有媒人上门了，介绍的是砖厂老板家的丫头杨桂芳，我妈忙不迭地应。问我的意见，我还有啥好说的。我爸突然两眼放光，就像回光返照一样，这才是实现了他的梦想啊！送走了媒人，我俯下身子对他说：“这要是没有马万春给我安排工作，人家老板的闺女能正眼看我？”

3

政府门前这条街，是条商业街。每逢到赶集的日子，老百姓的摊位就把街道挤成了鸡肠子。总有人提意见，说应该让小商小贩退到路基下，把街道让出来。马书记却不松口，说路基下是土地，上来下去的，买的不方便，卖的也不方便。他就是个以人为本的干部，虽然那个时候还没有这个提法。我们那时的车是辆蓝鸟王，从东头开过来，比蜗牛爬还慢，马书记不让我鸣笛，怕吓着赶集的。说咱就慢慢走，反正也没啥急事。有个老太太挎着筐鸡蛋站在路中间，大概是在找地方，因为一直没找着，就那样傻呵呵地站着。我们的车停了好一会儿，才有人拽了她一把，把她拽一边去了。有人说，你挡了马书记的道，要是换了难揍的书记，早把你扒拉一边去了。老太太高声说，马书记是人民的书记，他不会把我扒拉到一边去！马书记按下车窗，跟老太太打了个招呼。车子又往前挪动了十几米，马书记忽然喊停车。他指着车窗外说，那个卖螺蛳的，听说味道好。我赶紧停下车子，过去买了两斤。这个女人叫刘海梅，是这条街上的美人儿。她嘴角有一颗痣，就像电影里的古兰丹姆，我们都认识她。刘海梅说啥也不收钱，朝蓝鸟王看了一眼，说马万春在里面坐着？我说，是马书记。刘海梅说，是你想吃还是他想吃？我含糊了一下，没回答。我把十块钱扔到摊位上，匆忙回来了。车子开进乡政府，我把螺蛳提到厨房，装了满满两大盘子，里面放了几根牙签给他端到办公室。又拿了一只大海碗放到一边，盛螺蛳壳用。马万春说，我哪吃得了这么多，你端回去一些，大家吃。于是我把大个儿的挑出来装进大海碗里，小的装进另一只盘子，端走了。这天大家都知道了马书记爱吃螺蛳的事，而且爱吃刘海梅煮的螺蛳。

刘海梅就住在乡政府对面的胡同里，走过去不到五十米。她卖的螺蛳有水煮和酱爆两种。货是趸来的，她只卖手艺。过去我只知道她卖的螺蛳好吃，不知道马书记也迷这一口。这以后，垃圾堆上多半都是螺蛳壳，大家争先恐后地买。政府院子里时常飘着一股腥臭气，打饱嗝有人能喷出半个螺蛳肉。她的螺蛳价格跟着水涨船高，比别人卖的贵一倍。味道是个奇怪的东西，对了脾胃，那玩意就是个宝，哪天不吃就觉得缺点啥。

后来就有人刨出了根由。毕竟都是长在这块土地上的，好事坏事都瞒不了当乡人。这个刘海梅是马书记的初中同学。再往深里说，算初恋，当年连聘礼都下了，刘海梅却嫁给了另一个人。只不过，刘海梅运气差，她丈夫肾不行，身上浮肿，眼睛就剩一条缝。

村里人说，刘海梅是一朵鲜花插在那啥上。那男的是个小玩闹，八三年严打的时候还进过局子，后因为血糖高，给放了出来。那时不知血糖高是个啥概念，还以为血糖跟吃糖一样，高些也没啥。她当初嫁过来是因为公公在采购股上班，能买进口化肥。那种化肥袋子能做衣服，前边是日本，后边是尿素。这都写进过相声，刘海梅等于是嫁给了一袋尿素。这说法也在马书记那里得到了证实。那时马书记在河道所做小工，管捞淤泥，一天挣三块钱。有一天，刘海梅走亲戚从这里过，正遇上马万春穿着橡胶裤子从河里上来，脸上头发上都是泥。马书记热情地跟她打招呼，刘海梅却装着不认识他，仰脸看天，绕道走。几天以后，马书记上门去看刘海梅，却发现有人给她家送尿素，刘海梅已经变心了。

那袋化肥在马书记的心里有多重，许多年后我还能感受到。有一次，乡里分二铵，他让我给刘海梅送去了两袋，把后备厢压得都要沉下去。刘海梅接收时面无表情，看着我把二铵码到墙根下，一句客气的话也没有。只有我知道那两袋二铵是啥意思。别人都以为马万春是想帮她，乡里的人也都想帮她，所以大家都拼命买螺蛳。

那肉吃起来香，到胃里却不好消化，政府院子里臭气连天，有人放屁就跟打雷一样。

过了腊月二十六，除了值班的，机关就算放假了。马万春把我叫了去，给了我一个信封，说这里有八百块钱，给刘海梅送去。我当时心想，马书记忒好心眼，也太念旧情了。事后我才知道，当年刘海梅要八百元的彩礼，马书记家拿不出，他妈差一点上吊。眼下这八百块钱，能像助人为乐那么简单？我颠颠跑了过去，刘海梅正在哭。刘海梅的丫头叫谢佳佳，把课本摔了一地，叫嚷我不写作业，我也不想上学了，我丢不起那个人！刘海梅低三下四说，我没偷没抢，咋丢人了？谢佳佳说，你咋丢人了你不知道？这一条街上的人都知道！你不丢人乡里会有那么多人来家买螺蛳？他们咋不去别家买？你别以为我爸死了就没人管你了！那小丫头也就十来岁吧，真个是伶牙俐齿。母女俩一起看见了我，谢佳佳狠狠瞪了我一眼，去了屋里。我把信封给了刘海梅，没说这是谁给的。可刘海梅拒绝了，她抹着眼泪说，以后政府的人来买螺蛳我不卖了，村里有人说闲话。

我到底还是把钱扔下了，我不能完不成任务。走出去老远，小丫头追了上来，用信封裹块砖头往前一扔，信封就到了我脚下。小丫头还真是有办法。她扭头跑了，我站了会儿，只得把信封拿了回来。

马万春冷笑了一声，拉开抽屉，把信封扔了进去。爱要不要。他说，倒好像我有所图，我图她啥？我理解马书记的意思，他对刘海梅没兴趣，不是别人想的那样。这一点我当然清楚，一个整天煮螺蛳卖螺蛳的人，浑身腥气，哪会入马书记的眼。虽然盘子不丑，到底也是年过三十的人了。农家女人跟城里女人不一样，整天灶上一把灶下一把，不像城里的女人被当花养。

当然，也有人说别的。就像二铵的事，刘海梅一家哪使得了，马万春纯粹是炫耀。这点我同意。二铵的事瞒不了人，八百块钱的事却只有我一个人知道。二铵是日本的，一袋一百四，寻常人家根本使不起。可有了上次农技站老刘的教训，我也不敢随便给他说啥了。他这人吃心，而且转着圈报复人。

我对自己说，你是给人当司机，可也得自己活人呢。

这年正月发生了一件大事，让全乡的人对马万春有了不同寻常的看法。一早上班，派出所的小李失魂落魄地跑了过来，说马书记，大事不好。马书记正在看文件，随口接了句，何事惊慌？小李说，吴所长该上班了也不开门，我趴窗户一看，他在地下躺着。我赶紧用备用钥匙把门打开了，他咋像不会出气了呢？马书记站起来跟小李来到了后面的派出所。这里跟马书记只隔一排房，却是个单独的院落，有一个月亮门，月亮门的顶端画着几棵墨竹，这都是吴所长的大作。他长得五大三粗，却是个细人，不单爱画画，还会写诗。吴所长住在最里间，平常喜欢喝大酒，喝多了就说自己是郑板桥，画的竹子能传世，再过两百年都是文物。平时他和马万春两人互看不入眼，老吴说马万春霸道，自己是公安局派出机构，根本不用尿他。有一回因为什么争吵骂娘，老吴掏了枪。马书记把胸脯亮给他，说你往这儿打，眨一下眼我就是你孙子！老吴到底没敢真有动作，一个冷不防，枪被下了。大个子被小个子下了枪，大家都鼓掌。后来他一次一次去求马书记，像女人一样坐门口哭，说再不把枪给我，我就受处分了。马书记才从门缝把枪给了他，门都没让进。小李边走边介绍情况，昨晚他又喝酒了，屋子里都是酒气，能醉死猫。这是大事儿，我得跟县局汇报。马书记朝他按了下手，说先稳住，了解一下再说。情况就是，吴所长显然是从床上摔下来的，头在砖地上磕破了，满脸都是血。那血流已经成黑色，层层叠叠，一层比一层深，在地上好大一摊。他身体扭成了麻花状，一只脚脖子钩住了床腿，一只手朝前伸，是想开门求救。他的脸孔有些狰狞，牙关紧咬，是拼了力气的样子。人肯定是没救了，马书记随手拿条蓝花的枕巾给他盖住脸，着人把他抬到床上，做两点指示：关好大门，封锁现场，连只苍蝇都不许飞进月亮门。小李骑侉子去接他老婆。只接他老婆一个人，免得生事。马书记此时是大将风度，回到办公室，给自己沏了杯茶，气定神闲。他把昨晚打牌的几个人叫过来，“啪”地拍了下桌子。一个副书记，一个副镇长，一个组织干部，都面如土灰。昨晚玩牌输赢是一杯酒，干拉，连水都不许喝。吴所长手气差是一方面，还有另一方面，那三人搭窝，一起对付老吴，看他能喝多少。老吴个子大，心眼却没那么多，一晚上干了十几杯，将近一点才散场，吴所长走到月亮门曾经歪了下身子，三人都看见了，但谁也没有在意。

谁想到就出事了呢。

马书记发了一通火，说这事儿如果捅出去，就是天大的娄子。玩牌喝酒喝死派出所所长，我的副职很能干啊！副乡长扑通跪下了。一个人跪，另两个人也跪，求马书记指一条生路。如果公安局怪罪下来，谁的位子都保不住。马书记缓了缓神情，说人已经死了，再追究你们的责任也没意义，眼下最要紧的是找一个合适的理由，把事情抹平。你们有啥想法吗？三个人都说，我们现在是热锅上的蚂蚁，有想法也都烧没了。马万春说，我尽最大努力保你们，保不了，你们也别怨我。副书记说，您跟公安局局长有交情，无论如何替我们挡下，以后我们做牛做马报答您。几个人连连点头，小燕儿一样仰头看着马万春，仿佛马书记是叼着食儿的燕它娘。马书记把他们一个一个扶了起来，他心里其实早就有准稿子，拍桌子是为吓唬猫。他说吴所长是值班的时候死的，应该算工伤，得给他申请待遇。他家是农村的，女人有病，老娘有病，去年盖房借了钱还没还上，大家兄弟一场，能帮的就帮他一把。我的话你们听明白了么？

几个人面面相觑，然后一起说听明白了。

女人进了大门就看出不祥来了。她想直接去派出所，被小李挡住了。小李把她领进了马书记的办公室，马书记亲自给她倒了杯水，告诉她吴所长昨晚喝大酒，把自己喝死了。女人手里的水杯“啪”地掉在地上，张嘴刚要号，被马书记喝住了。说想号回家号去，这里不是号丧的地方。女人哆嗦了一下，闭上了嘴。马书记说，人死不能复生，光号有什么用，有用我跟你一起号。眼下这里一堆事儿呢，解决完了你回家随便号。女人胆怯地问，他跟谁喝的酒？总得有人为他负点责任吧？马书记说，他喝大酒你又不是不知道，没人跟他喝，是他自己往死里喝。女人抹了一把泪，咬着牙说，死催的，他就是死催的！我过去说过他，整天那样喝，早晚有一天喝死！马书记说，你这样说也不对，这就是他的寿命，不喝酒也会出别的事。女人说，我是妇道人家，外面的事不懂。他这死法咋说，公家管不管？马书记拍了下大腿，管啊，老嫂子可算说到根子上了。他的死我封锁了消息，只有很少几个人知道，现在我就是想跟你商量老吴的后事。这件事若是传到公安局去，会给他记大过，他白死了不说，以后对儿女都有影响。

女人忽然变得坚毅，说大兄弟，我听你的。好歹老吴跟你兄弟一场，你无论如何帮帮他。

马万春说，听我的？

女人说，听你的！

马万春说，老吴生前是我的好朋友，他的事我管到底，老嫂子就放心吧！

这件事的最终结果是，吴所长因为追凶栽坏了脑袋，记二等功，算烈士。家属得了十八万抚恤金。儿子刚满十八岁，被公安局内部招工了。乡机关的干部为烈士捐款的消息上了本地报纸头条，被点名的除了马书记，就是那几个牌搭子，他们都捐出了一个月的工资。事情处理成这样不是双赢，而是三方都赢，你不服行么？

大家都说，除了马书记，谁也没有本事把事情办得方方面面都满意。公安局尤其满意，所长值班喝酒喝死是事故，却摇身变成了典型。

至于追的那个凶，是罕村的一个惯犯，前两天刚偷了邻居一匹马。虽说两件事之间有几天的差距，但马书记有办法让它们变成一天。小偷逃跑了，公安追了一阵，就把他忘了。毕竟吴所长是自己栽的，不是让偷马贼打的。

4

杨桂芳经常到我家里来帮忙干活，其实我俩还没定亲。有一回都要喝订婚酒了，马万春让我跟他去山东，这事儿只能回来再说了。我们去了五天，从泰安到淄博又到威海，马不停蹄。对外说是考察，其实就是转转、看看，吃好馆子，住好宾馆。晚上他们几个打牌，经常打个通宵。在威海吃海鲜上瘾又上火，我嘴唇起了一层泡。路上马万春对我说，四宾，耽误你当新郎了。我说，我上火跟这没关系，我离结婚还早着呢，结婚才能当新郎。马书记说，四宾真是个实诚孩子，就想跟杨桂芳过了？我说了杨桂芳种种的好，人家是老板的闺女，到我家从来不摆架子，挽起袖子就干活，我爸我妈都喜欢她。马万春说，窑厂支撑不了多久了，最多一两年。我竖起了耳朵。心说那可是个大厂，四乡八村都到这里买砖。那些青砖梆梆硬，瓦刀砍一下留一道白痕。马万春说，城里的窑厂是国企，已经投产半年了。那种紫砂砖是柿子红，颜色好看，工艺也先进，关键是，又便宜又轻省。我说，红砖没有青砖好看，青砖雅气。马书记说，你这是看习惯了，是小农意识。紫砂砖是新生事物，比青砖分量轻，耐压力强。政府也会帮着推广，要不了多久，就会占领大部分市场。

我有些气闷，半天没说一句话。马万春探头看了看我的脸，说还没结婚呢，就替老丈人合计上了？

我说，不关我的事，还有大舅子、小舅子呢。

马书记说，咋不关你的事。要是你俩结了婚，她家的贷款也是你的贷款。她家去年又建了一个窑，贷了好几十万吧？

我起鸡皮疙瘩了，是有点被马书记的话吓住了。这个事我听杨桂芳说过。家里人都不同意扩大再生产，尤其是他哥，都要跟他爸断交了。可他爸雄心壮志冲云霄，老了老了非要再整出点动静，硬是顶着压力把贷款办下来了，眼下那座新窑已经建成了。

我拍了一下方向盘。想这好几十万要是漏里头，粉身碎骨都不够还的。

马万春说，你现在好歹也是公家人了，眼光要放长远。

我侧了一下头，觉得他话里有话。

马万春按下了车窗玻璃，一股热风噗地吹了进来。路基下的农田里正有人在收割，农人弯着腰，光着脊背，脊梁被太阳晒得像玻璃，反着光。山东这地方地大物博，土地平展展地一眼望不到边，收成好，可也累死个人啊！马万春说，当年我也是受过这大苦大累，还在河道里挖淤泥。人家正式工穿着白汗衫在堤上的树荫底下乘凉，我们挖泥装到筐里，再挑到大堤上，浑头巴脑都是泥，一天却只挣三块钱。若不是刘海梅甩了我，这样的日子说不定就过下去了。

我听着。领导说话我不习惯插嘴。

马万春说，刘海梅甩了我，让我受了很大刺激。我下决心要成为正式工，不惜一切代价。过年我把家里的年猪送给了河道所的所长，那年刚包产到户，一头猪是家里的贵重财产。我妈心疼得哭，我说，您别哭，以后我还您十头猪。几年以后，我转了正，真的还了我妈十头猪的钱。

我想起了那一篮子处女蛋，送给马万春之前抹了鸡血，他却没要。后来他跟我说，自然带出的血不那样。从那儿我再也没有骗过他，你没人家聪明，就得比人家老实。这是没办法的事。鸡蛋提回去给我爸增加营养了。我爸不知道那些蛋的身份，我把血都洗净了。马万春没要我的东西也给我办了事，他比河道所所长仗义。

马万春说，所以我很感谢刘海梅，否则我一辈子可能都不如一头年猪。

我心里一震，喉咙里像是长了草，卡得难受。马万春不是随便说闲话的人，他说这些，是没拿我当外人。我想起了自己背砖时的日子，冬天棉袄里子都湿得呱唧呱唧的，手指肚起了厚厚的茧子，用剪刀剪下一块肉，都不知道疼。下颏底下都被磨掉层皮，有一回还被烫出个泡，里面汪着水，很多天都不好。我那时就想每天多背砖，争取能背来一个媳妇。

你难道还想让儿子背！

我的脊梁忽然一阵发凉，冒了一层冷汗。我的儿子还不知在哪转筋呢。我小心地说，我是不是做错啥事了？

马万春说，你别多心，今天我就是想说说话。按说这话我不该跟你说，你爸虽然是做饭的，但我们哥俩有交情——所以有些话我想提醒你，我没有别的意思，我就是想提醒你——别因为砖厂老板的丈人身份就把自己搭进去——那根本就不是个身份。你还年轻，将来会过得比他好。

我爸躺了三年多了，骨瘦如柴，皮肤像洇湿的纸一样薄。脸上似乎就剩下了两只眼和一只鼻头。一只鼻子出气，两只眼睛看人。眼下，这差不多是他的全部功能。他越来越耐不得我妈碰他。给他擦脸，他说疼。给他擦腿，他说疼。他说我妈的手就像木锉，摸哪哪疼。这是因为有杨桂芳在场。杨桂芳一点也不像个乡下女孩，十指尖尖，细瘦细瘦，就像温室里的一棵豆芽。这棵豆芽在我家却像根柴棒子，戴着大围裙，挓挲着两只手，专门干粗活。掏灶灰，给我爸洗油腻衣服，甚至去倒便盆。干哪样其实不像哪样，可她愿意干，我妈就满意。我俩几乎没在一块待过，待在一起都觉得不自在。说心里话，我有些喜欢她。那种喜欢毛茸茸的，像隔着一层纱，特别舒服，却不好表达。我暗暗把她跟机关的那些吃商品粮的女干部作比较，她一点不逊色。马书记这一点拨，我有些恍然大悟，想她怎么那么像别有用心。她看上的不是我，是马万春司机的身份。否则她一个砖厂老板的女儿，咋会到我家当丫头。这个小骗子，让我心里打翻了五味瓶。车开得歪歪扭扭，后面的司机一个劲儿鸣喇叭。我想，她再不像乡下丫头，也是农业户口，是柴火妞，将来嫁给我，也得过庄稼日子。庄稼日子是我们费尽心机想逃避的啊！

从山东回来是晚上十点多。夜深了，天黑得有些模糊。我提着一兜煎饼匆匆走进院门，杨桂芳正好出来泼脏水。看到我，她满面羞涩。我在夜色中都能看到她粉红的腮，像新开的桃花一样美艳。我心里一动。就是这一动，让我生出了一些气愤。我不知是气愤她还是气愤我自己。我把煎饼摔在了她怀里，说你以后不要来了，我跟你有啥关系，你天天往我家跑，人家会说闲话的。她大概觉得我在跟她闹着玩，扭捏了一下，细声细气地叫了声宾子。我爸我妈才叫我宾子。我瞪起眼睛说，宾子是你叫的？她愣住了，盆子和煎饼叽里咣当掉在了地上。我说，你以后不要到我家来了，我不想再看见你。说完，我撞过她往里走。脚下咔嚓咔嚓一阵响，我踩煎饼上了。我的心也像碎了一样难受，脚下不由得用了些力。越难受越用力，心里说，踩死了才好。

我妈在堂屋门口站着，十五瓦灯泡悬在卧室门口，麻花电线上落满了灰烬，像站着一排苍蝇。最借亮的地方是那口锅，锅里有水时，灯泡的影子像是水里煮了枚蛋。我妈站在黑影里，只有身后有一坨光晕，耳朵上边是齐整的华发，她打年轻的时候就是少白头。眉眼模糊，可我却能看见我妈生气了。她严厉地说："你刚吃几天公家饭，就不知道自己几斤几两了！"

我用鼻子哼了下。心说，我的事不用你管。

我妈说："窑厂老板的闺女，配得上你。"

我直接去了西屋。我知道我爸在东屋躺着听得见我说话。我大声说："你们知道啥！"

我妈回了东屋。这所宅院静悄悄，一点声息也没有。我踮起脚走到了东屋的门口，想听他俩说些啥，等了半天，也没人言语。我又把耳朵往门缝贴了贴，还是没动静。我出去解手时，发现他们屋里的灯早灭了。也许开始就没开？我没注意。

我爸是转年春天去世的，有关杨桂芳的事，他比我妈想得开，到底是在机关待过的，知道人往高处走的道理。况且，我爸比我还希望我往高处走，遗憾的是，他死杨老阔前边了。我是说，他若是晚死几天，就能听见杨老阔的死信儿了。杨桂芳的爸叫杨老阔，是一个心比天都大的人。他家是富农成分，受了半辈子欺负，一心想政策好了以后做大事，好扬眉吐气。秋天原本是窑厂的黄金季节，却因为没有订单，坯场都长了草。烧制好的青砖卖不出去，工人发不出工资，整天去他家里闹腾。一孔新窑和一孔旧窑长在地里，像一对难兄难弟。某一天早晨，杨老阔拿根绳子走出了家门。那根绳子横亘在他两手之间，中间是个凹槽，许多人都看见了，但因为知道他眼下遭难了，谁也没理他。他径直去了新窑，在门口上了吊。杨桂芳的哥不哭爹，说你欠下那么多的账，让我们以后咋活啊！我从他家门口过，心也不由得像被小绳拴紧了，难受得不得了。我特意往门里看了一眼，一簇美人蕉开得火红，没看到那个细瘦细瘦的人。他家的门楼在村里顶气派，瓷砖贴的是松鹤图，门口阔大，是准备进出汽车的。一边还摆个石狮子，像庙门一样。就有人说不吉利，石狮子镇的地方得是豪门大宅，你个小门小院也整这排场，不出事才怪。

杨桂芳后来不知所终。有一天我对马万春说，好悬，当初多亏听了您的话。

大洼乡没有别的出产，有的是黑土地。那些洼地原本是泄洪区，1958年发大水，洼里一片汪洋。当时的口号是“北保北京城，南保天津卫”。罕村的正中位置溃了堤，半个村庄都被冲没了。螃蟹往埝埂上爬，弯腰就能捡一口袋。大洼里的土地很肥沃，高粱长得像电线杆子，黑豆茂盛得披一身油。连蚂蚱都盛产，有人想吃土味了，一早赶过去，蚂蚱都在高粱秆上趴着，露水打湿了翅膀，它们飞不起来，就像被念了符咒一样。80年代末期，有一波大规模的农田基本建设。包产到户分的是上地，那些洼地因为距村庄太远，都被集约经营。新当选的市长来大洼乡调研，当年他在这里当过三个月知青。因为来的时间短，显得特别有感情。故地重游，市长遭遇了百年不遇的大旱。大旱之年在城市里没有反应，谁也不会因为水位下降少洗一个澡，公园里的花草树木照样葱茏。大洼里却是另个景象，高粱奄奄一息，点一根火柴，都能星火燎原。市长穿白衬衫灰裤子戴草帽，两根白线绳兜在下巴上，圆乎脸，鼻翼两侧笑出了很深的法令纹。这是当年报纸头版上的照片，市长两手叉腰站在大洼的边沿上，像极了画里的伟人。市长皱着眉头说，改革开放十多年了，大洼怎么还是老样子。为什么不打机井？为什么不修路渠管网？为什么不种水稻？喜看稻菽千重浪，遍地英雄下夕烟啊。县长在旁边附和，说明年一定让市长看到千重浪的盛景。市长扭过头来叮问，明年，你确定？县长迟疑了一下，找马万春。马万春从人缝里挤进来，急忙说确定，请市长放心，我们说到就能办到。市长把县长扒拉开，点着马万春说，记住我们之间的君子之约，明年我还来，你要用新产的大米招待我。大洼有多少亩土地？马万春张口就说一万亩。其实大洼到底有多少亩土地，谁也没有丈量过。市长当即做两点指示：第一，农口单位对口支援，要不惜人力物力；第二，资金、物资予以保障。市、县、乡、村四级联动，共同完成大洼的万亩农田改造。“我要喜看稻菽万重浪！”市长一挥手，一群人呼啦啦都走了。县里连夜进行部署，大洼周围乡村的劳力统一调度，马万春任总指挥。县长担心他在这么短的时间内完不成万亩稻田的改造任务。马万春说，哪里有万亩，顶多三千亩。完不成任务，我提头来见！

5

食堂进了大洼。所有的人力、物力、财力都进了大洼。他是一个特别能打硬仗的人，喜欢大场面，善于营造大氛围。工地上红旗招展，锣鼓喧天。大喇叭安到大洼腹地，大洼乡的广播员用蹩脚的普通话不厌其烦地发布动员令。单靠自己的力量不够，马万春充分显示了协调能力。他平时擅结交，到哪都能跟人称兄道弟。为了请求农机支援，我跟他去市农机局局长家送礼。他家住四楼，我们给人家送大米，谎称大米是大洼乡产的，有机绿色无公害。这是试种的一小部分，各位领导只能先尝鲜。等到大规模种植，全市人民就可以都吃上优质大米了。大米是一百斤装，他不让我扛，他扛。起初局长以为他是司机，我把几瓶香油和两条鲤鱼放到玄关的台子上，局长先跟我握手，说你就是大洼乡的马书记？我赶忙说，我不是，那个扛米的才是。大米就在马万春的肩膀上，从一楼扛上来，吃功夫。他脑门子上都是汗，进屋却不放下，等着局长找地方。局长是厚道人，不知怎么对我们才好，端茶，递烟，一句官话也没说，就俩字：支持。市长的批示都不好使，你马书记有面子，农机局全力以赴。马书记亲自扛大米，这是事先谋划好的，相当于苦肉计。没想到局长那么容易感动，穿着拖鞋送我们下楼。我们的车开出去老远，局长还在招手。

水务处的处长是女的。人家的家那个讲究，木地板，漆得油光锃亮，比我们家炕头都干净。给女处长送的苹果，是马书记进山亲自选的。马万春说，女领导一般不爱做饭，爱吃水果减肥。我们找到了一片果园，选出的苹果个头圆，一般大，不红的不要，个个都像大闺女的脸蛋。一个果树园子就选出这一筐，看上去爱死人。筐上安俩鞋帮子做的背襻，他是背上去的。他把自己打扮成一个山民，戴草帽，穿实纳帮布鞋。他觉得，这个形象更容易感动人。女处长把门开了一条缝，根本不放我们进门。我说，这是我们大洼乡的马书记，亲自给您送苹果来了。女处长问，你是谁？我说我是司机。女局长嘲讽说，你是司机，让书记背筐？马书记赶紧说，不是我想背，是司机的脚崴了，现在骨头还错着位呢。我说，您就让我们进去吧，我们早晨四点就去果园选苹果，到现在连口水都没喝呢。马万春颠了一下果筐，说您不让我们进去我们就在这里站着，明年您就可以收获新苹果了。女处长说了声无赖，把门拉开了。

站到玄关，我们却不敢往里进，我们从没见过这么干净的地板。马书记那么冲的人也有点怯了，踱着脚，不敢动。女处长这时真正体现出了领导水平，一把把马书记往里拉，说还傻站着干什么，还不快把果筐放下。

果筐放下，上面没有加盖，女处长一看眼就直了，“啊，咋这么大，这么圆，这真是埧城产的苹果？不是日本进口的？”那些年富士苹果刚引进不久，在市面上还是稀罕物。

女处长给我们倒了香喷喷的茶，端过来时，扑哧笑了，说马书记你好有意思，在我面前演戏是吧？马书记脱了外面的罩衫，里面是小碎格的名牌衬衫。马书记平时可是个讲究人，穿衣服从不马虎。他提了提领子，说不是想演戏，是怕背筐把衬衫扯破了。一件衬衫要半个月工资呢。

女处长对我说，我看看你的脚伤。

马书记抢着说，他里头疼外边没伤。

女处长瞪了他一眼，说唬我是吧？

马书记憨厚地笑，说他年轻，还没娶媳妇呢，我怕把他压坏了。

女处长收起笑脸，问，我们怎么支持你们才满意？

马书记说，大洼里打三眼机井怎么够，市长看不到稻菽万重浪呢。

女处长问他打几眼。马书记说，大洼的土地近万亩，一眼机井的出水量可以灌溉三百亩，您说打多少合适？女处长连声说，不行不行。那样我们不成纳鞋底的了。马书记说，这只是理论上的，洼里要修路，要挖灌溉渠，边界要搞林荫带，还要预留土地种其他作物，还要有坑塘养花种藕。后来大洼打的机井连我们都数不过来。当然，三年以后女处长出事儿了，挪用支农资金七千多万，给大洼乡用了多少，根本就是个糊涂数。那天我们请女处长在饭店吃了饭，饭桌上她管马万春叫老哥，还在旁边的鞋店给马书记买了一双鞋，说以后别穿成这样进城，丢人。

回来的路上，马书记问我服不服。我一连说了好几个服。我想了又想，也没弄清楚女处长是怎么转变的。就在我面前，像是大变活人，从冷若冰霜，变成了马书记的老妹。后来她经常给马书记打电话，马书记一叫老妹，我就知道是她。

我如果说，这是马书记的人格赢人，这没错吧？

我最服马万春的，还是喝酒。大洼的攻坚战可不是七几年上海河的时候，一句“我们要根治海河”，几万人推起小车就走。那是人民公社年代，出工能记工分。治理大洼就不一样了，说劳动力统一调度，可村里哪有多少劳动力，大喇叭喊了半天，来的都是“三八”“六〇”部队。年轻人都在外打工，给钱都不愿意干泥水活。涉及周边的其他乡镇，协调起来更有难度。马万春有办法，让我拉他去找附近的驻军。支农资金下来，我们先买了辆越野车，比驻军首长的都高级。门口的卫兵都认识我们的车，“啪”地打个敬礼，都不用登记。师长姓杜，是个老西儿，说话一口醋味，干事那叫麻利。马书记请求支援，杜师长说，闲话少说，先喝酒。支不支援我看你的态度。食堂的大圆桌能坐三四十人，围了一圈小平头，只有马万春是背头。酒杯就是水杯，三两一个，先走仨。马万春旁若无人，先干为敬。一桌人大眼瞪小眼。杜师长说，看什么看，喝酒如同打仗，败了不算英雄，向马书记学习！说完，自己喝了三杯。下面的人一起说，向马书记学习！也纷纷干了三杯酒。马书记捡了几个花生米扔进嘴里，不慌不忙，又喝了三杯。杜师长没想到酒是这么个喝法，左右看看，也勉强把酒喝了。我始终没落座，在旁边伺候着，倒水，点烟。第七杯，马书记眼红得像兔子，他不是神人。但他身不动，话不乱。第五杯的时候就开始有坚持不了的，喝多了的那些小军官，被人像棉花包一样往外抬，四爪像螃蟹一样在空中乱蹬，汤水顺嘴角往外流。第六杯，桌上就剩杜师长和马书记俩人了。第七杯不寻常，杜师长已经为难了，马书记却一口干了，虽然表情很痛苦，但我知道，那杯是水，不是酒。这是关键性的一杯。他一碰唇就感觉到了，但声色不动。因为担心不挂杯，我赶忙给满上了酒。第九杯，杜师长瘫在椅子上，一张长脸蜡黄，他的手一刻也没有离开肚子，就像电影中的军人中了枪弹一样。他晃着手说，传我的命令，整建制集合。一群人围着他，传也不是不传也不是。马书记摇摇晃晃站起身，端着酒杯走了过去，说杜师长，你明天出兵，我再喝一杯。杜师长努力睁着醉眼，把那杯酒夺过去蹾在桌子上，说喝什么喝，明天老子亲自带队，给你挖渠。

这场酒，许多年后也经常有人提起，因为再没人能喝出当初的水准。用杜师长的话说，把师部的后防都喝空了。一个师的兵背着供给，扛着铁锹出现在大洼是什么阵仗，就像打淮海战役一样。后来马万春经常说，县长调不动部队，我行。

那天，马书记是被我背上楼的。他上车之前一直都能撑着，直到我发动了车子驶出师部，他才翻江倒海地吐。他爱人去值夜班了，一对双胞胎儿子住在姥姥家。我把他放到床上，给他扯下鞋袜，沏好茶水。我不敢走，怕他出意外。我见过他喝大酒，但从没见过他喝酒失态，他就像铁打的、钢铸的。我坐在椅子上看着他。他热得不时折摆，用手模仿刀切割胸口，恨不得让五脏透透风。我知道他烧得慌，从冰箱找出根棒冰让他吮吸。大概是夏天剩下的，唯一的一根棒冰，有一尺长。放到马书记嘴边，他像个刚出生的小猪崽一样，合着眼，起劲地嘬。他其实已经处于深度昏睡了，沉下去一口气，好半天上不来，胸口呼扇呼扇的，就像肺叶随时要炸开一样。他所有的动作都是下意识的，我真怕他一口气憋过去，醉死人的事也不是没发生过，吴所长就是例子。马书记是有些量，平时三杯两杯不在话下，所以他敢到部队叫板。但这种豁出命的喝法，我也是第一次见。他爱人下班的时候，我坐在椅子上睡着了。他爱人推了我一把，说该回家回家，在哪儿睡呢。我这才发现房间都被收拾过了，窗子全部打开了，马书记蜡黄着一张脸躺在床上，脸上浮着一层油。马书记胃疼了一个星期，他感念那第七杯，救了他的驾。事后他跟杜师长开玩笑，说师部的酒把他的铁胃烧了个窟窿。

军用帐篷也是部队支援的，专为马书记的胃，建了个小伙房。老厨子是附近村上的，专门会炖乳鸽汤。如果书记、县长以上的领导来，就在帐篷里就餐。另一个帐篷里还有大伙房，可以安顿随行人员。服务员其实是乡里的妇女主任，来人沏茶倒水，端菜送饭，没事我们俩就下五子棋，或者看燕子。帐篷前被压路机轧出了一块场板，平整光滑，我们用树枝把棋盘画在地上，用土坷垃当棋子。她赢了揪我耳朵，我赢了揪她耳朵，直到看见天上燕子飞来为止。工程铺展开，马书记每天坐车围着大洼转一圈，我就基本没事了。妇女主任叫陈四妹，我叫她四姐，她比我大四岁，待我就像亲兄弟，乳罩的挂钩钩不上也让我帮忙，仿佛我不是男的。

她有两手绝活，一是捏脑袋，一是揪脖颈，都是为去火。马书记脑门上的小红点就出自她手。马书记仰在靠背椅上，她先用两只大拇指从眉间往上捋，在发髻处分开，朝两边推，皮肤就会出现一缕红。她的手可真有劲。这样几次，待面皮发热，拇指和食指对角捏几次，一个小方红点就捏成了。上边一排五个，下边一排五个，像十颗红桑葚。这样大的工程哪会不上火，马书记开一回会嗓子哑一回。工程进度推进得不理想，喊四妹去去火。挖掘机坏了，喊四妹去去火。前边揪喉结，后面揪脖颈，就见陈四妹咬着牙，食指和中指的指背像钳子一样夹下去，揪得嘣嘣响，像弹动的猴皮筋一样。再看被揪的地方，先是瘀红，后是黑紫，有时候，会揪出血泡。马万春那么坚强的人，也要攥紧拳头才能咬牙不嚷。揪完了才骂，死丫头，下那么狠的手，看将来哪个婆婆敢要你。

有一天，护士长背着药箱来了。她提前也没打招呼，刺溜钻进来，我们三人正在摸十三点。闲下来没事，我们就陪马书记玩会儿牌，换换脑子。护士长是马书记的爱人，他背后这么叫，我们也跟着这么叫。陈四妹先看见她，匆忙站起身，把屁股底下的凳子带倒了。陈四妹热情地说，嫂子来了？我让大师傅加菜，我们野战餐厅也有好吃的。说完，去后厨了。我反复烫杯子，我知道她有洁癖。马书记把一副牌捋整齐，反复戳反复戳。马书记说，护士长今天怎么有空来前线了？护士长是个大个子，比马书记还高，是个美人，就是不苟言笑。护士长说，最近身体没事儿吧？马书记说，好着呢。护士长说，这帐篷够宽敞的，还有双人床。马书记说，再舒服也不如家里，这工程快他妈完工，我一天也不想待在这里了。

护士长哼了一声。问，脑袋上的红点谁捏的？

其实那颜色已经很淡了，但多少还有些印记。我本来想出去，听了这话就不敢动了。我不知道她这话是在问谁，我看着马万春。

马书记咳了一下，说那谁，四宾。

她瞟了我一眼，说四宾手够巧的，再捏一次给我看看。说完她往后厨方向看了一眼。明摆着的，那么细巧的红点咋会是老爷们的糙手。

马书记赶忙说，你在这儿吃饭么？

护士长说，不吃。

药箱放到桌子上，“砰”地抠开翻盖，拿出来一堆药。闹肚子的、头疼脑热的、治胃的、治嗓子的，应有尽有。拿出一样护士长念叨一样，最后拿出来的是一个大纸包。护士长瞥了马书记一眼，说这是紫河车，给你开胃健脾的，不是给你补肾益精的。然后，护士长说，没事儿吧？没事儿我走了。

马书记一动没动。是身子没动，嘴唇朝一边用力，都要歪耳根上了。我从没见他脸色那么难看过，眉头揪出一个疙瘩，像一头蒜。我特别希望四姐这个时候能过来，她嘴巧，能调剂气氛。我不行，嘴比棉裤腰都笨。说真的，我没听懂护士长的话，但感觉护士长来者不善，话说出来冷飕飕的。她背起药箱就走。马书记说，四宾，送送你婶。

外边有一辆红色的夏利，停在我们吉普车的旁边。护士长却没往那里走，而是站到了路边的一棵柳树下，脸上花花搭搭都是柳条的影子。护士长说，陈四宾，平时就你们仨在帐篷里？

我说，还有厨师呢。

护士长说，老马脑袋上的红点不是你捏的。

我脸一红，没说什么。

护士长说，你多久没有回家了？

我说，我昨天还回去了呢。洼里淘了些鱼，马书记不想吃，让我给家里送去了。

护士长说，那个丫头夜里住哪？

我赶紧说，就我和马书记值夜班。她家就在附近的村上，她是本地人。

你们倒像一家三口。护士长丢下这话转身走了。护士长上了那辆夏利，夏利抹弯掉头，护士长坐得正正的，没摁下车窗。我把手举起来，摇了摇，她根本没看见。想了想护士长的话，我觉得挺奇怪。她说我们像一家三口，这角色怎么分配？

我觉得好玩，偷偷跟陈四妹说了。她扮了个鬼脸。我说，我们要是一家三口，我是儿子，你是女儿。她说，我是妈好不好？我说，羞不羞，有大四岁的妈吗？陈四妹说，咋没有，就当是后妈。我突然想起护士长拿的药，问她啥叫紫河车，陈四妹说她也不知道。转天她问马书记啥叫紫河车，马书记说，一味中药，也叫胎盘。

说胎盘我就懂了。人的、猪的、羊的，哺乳动物都有胎盘。我也知道胎盘能入药，听说有人吃过新鲜的，恶心死了。可护士长那句话我还是有点不明白，“让你开胃健脾的，不是给你补肾益精的”。这是啥意思？我隐约觉得这不像好话，所以这句话我没问。

护士长也太小心眼了。我觉得她有点像相声里说的，吴氏老太太生张飞——无事生非。

6

上冻之前，大洼的路渠管网和水利配套工程全部完工，就等来年下稻秧，稻菽万重浪的景观指日可待。工程扫尾热闹了一阵子，大红绸剪彩，县剧团搭台唱大戏，演员穿着白纱裙跳舞，冻得打一个喷嚏，鼻涕都蹿了出来。早春顶冰碴下稻种，插秧从邻县借来了十几台插秧机，昼夜奋战，绿汪汪的大洼像菜板一样整齐。马书记还是放心不下，哪天不去溜达一圈就觉得缺点啥。他也成了半个水稻专家，他做功课，是提防市长问他。比如，他有时候问我，水稻是一年生禾本植物，有二十四条染色体，喜高温、多湿、短日照，幼苗发芽最低气温十到十二摄氏度，最适合二十八到三十二摄氏度的气温。我说得对吗？于是我赶紧翻小本，那里都是马书记收集的各种资料粘贴上去的。回答准确，马书记就放心了。

那年的水稻长疯了。也许是因为肥好水好阳光好，穗子大，颗粒重，稻秧密密实实，看着亩产像是能打千八百斤的，这可真是天遂人愿啊。从水稻发黄，就开始准备迎接市长来检查指导。在朝向大洼的地方搭了三米高的瞭望台，站到上面能看出十几里，那可真是一望无际啊！农历六月中旬，说市长要来。我和陈四妹去埙城买红毡子，瞭望台变成主席台。无线麦克买进口的，怕现场的效果不好。会标的内容在常委会上过了好几次，一会儿叫莅临指导，一会儿叫督促检查。县委那边听市委的，大洼乡就像个二傻子，什么事都听上级吆喝。定好的时间市长没来，说去澳大利亚谈项目。热风一吹，稻子熟了。有一天，我跟马书记转大洼时发现西南角少了好大一片稻子，足有一亩。我们下去查看，断定夜里被人偷割了。马书记简直气炸了肺，就像好好的一脑袋头发被人剃去了一块，不好看了！“他真是长了钢牙了，敢偷我的稻子！”他当即通知派出所布置警力挨门逐户调查，一亩多的稻子不好藏掖。原来是外乡的兄弟俩，连割带背折腾了一宿，最后怎么背回去又怎么背回来，平铺在稻垄上，厚厚一层，这就像在做示范了。马万春指示，人先拘留，从严从重处理。市长来之前，不许放出来。

第二次，已到农历八月中旬，一晃就是一个月，市长说来又没来，把马书记急出了一嘴疱。很显然，水稻都成熟了，这样等下去，容易出大事儿。稻秧一天一个样，今天有点绿，明天就成一捧干柴了。既怕响晴薄日，又怕阴雨连绵。马书记一天一个电话，催问县委办公室，市长还来不来，啥时来。县委办公室都不敢接他的电话了，市长来不来，他们说了不算。马书记火气越来越冲，每天早晨起来先斜着眼望天，骂一阵子娘。到底骂了多少人的娘，谁也数不清楚，传到领导那里，领导都有了看法。这还多亏是水稻，植物的秸秆有些韧性。若是小麦，麦熟一晌，晚一天割，头就全掉了。有一天早晨，马万春实在忍不住了，直接给县委书记打电话，说再不割万亩水稻就糟蹋了。书记说，怎么会是万亩，你不说顶多三千亩么？马万春愣住了，说八千亩，不多也不少……也不少粮食呢，今年可是大丰收啊！书记说，八千亩和一万亩是一回事么？你别总万亩万亩地挂在嘴上。我不是市长，你少糊弄我。把马万春噎得半天才喘上一口气，说这要是下一场大雨……县委书记说，每天联系气象台，掌握天气形势。把大炮移过去，严密监视云层。那种大炮可以驱散乌云，让天气形势可控。结果老天不给面子，这天夜里下了冰雹，大个儿的雹子像乒乓球那么大，把院子里倒扣的一个脸盆砸漏了。我被叮叮当当的声音震醒，出来一看，马书记穿着裤衩和小背心在院子里站着，脑袋上肩膀上落着冰蛋子，脸上汪了一层水，就像个假人。

陈四妹打着伞跑过来，哭着说，您不能这么糟蹋自己，您要是有个好歹，大河洼乡……可咋办呀！

轰轰烈烈的一场战役打成了一个笑话。稻田被砸成了打麦场，机器根本没法收割。老乡拿着镰刀去洼里捡稻穗，据说一家能捡几千斤。我跟马万春去看过一次，好家伙，大洼里人山人海，连外县的人都来了。各种家什稀奇古怪，有人用木板绑成了一个犁耙，上边垛着一人高的水稻捆子。稻穗沉甸甸地往地下垂，看着就想过去摸一把。犁耙下面没轱辘，也不知他们是怎么把水稻运走的。我以为马万春看到这个情景会难过，可他呵呵地笑了，而且笑得收不住。他眼睛看着高远的地方说，这大洼过去靠天吃饭，十年九涝。我这是养活了多少人啊！四宾，咱这是干了件修好积德的事，市长算个鸡巴！对，这就是他的原话，话糙理不糙，我懂他的意思。

重要的是，大洼从此成了水浇田，种啥长啥。很多老百姓都念马万春的好，不信你们到大洼里访访，就知道我说的是实话了，那可是百年大计，造福几代人。但在干部队伍里不行，大家话里话外都在笑话他，开会时仨一群、俩一伙，有嫉妒，也有幸灾乐祸。说他费了九牛二虎的力气，却闹了个竹篮打水。马万春开一回会，骂一回娘。市长就像一阵风，刮过去就没事了，转年他进京了，当了更大的官，就把大洼乡忘了。再换届，县级领导的大名单里没有他，马万春一下就变得灰头土脸，他很长时间不跟外人接触，觉得没脸见人。

越野车跟财政局的桑塔纳2000换了，那辆车旧得就像拖拉机，开起来地动山摇。他没多做解释，连我都觉得他的车有些惹眼。那天在酒桌上，财政局的商局长说自己的车没马万春的好，马万春张口就说，我正好坐腻了，咱说换就换。

可我知道他不情愿。回来的路上他说，坐这车得窝着腰，就像坐井里。

我说，您干啥要换车呢？

我开车都觉得开越野过瘾，马力大，劲头足。尤其爬坡，那些小车根本不能比。一踩油门，车像离弦的箭一样。

马万春没回答我。我偷偷从镜子里朝后看了一眼，就看他抹了一下眼睛。

我心里突然酸了一下，很不是滋味。我知道他这是迫不得已。

秦琼都有卖马的时候，我这算啥呢。他这么咕哝了句。

陈四妹在大洼乡也不寻常，有点像万绿丛中一点红，谁都宠她。她照例给马万春捏小红点，有时会捏很长时间。马万春指着自己的脑门说，丫头手艺见长，过去捏的像桑葚，现在捏的像梅花。他有时叫她丫头，有时叫她四丫头。有时候她也张罗给别人捏，但谁都不好意思让她服务。有一天晚上十点多，陈四妹让我去给她买卫生巾，给我十块钱，我没要。跑出去给她买了两包加长的，是卫生巾里面最贵的。我也不知道啥牌子，反正哪个贵我买哪个。回来发现她屋里却锁着门。听见马书记屋里有动静，我敲门进去了。马书记坐办公桌前抽烟，她坐外面的椅子上，骑着。下巴放到椅背上，瞅都没瞅我。我把卫生巾塞到她怀里，发现她像是刚哭过。我刚要走，马书记说，四宾别走。陈四妹一甩袖子抱着卫生巾出去了。马书记让我坐，我说站着吧。我的意思是，都这个时间了，也该睡觉了。马书记不耐烦地说，让你坐你就坐下。我只得坐在刚才陈四妹坐的椅子上，上面还有她的体温。马书记往烟灰缸里弹了弹烟灰，说四宾多大了？我说二十六了。马书记说，来的时候还是小孩子，一晃都这么大了。个人问题考虑得怎么样了？我不好意思地摇摇头。我的事马书记其实都知道，有人给我介绍个小学教师，人家嫌我没学历。又介绍个供销社的营业员，个子才一米五，实在看不入眼。哪一个都不如窑厂老板的闺女杨桂芳。唉，当年要是跟她结婚，儿子都会打酱油了。

马书记说，四宾说良心话，我对你咋样？

那还用说？我给他的杯子倒了水，说您的恩情我一辈子都报答不完。

马书记说，我不要你报恩，我只要你听话——你有没有考虑眼眉前的人？

我想了想，乡里除了电话员和广播员，还有计生站有几个女的，可她们都是临时工。我总不见得还找个农业户口的回家种地吧？

马书记故意说，我不相信你对你四姐没感觉，这个点儿还去给她买卫生巾。

我慌忙摆手说，是她让我买的。

马书记说，那就是四姐对你有意思，否则她哪会让你干这个。

我说四姐不拿我当外人，她还让我摘过乳罩后面的钩子呢。

马书记指着我说，好啊，原来你们早就有情有意了……你以为四姐真的摘不下那钩子？

我是有些发蒙，按道理说，这绝无可能。可四姐让我摘钩子我从没往别处想，她不把我当外人。我的手指头接触到了她的皮肉，我一点想法也没有。她是亲四姐，怎么可能呢！

我赶忙表白说，四姐是机关干部，大专毕业，比我高太多。我做梦都不会有非分之想。再说，我俩年龄也不合适，她比我大……

大四岁不算大。马书记很快接口说。

可我心里说，何止大四岁，她还少报了两岁。都是本乡本土的人，啥事想瞒人不容易。

看来你对四姐也有意思。马书记盯着我。

想起四姐刚才哭过的样子，我丧气地说，我乐意四姐也不能乐意呀！

马书记说，要说你四姐条件是不赖，大专生，长得又好，嫁远了我还真不舍得。四宾，你们俩是我的手心手背。

马书记很响地擤了下鼻涕，他动感情了。

我也有点动感情。马书记的这种感情我懂。护士长说我们像一家三口，有时我也有这种感觉。

我说，我回家跟我妈商量商量。

马书记说，你妈还不得高兴傻了？这么好的儿媳妇上哪去找。

我从屋里退出来，心里说真的，五味杂陈。

我在黑暗中站了会儿，想这是咋回事。是马书记的意思，还是四姐的意思——可她刚刚哭过呀。四姐让我摘乳罩的挂钩，是不是把我当小孩子？也许是在试探我？我心跳得更厉害了。我问我自己的心，其实我配不上四姐，人家念过大学，是正式国家干部。你陈四宾是谁，要不是马书记赏口饭吃，你说不定还在砖厂背砖呢。

我妈却不同意。坚决不同意。我没敢说大六岁，大四岁我妈已经不接受了。说女大三抱金砖，大四岁老古语都没个说法。她还名声不好，名声好早就嫁了。我问她有啥名声。我妈说，四宾你就会开车呀，谁不知道她跟马万春不清不白？我急了，说你咋能瞎说，我整天跟他俩在一起，是你清楚还是我清楚？我妈说，我咋是瞎说，你整天跟他俩在一起，就没看出不正常？我说，除了给马书记捏小红点，任何不正常也没有！我赌气去了另一个屋子，心里其实特别疼，却不知道疼的是什么。老实说，他俩的特殊之处我不是没发现，我不是木头，可我就是不愿意相信。马书记当我是儿子，是把她当闺女。虽然他俩差不了几岁，可马书记看她的目光，就像爹看闺女。我是把他俩都当亲人的，我不愿意埋汰亲人。

眼下怎么办呢？我没法回绝马书记，我若回绝，就不是陈四宾了。

马书记说，你叫陈四宾，她叫陈四妹，一看你们俩就有缘分，前世修来的。

我困难地说，四姐看不上我。

马书记说，别再叫四姐，叫四妹……多好的名字。能把她娶回家，你们陈家算是烧高香了。

不能说我的心里没阴影。我的阴影面积跟我回“家”有关。

“家”其实就是一套里外间的办公室，跟马书记的办公室格局一样。若不是有些特殊关系，这样的房子哪里会轮到我们。婚礼是马书记给操办的，伙房预备了六桌，我一分钱也没花。相反，我收了两千多份子钱。陈四妹穿大红的软缎棉袄，头发盘了起来，一点不显年龄。在这里吃了饭，我们又回家办婚礼。我妈早就转变了，看见陈四妹亲着呢。村里人都说，我们家能娶女干部，我爸在坟墓里都会笑醒的。

躺在两条被子里，她不动，我不敢动。我有点不敢相信娶了她，也不敢相信她真的嫁了我。她皮肤白皙，浓眉大眼，只是眼球有点鼓，是俗语中的青蛙眼。结婚一场，看不出她高兴，也看不出她不高兴。我猜，她是年纪大了不好嫁了才找我，断不会因为看上我了才会嫁，我有这个自知之明。这样想，我就有几分高兴。当然，也可能像马万春说的，不舍得她远嫁，才让手心嫁给手背。她跟我一样，听马万春的。这样想，我的高兴又多了些。马万春是个重感情的人，我在前边说过，他不是一般的重感情，真拿我们当手心手背。我们既然是他的手心手背，她做出点牺牲又算什么呢？何况，这也不算什么牺牲。如果不是大几岁，凭人家的干部身份、地位、模样，咋能找个司机？人家还不定咋委屈呢。想到这些，我反而有些心疼她。女人出一家进一家不容易，嫁不着可心的，一辈子可比男人难熬。再想想我们曾经的亲密，看燕子，揪耳朵，让我摘乳罩挂钩，是不是也是种暗示呢？只是我是个木头，没往别处想。我悄悄摸了下她的手，她手稍微动了下，没躲。那手可真软，像棉花糖一样。过去也摸过，可不像现在这样带电。根根指头都水似的凉，把我烫得吱吱响。此刻我就像个变电站，电压充足得能电死人。这是正极，还有负极。我就觉得我心里有一点甜，但甜不透。心里鼓荡着热情，但也到此为止。关键是，我看不到她有什么愿望和打算。我便反复想我们曾经的亲密无间，看燕子，揪耳朵，就像亲姐弟。在大洼里干工程时也躺一张床上歇着，她的腿还搭到我的腿上。眼下却成了这样。关系变了感情也变了，距离也变了。只是不知道这是越变越好了还是越变越坏了？

回“家”的感觉总是怪怪的。我经常会莫名其妙地胆怯，在门前停一下，先拧锁，停顿，然后再慢慢推开门，仿佛会从里面钻出头怪兽。可那头怪兽从没出现过。那怪兽从没出现过，我的心就总提着。似乎那怪兽一旦出现，我提着的那颗心才会放下。我暗暗骂自己有病，这不是找不自在么。这些她当然不知道。她总跟我冷脸子。我则习惯跟她赔笑脸。她要是哪天高兴点，我就高兴得像三岁时捡了一块糖，整个世界都是甜的。我一个人的时候总是很难过，那种难过有点化不开。我也问过她，为啥要嫁给我。她毫无表情地说，听马书记的。这话又让我气闷，虽然这话也是我想告诉她的，可她一说，我的心就疼得特别厉害。

一年以后，我们的儿子陈可出生了。护士长把孩子从产房抱出来，撇着腔调说，陈四宾，好好看看这孩子像谁。我愣了一下，才想这话没毛病。我讪笑着接过孩子。问护士长，您看他像谁？护士长端详着说，既不像你，也不像她。这话简直是火上浇油，这个护士长，从来就不说一句顺耳的话，难怪马万春不喜欢她。可又一想，这话仍然没毛病，不像父母的孩子多着呢。我把孩子匆匆抱出产房，我妈在病房候着。我问我妈这孩子像谁，我妈扒拉一下他的长下巴，说傻儿子，还能像谁，跟你小时候一模一样。

我妈一句话，说得我泪流满面。

7

他在乡镇待了十三年，终于进城了。事业局是一个小单位，只有三十几个人，有一栋独立的三层小楼。大门都锈蚀了，开合的时候咯吱咯吱响。马局长一看就很生气，说这是过日子吗？用破门穷半截。换成是你们家，再穷也得装个门面吧！他铁青着脸看那些工匠刷外墙漆，用水磨石板铺地面，大门换成了电动的，进出都要刷卡。这是埙城的第一个电动门，马局长总是敢为天下先。来办事的人也奇怪，事业局有啥可金贵的，弄一道那样严实的门想挡谁？那时事业局没有钱，账上就趴着七块五，这些工程款都还没着落，可马局长就是敢干，一下就给事业局的人长了志气。大家都说，过去那个局长是个书呆子，破皮包里装的都是书，走到哪看到哪。当了六年局长，一分额外的用度也没争取来，过年过节连只小鸡子都发不起，眼睁睁看着别人吃香的喝辣的。大家跟着他一起遭罪，事业局的人到哪都比人矮半截。这要是财政不保工资，人人都得把小脖扎起来。马万春一上任，立刻换气象。特别是，还给大家发西服，纯毛料子，藏蓝色，上衣配马甲，下面两条裤子，事业局的人一下就抖了起来。有人在酒桌上开玩笑，说县里是杀鸡用了宰牛刀，事业局这点小破事，马万春动根指头就玩转了。也有知心人劝他点儿背不能怪社会，凡事都得悠着点，不能太出风头。大洼万亩农田改造，你自己跑市里申请资金，到部队调兵遣将，啥事都自己干了，还要书记、县长干什么！你让他们的脸往哪搁，还以为你是有啥想法呢！他矢口否认。其实我知道，他的想法还不只这些，他是个有野心的人，只是没赶上脚步。要是那个市长当年不进京，要是改造大洼的事不出意外，他指定不是这种结局。他跟我描绘过，有一天他会离开埙城。这地方的干部太保守，干起工作来憋屈，施展不开手脚。“陈四宾，我若去别处，你还跟着我么？”我当然说跟着，只要您不嫌弃，您去哪儿，我跟着去哪儿。他从后面摸一下我的后脑勺，我就感觉到他特别满意我的回答。后来渐渐不提了，他的心灰了。有些话他不说出来，但我看得出来。他经常不去开会，有时县长找他，他都敢云山雾罩，说自己脚崴了，犯腰疼呢。其实他就在牌桌上，或在外面洗脚，有点像破罐破摔了。心性变了，生活习惯也变了。他年轻时爱吃的那些大补的东西，现在统统上不得桌子。坐到饭店他就说，拌一盘萝卜皮，削深点。或者要盘炸素丸子，豆腐的、冬瓜的，反正不吃肉，肉腥都不沾。他人也眼见得消瘦，皮带自己往里面扎了好几个眼儿。那年流行触屏手机，他总看见人家一划拉一划拉的，很眼馋，让我也帮他买一个。我说款型、品牌多着呢，您自己去挑个喜欢的。就这样，我陪他去蓝天手机专门店，就在四正街上，买了部最新款的摩托罗拉。买完手机朝外走时他回头看了一眼，一个女孩从里面的玻璃门里出来，穿天蓝色工装，月牙门襟在左侧，内里是件绣花的白衬衫。女孩蹬着白色高跟鞋往外走，他突然喊了一声："谢佳佳！"

我早忘了谢佳佳是谁。他没忘。他心里记下的人和事，从来都不忘，这也是我佩服他的地方。谢佳佳是个漂亮女孩，有些惹眼，微胖，胸脯很鼓，走起路来一颠一颤的。女孩看看我又看看他，有些懵懂。"您怎么认识我？"他亮了下手里买的产品。女孩不解地问，这有什么问题吗？马万春朝我摆了下头，我猛然想起来了，说这是马书记，大河洼乡的马书记，你不认识了？你妈是不是叫刘海梅，她现在还卖螺蛳吗？谢佳佳这才醒悟，跟马局长握手，说她妈早不做买卖了，现在给她看孩子。她今天是休完产假第一天上班，怎么那么巧，就遇到了家乡人。

我说，现在马书记改叫马局长了。

他们说话的时候，手一直搭着。我猜马局长是忘了放。这女孩长得太像她妈了。不看见她，我已经把她妈忘了，看见她就什么都想起来了。谢佳佳似乎把前嫌都忘了，兴奋得眼里冒着光。她一个劲地后悔要是早一点出来就好了，这单生意就归她做了。马局长二话不说，把手机给了我，拉着谢佳佳又回到了柜台前，选了款才上市的三星。回来的路上，马局长掩饰不住地兴奋，说一晃这丫头都这么大了，跟她妈简直是一个模子刻出来的，她妈年轻的时候比她还好看。她身上有一股味道很好闻。我问是什么味道，马局长却不说了。想到她在哺乳期，我说，是不是羊羔子味？马局长啪地拍了我一下，让我有点发蒙。他有时脑子转得太快，我跟不上他的节奏。但无论怎么说，这天赚了个手机我还是很高兴。到单位我给他提到了办公室，他又给我扔了回来，说，你那个破手机早该换了，十回有八回打不通。

给护士长吧。我说得诚心诚意。我啥时都叫她护士长。

给她干啥？他轻描淡写地说，她连电话都没工夫接，浪费。

对于他们家，他从来也不多谈。说起护士长，他就用四个字：干净，利落。就像说别人一样。

如今这一切早过去了，我儿子都初中毕业了。成绩不太好，还想上一中，马书记找了人，一分钱也没花。别人进城都费九牛二虎之力，陈四妹先在事业局挂了一阵子，后去了统计局。那地方人多是非也多。陈四妹眼睛不好，不能久盯电脑，只能做点一般性的工作。她身上的一股劲慢慢磨没了，在统计局也是一般科员。她也不再避讳比我大六岁这回事，有时公开说老得像我妈。她问我，你当初不想娶我吧？咱俩傻不傻，怎么就听了马万春的撮合。她当闲话说，我当闲话听。年纪大了，心里多少有点不自在，但也不像年轻的时候扎得慌。我对自己说，年轻时候的事也不一定就是个事，也许是你自己想多了。她不提，我很少往回想。人都得往前看，是不是？况且孩子都这么大了。只是有一次她打电话告我的状，说我瞧不起她，一下子把我惹毛了。其实我也没说她啥，只是夸我兄弟媳妇年轻漂亮。兄弟比我小三岁，媳妇比他小五岁，兄弟媳妇跟陈四妹差了十四岁。两人站在一起，可不就像两代人。她心里可能也是自卑的，从不给兄弟媳妇好脸色。总跟我说兄弟媳妇这不行那不行。没文化，连个成语都用不对。刷牙不舍得用牙膏，只挤黄豆那么大点儿……只是我没想到她会告我的状，她咋能因为这么小的事就告我的状呢？她是有这毛病的，回娘家总说婆家的不是，这这那那的，我都能忍。可她咋能找马万春告我的状呢？下班的时候，马局长把我叫到了办公室。没开灯。马局长的脸像在烟雾里一样看不清楚。我去摸开关，马局长说，这样说话好。声音轻飘，却有股寒凉。我本来摁亮的灯又摁灭了。他说一我从不做二。灯光晃了眼，我的眼前漆黑一团。他让我坐到办公桌前，他脸朝向窗子，沉默很久才说，四宾。他叫了两声，我应了两声。他说四宾，四妹年纪是大了点，可当初也是你自愿的。没人强迫你，对不对？话又说回来，她要不是大几岁，怎么也不可能找个司机。四宾你说是不是？

我身上的毛孔都张开了，自己都感觉自己像个刺猬。可我不能爹起来，像陈四妹对我那样。我的身体止不住地抖，脚底下像踩了电门一样。马局长从没跟我那样说过话。眼睛虚着，说话不张嘴唇，那些字一个一个从牙缝里往外挤，仿佛是他用皮肉造出来的，带着腐臭和霉菌。这表情我见过，他瞧不上谁才会这样，那种极度蔑视、极度轻贱令我无地自容。当着马局长的面，我狠狠扇了自己一个嘴巴。

你这是干啥？

我咬着嘴唇不说话。一张嘴我怕会哭出来。

事业局其实也没多少事业可干。我的印象里，马局长每天的任务就是开会、批文件、喝酒、打牌。赶了这场赶那场。那个手机专卖店，我又陪他去过两次，一次是手机出了点毛病，他弄不好，我也弄不好。第二次是从那里过，他给谢佳佳打电话，说中午请她吃个饭。谢佳佳说不去，他就让我把车停在门口，等。隔几分钟就拨下电话。谢佳佳出来了，脸上挂着泪。马万春慈爱地看着她，就像爸爸在看闺女。这眼神，让我想起了他当年看陈四妹。他问谢佳佳怎么了，谢佳佳捂着脸哭了，说小经理欺负她，柜台上的人都欺负她。明明是她的业绩却算在别人头上，发工资时比人家少好几百。马局长问我咋办？我心领神会，装腔作势说，佳佳妈是您的老同学，她的事您不能不管。把谢佳佳一下说愣了。马局长问我咋管。我琢磨了一下，麻着胆子说，给她换个工作？马万春说，这倒不难，就怕人家不乐意。谢佳佳一下抱住他胳膊，说马叔，您帮帮我吧，大恩大德永世不忘。马万春抽出自己的一只胳膊，说，你先别急，这件事不是着急的事，容我慢慢想办法。我问马万春去哪，他说去皇昊。皇昊是埙城的高档酒店，有西餐厅。我点好餐，好歹吃了口油脂味很浓的点心，就回了车里。我睡了一觉，他们还没下来。我到楼上去找他们，服务员说，人早走了。我赶紧给马局长打电话，马局长说，他在附近有点事，走过来了，暂时不用车了。我开车回了机关，边走边想，也不知谢佳佳是咋回去的，这里离手机专卖店有好一段路呢。

马局长要么不管，要管就会管出个子丑寅卯，他就是这脾气。两个月以后，谢佳佳去房地产公司上班了。这家公司是埙城唯一的上市企业，由政府主管。说白了，就是政府的融资平台。谢佳佳去那里上班，旱涝保收不说，收入还很可观。我们单位也来了新人，是房地产公司老板的女儿。这些事别人不知情，我知道是咋回事，马局长干啥都不瞒着我。我私下夸马局长仗义，人家是安排闺女，您是安排两姓旁人，这境界差着行市呢。马局长看着窗外飞着的鸽子不搭腔，他可能知道我这话不是真心的。我吓了一跳，难道我跟他不说真心话了？他知道我跟他不说真心话了？我顿觉头皮发麻，像失了魂一样。谢佳佳是谁，是刘海梅的女儿。刘海梅是谁，是早年甩了他的人。他当年又送钱又送二铵，如果谁以为他是可怜孤儿寡母那就错了，马局长的狠，一般人看不出。谢佳佳在上班的时间给马局长送来个大花篮，上面插了许多白百合。谢佳佳说，祝马局长生日快乐。那天是八月十五中秋节，没有几个人知道马局长是那天生日，小丫头也不简单。马局长围着花篮转了转，说这大过节的，怎么像是来吊唁？谢佳佳登时脸就灰了，结巴说自己不懂事，光想着百合有香味，花漂亮，没想到不吉利。我这就去换。马局长一把把她拉住了，看神情我就知道马局长是在逗她玩。马局长天不怕地不怕，哪会怕几朵百合花。马局长说，我就这么随口一说，咋这爱当真呢！谢佳佳的脸半天缓不过来，她实在是给吓坏了。

办公楼装修，是大装，不单改水电暖，也改房屋结构。上面又加出来一层，由三层变四层，几乎一人一间办公室。资金都是马万春从省里争取来的，共三千二百万。马局长坐那里发愁，说钱太多了，盖一幢楼都有富余。我的宿舍原本挨着他的办公室，马局长说，你搬对面去吧，我把这里换个小床，好躲清静。他的办公室是套间，有张双人床，卧室在东。我的宿舍在西，墙壁掏个门，就有点像正阔三间了。可我这里直接通楼道，他的卧室就不行。星期天我来监工，工匠都在干活。粉刷，铺木地板，衣橱衣柜和床上用品跟着进屋。衣架的烤漆不匀，我指出来，送货的工人用喷枪喷色素，喷上去的是酱红色，与周遭有色差。工人有点不好意思，我挥挥手，让他们走了。

这扇门可以用指纹开门，里面输入了他的信息、我的信息，还有谢佳佳的信息。谢佳佳很快成了常客，经常抱着一堆资料来，开门就进，就像事业局的干部职工一样。当然，干部职工没人进那间房。有天中午一起吃饭，房地产公司老总也过来了。马局长说，现在我给谢佳佳当秘书，房地产公司应该发我一份工资。房地产公司老总爱说笑话，说我们连人都给你，你还要钱干啥。

陈四妹知道了我换宿舍的事，她也知道机关办公楼的格局。我问她听谁说的。她说你甭管。那个谢佳佳，还没他儿子大。我说，你少管人家的闲事。她说，你别造孽，造孽的人不得好死。是，我承认。造孽的人不得好死，可不是我造孽啊！那天是星期天，儿子去楼下踢足球，我俩在厨房包饺子。陈四妹突然丢了擀面杖，劈手给了我一巴掌。说你拉皮条，有奶就是娘，就是你造孽，你不得好死！我捂了一下脸，蹭了一脸面。脸上皱巴巴的，噗噗往下掉渣。过去她说话经常恶声恶气，但没动过手。把我打急眼了，你当我陈四宾是吃素的？我拿起擀面杖就朝她挥，她朝后一仰，擀面杖从面门直划下来，额头，鼻尖，嘴唇刮出来一溜擦痕。嘴唇当时就肿了，像含着糖一样。她哇啦哇啦地叫，震得楼房直晃悠。骂我是王八蛋、胆小鬼、死猪心、窝囊废。当时怎么就瞎了眼，嫁了你这么个大字不识一筐的货，可惜了我这个大学生！我紧咬着嘴唇，使劲擀饺子皮，我不能让怒火蹿出来，我不能让事情没法收场。这些年都忍过来了，还有什么不能忍。外面门锁"咔嗒"一响，她一下哑了声。儿子进来问妈妈的脸是怎么弄的，她说不小心栽的。说完看了我一眼，眼神有些恓惶，好像是在说，一个老爷们，还真下得去手。我的心一下又软了，下楼去给她买碘伏棉。边走边想，活着也就这么回事，干啥非针尖对麦芒。

有一天，谢佳佳搭我的车去买化妆品，我好奇，到里面转了一圈。门脸不大，却有纵深，是超市的那种货架格局，商品很丰富。

顾客也不少，围着一个人在问什么。谢佳佳进门就喊桂芳姐，预订的韩国产品到货了么？那人拨开人群走过来，我就定住了。这人是杨桂芳，窑厂老板的女儿。她爸骨头渣子都该烂没了，她却在坝城当起了老板。还是年轻时的秀气模样，长发，穿一身白纱裙，走起路来像仙女，脸比年轻的时候还要粉白，大眼睛一忽闪，我就掉魂了。真的，那一瞬间我就是想哭，仿佛半辈子的委屈一起朝上涌。人哪，都戴木头眼镜啊。我看不透，马万春同样看不透。我手脚冰凉，像个傻子一样。她毫无波澜地走向我，笑眯眯地说，好多年不见，四宾可是稀客。看需要点什么，我多打些折。

谢佳佳买了保湿面膜和隔离霜，我也买了。不买就觉得对不起杨桂芳。我故意买了些贵的，也是韩国货，好多花些钱。可买了我又不想送给陈四妹，她那张脸，横竖都是褶子，扑多少粉也抹不平。这些东西至今还在我的抽屉里，我每次看见，都要发半天愣。很明显，杨桂芳比我过得好，虽然她不吃公家饭，可捧着自己的饭碗多滋润，能把人羡慕死！后来我挂上了一把锁，不想看见了，省得心里不太平。

在事业局七年，马万春再不是大河洼的那个马书记。锐气没了，也没了干劲儿。人显得闷了，只有打牌的时候精神。机关的氛围也是疲疲沓沓的。因为活不多，一个月的工作，大概三五天就干完了。大家偷偷摸摸在上班时间打扑克，马局长看见了，也装没看见。我们去国家大剧院看了场京戏，就我、谢佳佳和马万春三个人。来得早，我们先到东安市场转了转，每人买了套丝绸睡衣。好家伙，都两千多。他和谢佳佳都买了男款，我也想买男款，马万春说，四宾还不买款女装？回家省得跪搓板。谢佳佳也跟着起哄，说四哥原来是个“气管炎”哪，赶紧给嫂子买，膝盖硌坏了我们心疼。我啥也没说，默默买了女装。心里想，马局长完全可以不说这话，他真是拿自己不当外人哪！钱都是我出的，那时财务管得不严，咋下的账我已经忘了。他在戏院打了个盹，戏就演完了。出了戏院马万春说，啥是啥啊，咿咿呀呀的，一句没听懂。戏是谢佳佳张罗看的，那丫头是个戏迷，我就记得演戏的有张火丁，剩下也没留下啥印象。后来又看了场奥运会的开幕式，马万春很兴奋，说埙城百万人口，就咱们仨来看现场了。书记、县长都没来，你们俩就自豪吧。我们俩都说自豪。确实也自豪，那样大的场面，锣鼓震天，看台上有许多外国人，只能让人生出自豪来。谢佳佳突然揪了下我的耳朵，像当年的陈四妹那样，让我起了身鸡皮疙瘩，方向盘都跟着打哆嗦。我气恼地说，你不要命了！不解气，又跟了句，你不要命还有别人呢！说了我有些后悔，但心肠随后又硬了。爱咋咋地。干扰司机正常行驶，本来就是她的不是。马局长不表态，谢佳佳一路都闭紧了嘴，否则她就像个家雀子，一张嘴没完没了。后来谢佳佳来得少了，她到马局长的办公室，见啥拿啥，毫不顾忌。马局长很烦她。有一回，马局长拉开抽屉，里面装满了中华烟。她上前抢了两条，装进了自己的包里。马局长问，你又不抽烟，拿烟干啥？谢佳佳说，我老公抽烟，他还没抽过大中华呢。马局长的鼻子都要气歪了，挥手让她走，她刚走到门口，马局长说，要不给你公公再拿两条？谢佳佳真要回来，马局长把抽屉“啪”地关上了。我最后一次见她，是山水人间小区竣工，从她手里拿了两套房，马局长一套是跃层，有三百多平方米。我一套是平层，一百七十平方米。其实，提前已经找了老总，给我降下十几个百分点。马万春降了多少我就不知道了。谢佳佳跑的手续，业绩算她的了。谢佳佳来送房钥匙，马局长甚至没见她。我把她让到了我的屋里，问她小孩多大了，她说上幼儿园了。日子过得真快，我问，那时你的奶够吃么？鬼才知道我怎么会问出这句话。谢佳佳自豪地说，吃不完的，上班的时候不能碰，一碰就滋出去很远。大概想起了什么，她一下害羞了。我想起她小时候，去给她家送钱，她追出去老远，用信封裹块砖头给我扔回来，她可真有办法。我就见过她那一面，对她印象不深刻，但对那个场景印象深刻。没想到人生路窄，兜来兜去又碰上了。她问马局长在干啥，我说在开会。她说我等他散会再走。我说，你不走他的会就不散。她听懂了，发了一会儿呆，突然问我，陈四宾，你说他是好人还是坏人？

我说，当然是好人。

她竖起一根指头冲天："坏人。"

我问咋个坏法。谢佳佳丢了句"你问他"，转身走了。从此我再没见到她。

谢佳佳这话让我琢磨很久。我就是从那个时候开始琢磨马万春，总企图弄清楚他是一个什么样的人。谢佳佳为什么说他是坏人？他究竟坏在哪儿？还有什么坏是我不知道的？你们说我是不是有病了？这件事让我郁闷，也让我很着迷。我经常翻来覆去回想过去的事，推敲一些细节，好确定他到底是好人还是坏人。奇怪的是，我还是认为他是好人。这让我很不甘，我觉得，我也许一直在被假象蒙蔽。

那天来做足疗的是个新人。因为喝多了酒，马局长躺那儿就睡着了。足疗做完了，他也醒了。他问几点了？我赶忙看手机，差一刻三点。他说马上走，三点县委有个会，要提前入场。他在前边走，我拎着包，在后面跟着。我问小玉做得咋样？他问哪个小玉？我说刚才那个，孩子才六个月，正在哺乳期。他问我咋知道。我说，您没闻到奶腥味？她的胸脯都湿了，做足疗时挤压的。马局长"哦"了一声，摇摇头。我不知道他是真没看出来还是装不知道，按说啥事都瞒不了他的眼，他装不知道就坏了。他大概猜出了我在试探他，突然收住了脚转过了身子。我心里一凛，他却抬头看了一眼招牌，说这家是个东北老客在经营，前几天接的手。那个小玉是哪的人？我长舒一口气，说是长春人，身份证上的名字叫马冰玉。当然，身份证也不一定是真的。

他眼角蹙了一下，突然问，你咋知道？

下午三点那个会，是组织部门的谈话会。事前一点消息都没有，马局长调到了行政局。行政局是大局，三四百号人，一幢大楼十几层。相比之下，事业局的小楼虽然加盖到四层，仍像个儿童玩具。从县委出来，马局长的电话就响个不停，都是向他表示祝贺，请他吃饭的。我算看透了。人啊，有的时候真像小孩子过家家。昨天还斜起眼看你，今天就变热络了。马局长接了一个又一个电话，每个都说有安排了，有安排了。他按下车窗，出了一口长气。太阳落到了城外边，城里的天空就灰了。同样是局长，一类局和二类局是不一样的。大家都说，一类局的局长给个副县长也不换。平时都说不怕清闲，太清闲了就没人瞧得起。在事业局这几年，马局长就是虎落平阳的感觉。我从倒车镜里看了他一眼，他肯定很激动，可他不表现。越激动他就越不表现。他就是这种脾性。我心里暗暗想了下，他要走了，总不会再带我吧。我直了下腰，莫名松了一口气。来到十字路口，就像鬼使神差，我说，一会儿我把马冰玉接来让您相看相看？他不耐烦地说，哪个马冰玉？

我才想起我们刚从马冰玉那里出来不久。

我就知道他是提防我了。肯定是提防我了。一路他再没跟我说话，这要是过去，他的话会没完没了。回忆他小时候，都是怎么打架打胜了，怎么捉弄老师和同学。很多话，我听了有一百遍，很多事迹我都会背了。我问他是回机关还是回家。马局长打着哈欠说，回家。

过去他可不愿意回家了。高兴不高兴都不愿意回家。我把他拉到小区大门外，他破天荒说，就到这儿吧，你别进去了。还没容我停车，他就开始推车门。车子是他自己的，一辆三菱大吉普，是有一年他在事业局的时候从市局要来的，一直在车库里锁着。我还记得他要车的理由是，埙城是半山区，下乡去山里要爬大坡，轿车根本爬不动。

我掉车头的时候见他在一家小商场的外边抽烟，只他一个人。我不知道他在想什么，也许是像我琢磨他一样在琢磨我？

我把车停到单位，然后骑电动车回家。我从来不开公家车或他的车回家，几十年了都这样。

8

县委外面是一个大花坛，足疗店与花坛之间有一片老百姓的房舍。我在县委门前停好车，从一条胡同穿过去，也就五六十米远。只要县委有会，我把马局长送进去，就去找小玉。我已经找她三四次了。

这条胡同是青砖铺的小道，常年见不着阳光。砖缝里长满了青苔，九十点钟了，还挂着露珠。夏天从这里穿过，身上也会起冷痱子。店里有人认识我，只要我一现身，就喊，小玉，照顾你哥！如果是陪马局长来，我从来也不进去，在车里或别处候着他。我告诉小玉，别跟“老板”说我来过，小玉很聪明。穿过胡同就是条热闹的街，都是卖假名牌的服装店，卖衣服的小姑娘站在门口，张着猩红的嘴唇，一个比一个能嚷。我去那里逛逛也挺好，有时还买个T恤衫啥的，让马局长笑话。我说我一个当司机的，能有新衣服穿已经不错了。说完我才发现这话有问题。马局长果然说，我亏待你了？我赶忙说，哪能呢。这个世界上，您比我爹对我都好。我说的是真话，可说出来就觉得味道不对。怎么说味道都不对。我心里整天七上八下，头发一把一把掉。过去我满脑袋头发像猪鬃，又厚又硬，短短几个月，差不多都掉光了。我儿子对我说，爸，你再掉就成三毛了。马局长也让我去做足疗，我坚决不做。我说我怕痒，脚不能让外人摸。马局长冷笑一声，我才发现又说错了，过去我做过足疗啊！我万分后悔来行政局，不来就不会面对这样难堪的场面。可我不来行么？按说车改了，单位都取消了司机身份，马局长完全可以一个人走。退一万步说，那样大的行政局，哪里会缺司机！可马局长一声招呼不打，就把我的工作关系转了过来。一到场面上就四宾长四宾短，当我是近人。可只有我知道，我们俩之间有一堵墙，谁迈过去都困难。他特别在意一些小事，你不在意的事，他在意，而且报复心特别强。我从亲他、惧他到怕他，就是从那一个阶段开始的。

但别人看不出什么。他们都当我是马万春的人。只是我又多了心病——他用不着我了，为啥还要带我呢？

我一个人来就是爷，往床上一躺，小玉就知道该干什么。她把我的脚搁在膝盖上，用拳头顶，用指头按，冷不防挠一下我的脚心，跟我逗着玩。有次我用脚趾钩了她一下，结果她的衣扣挣开了，乳房像球一样滚了出来。我说，你人瘦，那玩意咋长那么大？小玉赶忙用手朝里抹，说有孩子吃奶么。我盯着她的脸看，把她看羞了。我每次去，都给她买些小礼物，就像随意过来串个门子。我们就是这样的关系。她做足疗时特别卖力气。有时我让她使小点劲，她笑笑，说哥好不容易来一次，我不能对不起人。

我和小玉已经不是一般关系了。最起码在我心里，不一般。她啥话都对我说，真把我当娘家哥哥了。这是我一直小心维护的结果。我经常给她买水果、点心。从新疆回来，给她带戈壁玛瑙项链，小玉高兴得像只小麻雀。她捏脚的时候会用些小把戏，在她怀里蹭，给我捏腿时，一直捏到大腿根。手下用着劲，眼睛看我的脸。我领会她的意思，她不拿我当外人。我两只手垫在脑后，看屋顶。屋顶都是苍蝇屎，吸顶灯像一个碱大的馒头。我想马万春躺在这里会怎样，他是一个干啥都上瘾的人。他聪明，就觉得整个世界都是他的，没有什么是他动不得的。我却对啥都没兴趣，对女人更没兴趣。真的，从制造出一个儿子，我就很少跟陈四妹在一起。我一直都自卑，自卑到有心理障碍。她曾经很生气，说你到底是不是男人！我想，我当然是男人。我想起杨桂芳就心动。过去心动，现在也心动。但心动也没办法啊！我有自知之明。现在我只对一个人感兴趣，那就是马万春。我就想知道他是好人还是坏人。还有，他为啥要带我来行政局。

有一次，他跟我说，四宾，你说大象厉害还是瓢虫厉害？

当时是在云南的一个景区，我刚调来行政局，他就让我跟他去云南考察。一同去的还有另外三个人，一个副局长，一个办公室主任，一个财务科科长。他们三个人都比我年轻，对待我就像对待马局长一样。我愿意这样么？我不愿意。我知道自己的身份。我还得活人呢！但马万春愿意。吃饭的时候他拍旁边的椅子，示意我坐。我不敢坐，可别人也不敢坐。最后还是我坐了。就像有针扎屁股，我一顿饭吃不消停。我总觉得马局长这样做是给别人看的，他不是真看重那把椅子。我们从昆明直接飞到了西双版纳，从一座原始森林公园出来，又走进了动物园。然后他突然问我，是大象厉害还是瓢虫厉害？

我努力睁大眼睛看，不知哪里有瓢虫。但瓢虫盖着黑点的后背在我脑子里晃了一下。我说，当然是大象厉害。谁都会认为大象厉害吧？

可马万春说，瓢虫厉害。瓢虫能爬到大象的背上。大象却连瓢虫在哪里、干些啥都不知道。他声音很轻地问，你说到底谁厉害？

我寒噤了一下。一只瓢虫爬在大象的脊背上，可大象看不到。我又分明知道马局长是在打比方，我太了解他的说话方式了。我们几个人站在一起，他却刻意问我，分明话里有话。他说任何话都有潜台词，没有潜台词就不是他马万春了。

我在亚热带气候里却出了冷汗。我脸上的笑肯定比哭还难看。我永远也忘不了出冷汗的那种感觉，脊梁沟似乎能传出哗啦啦的水响。大脑一片空白，眼前白花花的，汗水从眉梢滴到了眼角，我什么也看不到。

“你说我说得对不对？”马局长赶尽杀绝。

布帘没有遮严，有光泄了进来，照我的脸。我伸手去拉，够不到。小玉走过去，把布帘拉严了。那里有一个小高桌，小玉靠了上去，衣服拂着了我的脸。我抻了一下，她靠了过来，一只手揪了下我的耳朵，像在抻扯一件玩物。

我心里硌硬了一下，但一看到小玉圆鼓鼓的脸，就释然了。

小玉脸色绯红，心咚咚直跳。看她削薄的衣襟起伏，我就知道她心跳得厉害。她还是个孩子。我往里侧了侧身，她在外边坐下了。

哥，你咋对我这么好？

我没妹。

那我以后就当你妹。

是妹就要跟哥说实话。

哥想听啥？

你真叫马冰玉？

她"噌"地站了起来，要发誓。我赶忙拽她，说逗你玩呢。她说我今年二十二了，一直就叫马冰玉，骗哥我就是小狗。

我握住了她的手。她的指头根根都很粗，掌心有厚厚的茧，被水泡得肉皮子鲜红。她从十六岁干这行，也是老江湖了。老公是她师哥，也在别处干这个，孩子是不小心生的，其实他们还没有真正结婚。我小心地摸她的手，思谋怎么才能把心里的话说出口。我处心积虑这么长时间，就是想问她一句话。问完这句话，我就再不会来找她。有的时候，我真要被这句话憋疯了。

你和我们……老板，在一起的时候都做啥？

哥啥意思？

就是有点……好奇。

知道你瞧不起我。

瞧不起你会给你买项链？

小玉误会了，“噌”地站起身，生气地说，是你给我买的，不是我让你买的！一条项链有什么了不起，你别以为我没见过！想知道他都干些啥，你去问他！

我陡然坐了起来，说你小点声、小点声。我没想到她性子这样烈，这才哪到哪啊！

我冷冷地看着她。接触这么久，我当然知道小玉是什么样的人。她们这样的女孩子，这些年我真是见得太多了。我说，我就是因为不能问他才来问你，你当了我那么长时间的妹，这么点交情总还有吧？

小玉一下哭出了声，抽噎说，我就知道你瞧不起我。你买这买那都不是真心的，你哪会认我们这样的人做妹妹，我们就是由着你们欺负的。我早就看出来你其实是个卧底。你是想举报你们老板!

我一下捂住了她的嘴，低声喝，你简直是疯了，这话也敢乱说!

她扭动着身子挣脱我，把我带下床来。我好歹趿拉上鞋子，点着她的脑袋说，你不能乱说，你不能乱说。直到此刻我才知道自己真没出息，我掉眼泪了。小玉似乎被吓着了，小猫一样缩着肩膀往墙角躲，她用衣袖擦了把眼泪，突然抓住门把手，两次都没能把门拉开。回力的时候，门从外面轻轻一推，开了。马万春在门口站着，像尊神。

我想笑一下，可我笑不出。我哆嗦着身子往外走，马万春侧转了一下身子，给我让开了道。我说，没想到马局长的会开的时间那么短，知道时间这么短，我根本不会跑足疗店来。马万春说，你来又不犯法，不就做个足疗么——怎么，不怕痒了?小玉想拉他的胳膊，被他一搪手，挡掉了。我加快脚步走了出去，外面的太阳滚烫，我身上的汗却比冰还冷。

我什么也不敢想。我知道，想什么也没用了。

这是一个分水岭。我是说，这一年其实都是分水岭。不不，什么时候是分水岭我其实弄不清楚，我的脑子乱了。就说这次开会，讨论要不要给鼓楼装灯光，前一个月，他把我叫到了办公室。他其实已经很长时间不找我了。几个司机他不固定地用，赶上谁是谁。我无事可做，在行政科晃荡。别人看我还是过去的我，见面客气，有事找马局长先到我这儿打一晃。只有我知道，我们早就跟过去不一样了，在事业局的时候就不一样了。有别人在场，马万春跟我又说又笑，一旦剩下我们俩，就一句话也没有，正眼都不看我。也许是我想多了？反正我一想到见他就紧张，在他面前总像做了亏心事一样。我亏心么？我不亏心啊！也许我亏过心？但机关的人都说我自律，从不借着马局长这根签耍威风。有啥可耍的呢，一个老司机，周围的人都比你文凭高。还有人传言，说马局长做什么重大事情都会征求我的意见，其实，哪能呢，是大家误会了。

马局长让我坐在沙发上，他端着一杯水也坐了过来，跟我隔一个茶几。马局长开门见山地说，当年你爸让我带带你，我不能半道把你丢下。有我吃的肉，就有你喝的汤。所以，我走一路，你跟我一路。陈四宾，让你受委屈了。我顾不上想别的，心里很紧张。我猜度他下面会说些啥。“你爸是我老哥哥，我可以对不起全世界，但不能对不起他。”这话放过去我会很感动，现在却越发惶恐，我希望他快点步入正题。马万春说，这么多年你连辆车都没买吧？都是我把你耽搁了。你看，我这么个小老头，快要退休了，大越野真不适合我。我希望换个小不点，像七星瓢虫那么大就行。我紧张地思索，以为他要让我推荐车子。或者，让我为他买车？他知道我手里有散碎银子。“你人高马大，开越野是如虎添翼，四宾，越野车就归你了！”我惊得屁股险些从沙发上颠下来，但关键时刻我稳住了。应该说，这没有超出我的承受能力。我问马局长多少钱可以过户，马局长说，你也知道，这是辆新车。虽说出厂十年了，但没跑多少路。当年我买它还花了三十五万，现在呢，我也不想买太好的车，三十万左右的就行。想也没想，我说，我给您三十五万。我手里只有三十五万。这是我攒了十几年的私房钱。我心里想的是，给出这三十五万，我跟他马万春就两清了，我再不欠他什么了。可姓马的大概看出了我的心思，或者，我的慷慨让他觉出了不舒服，他又说了句：不跟四妹商量商量？

9

陈四妹离家出走了。在我把大越野开回家的那个晚上，她就离家出走了。

我家窗外是条横向路，她在厨房看到了我停车。她以为我停车会拿了东西进门。这是习惯想法，除了送东西，我从没把别人的车停在自己家的楼下，我时刻想着自己就是个司机。可我空着手进门，让她觉得奇怪，她问我，一会儿还出去?

我说不出去。我买了辆大越野，以后你回娘家我可以光明正大送你了。她说，这不是马万春的车么?我说，我花了三十五万，现在这车姓陈了。我一点也没隐瞒，我不想隐瞒，把所有的事和盘托出。这车怎么来的她知道，当初马万春根本没花钱。我有三十几万私房钱，陈四妹不知道，马万春知道。他为啥知道?因为都是沾他光得来的，否则我一个司机，哪有机会捞外快。

其实我完全可以不这么说，完全可以把话说得委婉点，让她好接受些。可当时我有一种恶狠狠的心理，我心想，我难受，我凭啥让你舒服?

马万春把我黑了，这是一定的。不管他出于什么动机，他黑我这一把都足够狠。首先，我开他的车，谁都会觉得我又沾光了。车不怕开，就怕不开，这个道理他懂，谁都懂。即便在车库里锁十年，他那个价格卖我也过分。我知道他就是想羞辱我，让我有苦说不出。可这都是表面上的，他心里肯定还有更复杂的想法，他弯弯肠子多着呢。他是一个喜欢把事做绝的人，而且会转着圈儿地报复人。我玩不过他。

陈四妹在炸带鱼。我看着她的一张扁脸也如同进了油锅，瞬间就变了颜色。她的头发花白了，额上都是一杠一杠的抬头纹。我预备她发疯，臭骂我一顿，王八蛋、胆小鬼、死猪心、窝囊废。这都是她的口头禅，这么多年，我已经让她骂习惯了。可她嘴唇一阵哆嗦，突然一转身，端起油锅朝我泼来。那些热油在空中就像彩色珠子，黄澄澄、黏糊糊、颤巍巍，裹着几块带鱼落到了地上。陈四妹往这边冲时，脚底下的拖鞋一刺溜，险些滑倒。她在玄关处摘下围裙、换下拖鞋，一声也不吭就走了。她没说话，我也没说话。

这就是开会头天的事。

马局长开车走了，他的柿红色小车真像个瓢虫，车顶还粘了几片树叶子。昨天夜里下了些泥点子，把车弄脏了。我也上了自己的车。我越来越不爱在机关伙房吃饭，是不想坐谁的对面，谁看我的眼光都像嘲讽，活了这么些年，我心里越来越胆怯。只有坐到车里，我才感到安全和舒坦。出了机关的门，我也没想好去哪里。但朝主路一看，就看见了那辆柿红色的车，跟在一辆路虎的后边。我突然有些高兴，那车小得就像趴在地上一样，可不就像个瓢虫。我一脚油门跟了上去。前边不远处就是红灯，我看得真真的，我和瓢虫之间有一只蝴蝶、一只柴狗。前边有右转专用道，蝴蝶和柴狗一溜烟都向右转了，就像成心给我制造机会。我的脚始终没有离开油门，车子和我，都像大象一样力大无穷。我为什么不显示一下自己的力量呢？时速表显示为八十迈，对于这样一辆大越野，八十迈简直是一种轻视。

你说我忘了踩刹车？不是的。我不是忘了，我是不想踩。当你什么时候想显示自己的力量的时候，就明白我这种感受了。

只是有一点我还是弄不清楚，马万春到底是好人还是坏人，你们谁能告诉我一声，我死都能闭上眼睛了。

2019年7月30日星期二11时2分31秒一稿

2020年1月2日星期四10时45分二稿

图书在版编目（CIP）数据

鬼指根 / 尹学芸著. — 北京：北京十月文艺出版社，2023.6
ISBN 978-7-5302-2308-6

Ⅰ. ①鬼… Ⅱ. ①尹… Ⅲ. ①中篇小说—小说集—中国—当代 Ⅳ. ①I247.5

中国国家版本馆 CIP 数据核字（2023）第070730号

鬼指根
GUIZHIGEN
尹学芸　著

出　　版　北 京 出 版 集 团
　　　　　北京十月文艺出版社
地　　址　北京北三环中路 6 号
邮　　编　100120
网　　址　www.bph.com.cn
发　　行　新经典发行有限公司
　　　　　电话 010-68423599
经　　销　新华书店
印　　刷　北京盛通印刷股份有限公司
版　　次　2023 年 6 月第 1 版
印　　次　2023 年 6 月第 1 次印刷
开　　本　850 毫米 ×1168 毫米　1/32
印　　张　13.75
字　　数　217 千字
书　　号　ISBN 978-7-5302-2308-6
定　　价　55.00 元
如有印装质量问题，由本社负责调换
质量监督电话　010-58572393